BIBLIOTHÈQUE ALLEMANDE
Dirigée par Nicole Bary

UN ZÈBRE
DANS LA GUERRE

DU MÊME AUTEUR

CHEZ LE MÊME ÉDITEUR

L'Étrange Mémoire de Rosa Masur, 2016

Lucia et l'âme russe, 2018

Vladimir VERTLIB

UN ZÈBRE DANS LA GUERRE

Traduit de l'allemand (Autriche)
par Carole Fily

Éditions Métailié
20, rue des Grands Augustins, 75006 Paris
www.editions-metailie.com
2024

Titre original : *Zebra im Krieg*

ISBN : 979-10-226-1336-1
ISSN : 1248-4695

I

1

Vues de loin, elles semblent inoffensives : des étoiles qui font la course, une chaîne de lumières frénétiques qui illuminent le firmament et font scintiller le monde. On peut éteindre la lumière de l'appartement et tirer les rideaux, mais cela n'accentue guère le sentiment de sécurité. On ne peut pas arrêter le bruit : celui-ci ressemble à des grognements et hurlements de prédateurs effarouchés, aux plaintes d'un ivrogne dans son sommeil ou aux modulations d'une sirène devenue rauque.

Une guerre en pleine mue.

Lorsque les bruits se rapprochent, Lena se glisse dans le lit de Paul, enroule ses bras autour de son torse, plaque sa tête contre sa poitrine en murmurant :

– Papa, si on doit mourir, on mourra ensemble. Je ne veux pas mourir seule.

– N'importe quoi ! dit Paul en passant sa main dans les cheveux de sa fille. Tu es une grande fille, voyons. Ce n'est pas la première nuit qu'ils tirent. Personne ne va mourir. En tout cas, pas ici ni aujourd'hui. – Il s'efforce d'apaiser la peur de l'enfant, mais surtout la sienne, tentant en vain d'imprimer à sa voix la fermeté nécessaire. – Ils sont encore loin. Si ça devenait vraiment dangereux, il y aurait immédiatement une alerte. Nous avons un centre d'opérations, après tout…

– Oh, papa, ne dis pas de bêtises, chuchote l'enfant en se blottissant encore plus contre lui, en s'agrippant à son dos. Tu sais bien qu'il n'y a que des débiles là-bas.

– Je t'interdis d'employer des mots pareils, la prévient-il – mais il sait que c'est peine perdue.

– Mme Bona, elle dit que…

– C'est bon, coupe-t-il, je sais ce qu'elle raconte, ta prof. Mais elle a tort : elle n'est pas la seule personne au monde à ne pas être stupide et méprisable. Et, à partir de maintenant, nous allons bannir le terme *débile* de notre vocabulaire.

Tout à coup, on entend les premiers impacts – sourds, à intervalles rapprochés et de plus en plus forts. C'est nouveau. Ils sont plus proches que jamais. L'enfant se met à sangloter.

– Ce soir, ce n'est pas comme hier ou avant-hier, aujourd'hui j'ai vraiment peur, murmure Lena d'une voix larmoyante. Pour de vrai.

– Imagine que ce n'est qu'un orage, dit Paul en lui caressant de nouveau la tête. Zeus, le père de tous les dieux, voyage dans les airs sur son char tiré par quatre chevaux ailés, il envoie éclairs et tonnerre sur la ville et, bientôt, la pluie, dont nous avons tant besoin, va arriver. Bientôt, nous aurons de nouveau de l'eau potable. Nous ferons une offrande à Zeus.

– Ah, papa ! Qu'est-ce que tu racontes ?! – La voix de Lena redevient soudain plus forte, ressemblant presque à celle d'un adulte. – Zeus n'existe que dans les livres pour enfants. Ce n'est pas Zeus, c'est un WS-1B. Si ce n'était qu'un WS-1, je n'aurais pas peur. Mais les WS-1B tirent beaucoup plus loin. Vitesse : Mach 5. Portée : 180 kilomètres. Poids : 150 kilos. À côté de ça, c'est quoi ton Zeus avec ses éclairs ? Un truc pour les bébés qui croient encore au père Noël.

– Arrête de faire ta maligne, marmonne Paul, hagard, mais néanmoins impressionné.

Lena a eu douze ans en avril, mais depuis le début de la crise, qui a commencé il y a deux mois, elle lui semble beaucoup plus mature.

La première fois que les faubourgs de la ville avaient été bombardés de missiles, Paul avait vécu cela comme une tragédie. Avec sa femme, sa fille et sa mère, il avait descendu les quatre étages menant à la cave. Il y avait retrouvé tous ses voisins et quelques passants : des gens que le destin avait conduits dans cette rue ce jour-là, à cette heure de la soirée et devant cet immeuble, à la minute même où les tirs avaient commencé.

Lena avait mis ses mains devant ses yeux, comme pour cacher le monde qui l'entourait. La femme de Paul, qui était médecin, avait dit d'un ton sec qu'elle devait aller à l'hôpital, que sa garde commençait une demi-heure plus tard. Sa mère s'était souvenue de ses parents et des récits qu'ils faisaient de la dernière grande guerre, mais on lui avait demandé de se taire. À ce moment-là, personne n'avait envie de l'écouter.

Une fois la porte de la cave fermée de l'intérieur, tout le monde s'était tu et installé sur les bancs en bois qu'on avait disposés à la hâte quelques jours auparavant dans le couloir qui menait aux box. Dans la lumière blafarde du seul néon encore en état de marche, les visages des gens paraissaient étroits, usés et fantomatiques. Lorsque le grondement des lance-grenades s'était intensifié, comme si une meute de loups affamés rôdait autour de l'immeuble, les visages s'étaient déformés, devenant des caricatures d'eux-mêmes, des grimaces des ténèbres, des démons de l'angoisse. Et au moment où la lumière s'était mise à vaciller et le néon à bourdonner, Paul avait aussitôt pensé à la *Procession des flagellants* de Francisco de Goya. Une bonne dizaine d'années plus tôt, il avait découvert par hasard une reproduction de ce tableau sur Internet et s'était senti immédiatement interpellé, envahi d'un mélange d'effroi et d'enthousiasme, de dégoût et de plaisir, il n'avait pu en détacher son regard. Jusqu'alors, il ne s'était guère intéressé à l'art et n'avait jamais entendu parler de ce peintre espagnol. Entre-temps, il avait lu quelques livres sur Goya, regardé des films et des documentaires, et lorsqu'il fermait les yeux, il pouvait faire surgir ses tableaux de sa mémoire, avec une grande netteté et dans les moindres détails, comme si c'était lui qui les avait imaginés et peints.

Après la fin de l'alerte, les gens s'étaient précipités dans la rue. Ils donnaient l'impression d'avoir échappé de peu à l'asphyxie, et Paul aussi avait aspiré l'air frais du soir et l'odeur du printemps comme il ne l'avait jamais fait, il avait rempli ses poumons jusqu'à ce qu'ils menacent d'éclater, tâté de la main droite un paquet de cigarettes dans la poche extérieure de sa veste, avait retiré sa main après un instant d'hésitation, laissé le paquet là où il était, avait pris Lena dans ses bras, l'avait soulevée puis avait récité, ou plutôt murmuré – si doucement que personne d'autre que sa fille ne pouvait l'entendre – un poème célèbre qu'il avait appris à l'école : "*Je n'ai rien à t'offrir, seulement mon amour, ma peur et mon effroi. Je n'ai rien pour te consoler, mais un jour nous partirons. Tu entends ce que je te dis, quand d'autres n'entendent pas un mot. Un jour, tous les deux, nous partirons loin, très loin d'ici.*"

2

Quelle ville ! Avant les combats, avant que les ennemis ne troquent leurs banderoles, drapeaux et mégaphones contre des armes automatiques et des lance-grenades, elle aurait pu devenir une perle du tourisme. Outre des monuments, des musées et des ruelles pittoresques, on y trouve de magnifiques plages de sable fin, des sentiers de randonnée et des pistes cyclables, ainsi qu'une équipe de football qui remporte régulièrement des compétitions internationales. Avant la crise du coronavirus, même des groupes de Chinois auraient pu y faire une halte de quelques heures, et des bateaux de croisière auraient pu mouiller dans le vieux port, si les puissants – la municipalité, le gouverneur, les chefs de district et les sinistres individus qui financent cette clique, que tout le monde connaît mais que personne n'appelle par leur nom – n'avaient pas chié sur la ville. C'est ce que tout le monde dit, en utilisant précisément cette expression : *Ils nous ont chié dessus et ont tiré la chasse !* Des mots que l'on peut lire sur les façades des immeubles, sur les murs et les clôtures partout dans la ville ainsi que sur divers comptes, plateformes et réseaux sociaux sur Internet, généralement combinés à des insultes et termes qualifiant les organes génitaux et les excréments des humains comme des animaux. La ville est réputée depuis longtemps pour la décoration créative de ses surfaces extérieures : il n'y a pas une voiture de tramway ou un trolleybus qui ne soit un mélange de panneau publicitaire et d'œuvre d'art moderne – interdit aux moins de 18 ans. La ville n'a soi-disant pas l'argent pour faire nettoyer tout cela.

Pas étonnant que Lena ait la langue bien pendue, songe Paul. Récemment, elle a traité le voisin du deuxième étage, un vieux douanier à la retraite, de "sale pédophile". Vu la manière dont ce vieux la regarde lorsqu'ils se croisent dans l'escalier ou dans la rue, elle n'a probablement pas tort. Toujours est-il que Paul est choqué par le langage de sa fille. Sa femme réagit de manière plus décontractée. Cette enfant ne sait pas ce que cette expression signifie, dit-elle, et la mère de Paul, elle, pense qu'à une époque où les honnêtes gens perdent la raison et deviennent des assassins, les pédophiles sont un moindre mal, surtout lorsqu'ils n'apparaissent que sous la forme d'une insulte.

Vers minuit, Lena s'endort enfin. Paul se dégage délicatement de son étreinte, se laisse lentement glisser hors du lit, en faisant bien attention de ne pas toucher l'enfant ou de l'arracher de nouveau au sommeil par un mouvement imprudent, en se cognant au cadre du lit ou à l'une des chaises. Puis il fait le tour du lit sur la pointe des pieds, se demande l'espace d'un instant s'il doit border Lena, juge qu'il fait assez chaud dans la pièce, se dirige vers la fenêtre, tire l'un des rideaux, un tout petit peu, juste assez pour pouvoir jeter un œil dehors...

Depuis une semaine, le black-out est de rigueur. Il n'y a pas de lune cette nuit, il fait sombre, mais si l'on connaît bien les lieux et regarde attentivement, on peut deviner le port et la mer, là où il fait encore plus noir que noir. Entre la Grande Jetée et le Bayle, la forteresse médiévale juchée sur le promontoire karstique, les restes encore intacts de la marine nationale ont formé un cordon. Il y a cinq navires. Leurs canons ne sont pas pointés sur la mer, mais sur la ville : ils sont prêts à réduire en cendres le centre-ville et les quartiers environnants si les insurgés devaient y entrer.

Les lance-grenades ont cessé de déverser leurs mortels présents sur les faubourgs et les collines qui entourent la ville. Le bruit du tonnerre s'intensifie néanmoins. Il faut un certain temps à Paul pour comprendre que son histoire de Zeus contenait manifestement une part de vérité. Il s'agit bel et bien d'un orage. La pluie commence à tambouriner sur les vitres. Plusieurs éclairs illuminent la ville et, malgré les rideaux tirés, plongent la chambre dans une pénombre blafarde, si bien que Paul peut distinguer la toison blonde de Lena et sa main gauche qui pend mollement au bord du lit, et il a l'impression que cette main va bientôt se détacher du corps et tomber sur le sol comme un drap blanc. Pendant une fraction de seconde, le temps d'une inspiration, il voit la ville dans son intégralité, on dirait un lieu peuplé de fantômes invisibles, de monstres cachés et de cauchemars refoulés, un lieu depuis longtemps disparu, englouti dans la mer: à droite, le port avec ses grues rouillées et ses interminables docks, la plupart devenus inutiles, à gauche, les collines boisées et, à l'arrière-plan, la crête rocheuse de la montagne, au milieu, la rue principale, la rue de la Flotte et la rue de la Victoire (baptisée ainsi à la suite d'une victoire remportée lors d'une guerre datant de l'avant-dernier siècle et tombée dans l'oubli) avec leurs bâtiments néoclassiques: le Grand Opéra, le Théâtre d'Art dramatique et de Ballet, l'hôtel de ville avec sa célèbre colonnade, l'Institut de la Marine, l'ancien palais du gouverneur, la synagogue, la cathédrale Sainte-Marie qui domine tout et l'ancienne Bourse avec son imposante coupole qui rappelle le ventre d'une géante enceinte couchée sur le dos. La vieille ville avec ses ruelles sinueuses et sa mosquée restaurée il y a cinquante ans, mais qui est de nouveau en ruine. Ce joyau, encore inconnu des touristes, évoque le passé oriental de la ville. Il y a cent quatre-vingt-dix ans avait été créée l'imposante place centrale, au milieu de laquelle avait été érigé, cinquante ans plus tard, le grand monument en marbre à l'effigie de l'impératrice sous le règne de laquelle la région avait été conquise, lors de l'une des plus longues guerres du XVIIIe siècle, et la ville était devenue une métropole locale.

Pendant deux siècles, celle-ci avait été un aimant et un creuset, un antre du péché, une Babel de langues et un lieu qui faisait rêver les gens de la région et de plus loin, les gens du pays comme les étrangers : les Italiens et les Grecs, les Turcs et les Russes, les Arabes et les Allemands, les Arméniens, les Roms, les Français, les Roumains, les Géorgiens, les Tatars et bien d'autres encore, chrétiens, musulmans et juifs, mais surtout ceux qui croyaient au commerce et à l'argent facile ou espéraient faire une grande carrière sur scène. C'est un armateur libanais qui, en 1908, a bâti l'emblème de la ville : la grande tour de l'horloge construite, à l'entrée du port, dans le style d'un campanile vénitien, avec, à son sommet, sept horloges qui indiquaient autrefois l'heure de différents endroits du monde, mais ne fonctionnent plus depuis des décennies. Paul, lui, compte parmi ses ancêtres des Coptes, des Ukrainiens, des Espagnols et quelques autres, mais surtout des Grecs, comme en témoigne son patronyme, Sarianidis. Bien sûr, il ne parle pas un seul mot de grec.

Autrefois, les mâts d'innombrables voiliers bouchaient la vue sur la mer. Des dizaines de milliers de lampes à gaz transformaient la nuit en jour. Les théâtres, les cabarets et les clubs de nuit battaient leur plein quelle que soit la période de l'année, et les imprimeries éditaient chaque jour des journaux en seize langues. Mais tout cela est bien loin. Désormais, la ville fait l'effet d'une femme qui fut une star il y a très longtemps et qui, aujourd'hui, sur ses vieux jours, aime encore enfiler les reliquats de ses robes démodées, se farder les joues et les lèvres et parler avec délice de l'époque où elle montait sur scène.

Paul aime sa ville. Avant de devenir père, il n'avait jamais envisagé de la quitter, même si son métier d'ingénieur en aéronautique lui aurait permis de gagner deux fois plus dans la capitale et probablement dix fois plus dans des pays comme l'Allemagne, les Pays-Bas ou la Suède. S'il n'y avait pas d'autre solution, il pourrait acheter les permis de travail et autorisations de séjour nécessaires. On trouve de tout au marché noir. Dans ce domaine, sa ville est encore un pôle commercial de niveau international.

Après la naissance de Lena, la question du déménagement avait été examinée puis rejetée par le conseil de famille, qui comprend également les oncles, tantes, beaux-frères et belles-sœurs. La femme de Paul ne pouvait pas laisser derrière elle sa grand-mère dépendante, qui ne devait mourir que trois ans plus tard. La mère de Paul avait fait jouer ses relations et promis de dégoter une place en crèche pour Lena lorsque celle-ci aurait deux ans. Mais l'argument majeur qui les avait convaincus de rester était l'appartement hérité d'une grand-tante au second degré par la mère de Paul quand celui-ci était petit : un trois-pièces avec une cuisine spacieuse et une salle de bains, au deuxième étage d'un immeuble bourgeois du XIXe siècle situé dans une rue bordée de marronniers qui monte vers la "Montagne" de la ville, une colline d'où l'on a une vue à couper le souffle sur tout le centre-ville, le port, les montagnes et la mer. Comment pourrait-on abandonner une chose aussi précieuse en ces temps de crises en tout genre et de pénurie mondiale de logements !?

Comment a-t-on pu en arriver là ? se dit Paul en regardant sa fille endormie avec un mélange d'attendrissement et d'angoisse. À chaque éclair, il voit dans la lumière bleutée les contours de sa tête se découper en ombre chinoise sur la cloison. Il repense à l'époque où elle était encore un nourrisson et qu'il la tenait dans ses bras, il se souvient précisément des jours où elle a fait ses premiers pas, où elle a dit "papa" pour la première fois, où il l'a emmenée au jardin d'enfants, où elle est rentrée les yeux brillants de son premier jour d'école et ne pouvait plus s'arrêter de raconter – de manière décousue, à toute vitesse, peinant à reprendre son souffle, plongée dans une telle euphorie et tellement absorbée dans ses pensées que Paul et sa femme l'avaient écoutée avec grande attention, en lui posant sans cesse des questions, de manière irrépressible, et au final ils s'étaient retrouvés aussi électrisés, fascinés et heureux que la petite fille de six ans.

Maintenant, à l'école, il y a une alerte aux missiles un jour sur deux. Tous les enfants doivent alors descendre dans l'abri antiaérien. Dans le quartier voisin, l'école primaire a été touchée de plein fouet. Il y a eu des morts et des blessés.

Comment, se demande Paul, en est-on arrivé à cette guerre stupide, que les autorités continuent de qualifier d'*émeute*, tandis que l'intervention de l'armée n'est censée être qu'une OPE, une Opération de police élargie ? Même l'état d'urgence n'a pas été instauré, et on a encore moins ordonné de mobilisation générale. Pourquoi ne s'est-il pas enfui à temps avec sa famille ? Pourquoi ? Et pourquoi sa femme prend-elle tout avec autant de sérénité et, comme cette nuit encore, se rend-elle sans hésiter à l'hôpital lorsqu'on a besoin d'elle ?

Il s'allonge près de sa fille, du côté où dort habituellement sa femme, ferme les yeux et savoure le silence, qui n'est plus interrompu que par le bruit de la pluie et les ronflements de sa mère dans la chambre voisine. *Pourquoi ?* se demande-t-il une fois encore, puis : *Nous verrons bien !*, et le fameux dicton : *Le matin est plus sage que le soir.*

Ensuite il s'endort.

3

– Papa, c'est la paix !

– Ne dis pas de bêtises ! Pourquoi y aurait-il tout à coup la paix ?

– Parce qu'on n'entend plus du tout de coups de feu !

– Et alors ? Hier non plus, au réveil, nous n'en avons pas entendu...

– Mais aujourd'hui le silence est, comment dire, un peu...

– Quoi ?

– Plus silencieux que d'habitude, déclare Lena d'une voix sérieuse.

– Tu veux dire plus calme.

– Là, ce serait complètement différent. On n'entendrait même plus les choses normales.

Depuis que l'aéroport est devenu une zone de combat, Paul n'a plus de travail. Comme tout le personnel au sol, il a été mis en congé pour une durée indéterminée et ne perçoit plus que la moitié de son salaire en attendant la reconstruction de l'aéroport, désormais complètement détruit, et sa réouverture après la fin de l'OPE. Les mauvaises langues prétendent que cela n'arrivera que lorsque les gens comme lui auront atteint l'âge de la retraite depuis un bon moment. Mais il y a trop de mauvaises langues dans la ville comme à l'extérieur pour que Paul leur prête encore attention.

Cela ne veut pas dire qu'il peut désormais dormir plus longtemps. Sa fille le réveille toujours au plus tard à 7 heures du matin, même les jours où elle n'a pas école.

Or, en ce samedi matin, elle semble tellement épuisée par les émotions de la veille au soir qu'elle ne tire son père du sommeil qu'à 7h45.

En regardant par la fenêtre, Paul découvre une matinée de printemps d'une beauté saisissante : plus un nuage à l'horizon, en bas, dans la rue, les marronniers sont en fleurs ; dans l'escalier en ruine qui descend en zigzag de la colline vers le centre-ville à travers le maquis de plus en plus dense, des enfants jouent, ils sont tellement excités et absorbés dans leur jeu qu'ils donnent l'impression que "l'émeute" et "l'opération de police élargie" n'ont jamais eu lieu ; un trolleybus passe, plus lentement que d'habitude, presque nonchalamment, vu d'en haut il ressemble à un buffle géant avec de longues cornes, ses pneus crissent dans le virage derrière l'immeuble et se taisent quand il stoppe devant l'arrêt ; les passants – étonnamment peu nombreux – marchent d'un pas décidé et la tête haute, sans se replier sur eux-mêmes, ce qui a très souvent été leur attitude ces derniers temps. "Ce n'est pas parce qu'on marche le dos bien droit qu'on ne sait pas ramper, dit la mère de Paul. Lorsque le serpent a séduit Ève au paradis, il avait encore des bras et des jambes, mais c'était quand même déjà un serpent.

Et à tout cela s'ajoute le parfum frais et salé d'une brise matinale, libératrice, dont on s'emplit les poumons sans aspirer le puissant cocktail d'odeurs d'explosifs, de kérosène, de caoutchouc, de plastique et de chair brûlée.

– Génial ! C'est comme s'il ne s'était rien passé ! dit Paul, à la fois ravi et étonné, en s'asseyant à la table du salon. Sa mère a sorti la nappe blanche avec les broderies dorées ainsi que les couverts en argent de ses grands-parents. Ce n'est pas dans son habitude.

– C'est jour de fête ? demande Paul.

– Non, mais j'ai un bon pressentiment, dit-elle. Tout va s'arranger. Puisse le Seigneur nous venir en aide.

Paul n'avait encore jamais entendu sa mère dire que les choses allaient s'arranger. Il l'entendait plutôt prononcer des phrases comme "nous verrons bien" ou "laissons faire le temps".

– Tout va s'arranger ? fait-il, à la fois sceptique et agréablement surpris, mais aussi curieux de savoir ce qui a provoqué ce soudain changement d'attitude chez sa mère, elle qui n'est que rarement sortie de son cynisme et de son abattement au cours des dernières semaines.

– Ma chère Eva, tu m'étonneras toujours, fait remarquer la femme de Paul.

– Je suis tout simplement lasse de ma dépression, elle me tape sur les nerfs, dit la mère de Paul en riant. Soit on se noie, soit on remonte à la surface.

– C'est une bonne nouvelle.

– Ne te réjouis pas trop vite, Flora. Ce n'est peut-être que le calme avant la tempête.

– La voilà redevenue elle-même, chuchote Paul.

– Qu'est-ce que tu croyais ? demande sa femme. Les miracles, ça n'existe que dans les séries à la télé.

– À propos de télé, dit Paul d'une voix enjouée. Lena, tu veux bien allumer le poste ? Voyons si la guerre est vraiment terminée.

– Bon, moi je vais me coucher, dit la femme de Paul. Je suis crevée, j'ai passé toute la nuit au bloc, de 22h30 à 5h15. J'ai retiré des éclats de bombe, d'obus et des balles de mitrailleuse, une famille entière s'est carrément retrouvée avec le toit de sa maison effondré sur sa tête, nous avons dû amputer les deux jambes d'un enfant de cinq ans. Je préférerais de loin retirer les testicules des politiciens, des militaires et des patriotes autoproclamés qui sont responsables de tous ces événements. La fin de la guerre ?

– Ce n'est pas une guerre, observe Lena d'un ton sérieux, en cherchant la télécommande parmi les journaux éparpillés sur le canapé, mais une opération de police élargie contre les terroristes.

– Ah bon ? Et la guerre aussi, elle sait qu'elle n'est pas une guerre ?

Flora est une belle femme dans les trente-cinq ans. Paul suscite l'envie de tous ses amis et connaissances, tandis que les amies et les proches de Flora se demandent pourquoi une femme aussi séduisante, intelligente et cultivée a épousé quelqu'un comme Paul.

Cependant, ces dernières semaines, Flora a pris un coup de vieux. Si les premières mèches blanches présentes dans sa chevelure brune ondulée ajoutent considérablement à son autorité en tant que médecin et ne la rendent que plus intéressante et attirante, il n'en va pas de même pour les cernes qu'elle a sous les yeux, ses joues émaciées et ses rides sur le front et le cou qui se creusent après chaque garde. Les personnes qui rencontrent Flora et Paul pour la première fois les voient comme un vrai couple marié et non comme une faute de goût de la part de Flora, et si la guerre dure longtemps, on finira peut-être même par croire qu'ils sont faits l'un pour l'autre.

– Tu ne manges pas ? demande Eva en servant le thé.

– Je n'ai pas faim, dit Flora en prenant une gorgée et en s'exclamant : Lena, et le journal télévisé ?

– Ça ne capte pas, s'étonne Lena en jetant la télécommande sur le canapé.

– Allume la radio, alors.

– La radio ?! ricane-t-elle avec mépris. Papa, je peux prendre ton smartphone ?

– Mmh, bon, d'accord, marmonne-t-il, la bouche pleine. – L'omelette de sa mère est délicieuse, comme d'habitude. – Mais ne va pas encore tout me dérégler ! Je te connais.

– En rentrant de l'hôpital, j'ai vu au moins cinq colonnes de militaires qui se dirigeaient vers la voie rapide en direction de l'ouest, raconte Flora.

– Pourquoi vers l'ouest ? Le front Est se trouve à la périphérie Est de la ville, voyons.

– Plus maintenant, dit Lena, qui agite de plus en plus nerveusement son pouce sur le téléphone de Paul.

– Qu'est-ce que ça veut dire ?

– C'est écrit que nous avons été conquis ce matin de bonne heure.

– Quoi ? hurle Paul en arrachant le téléphone des mains de sa fille.

– Mon Dieu, je vais finir par avoir une crise cardiaque à cause de plaisanteries pareilles, gémit la mère de Paul en se laissant tomber sur une chaise, sans toutefois lâcher la théière. Ma puce, on ne plaisante pas avec ce genre de choses.

Mais ce n'est pas une plaisanterie.

– Aujourd'hui, entre 6 et 7 heures du matin, déclare Paul d'une voix tremblante, notre armée a été obligée d'abandonner provisoirement la ville après des combats acharnés qui ont entraîné de lourdes pertes. Ce sont les propos de l'armée. Seuls le port et la moitié de l'aéroport sont encore sous notre contrôle.

– Quels combats acharnés ? demande Flora avec un rire cynique. Ils ont quitté la ville à toutes jambes, ces héros. Je l'ai vu de mes propres yeux. Dans la rue de la Victoire, il y a même trois chars qui, visiblement, ont été abandonnés.

– Un cessez-le-feu a été établi pour aujourd'hui et demain, dit Paul. C'est écrit ici. Un communiqué de presse officiel.

– Ça y est, on est foutus, annonce Eva, qui s'est affaissée sur sa chaise, la théière serrée contre son ventre.

– On va se faire baiser, et par tout le monde, on va se faire baiser, on va se faire chier dessus et zigouiller, dit Paul en prenant la théière pour la poser sur la table. Tu vas te brûler les doigts !

– Conquis ou pas, moi, je vais me coucher, dit Flora. Ma prochaine garde commence à 22 heures. À moins que le nouveau régime ne réintroduise l'heure d'été ou ne fasse un truc idiot, comme fermer l'hôpital ou nous tuer tous. Réveillez-moi s'il y a encore quelque chose d'excitant.

– Aha, marmonne Paul, hébété.

Une fois que Flora s'est retirée dans la chambre, le silence se fait pendant quelques instants. Par la fenêtre ouverte, un soleil éclatant entre dans le salon, ainsi que le chant des oiseaux et les odeurs pénétrantes de cette matinée de printemps après un orage, tout cela emplit la pièce et la fait resplendir, cherchant à en changer les couleurs, à la dissoudre, à la rendre à la nature. Il y a longtemps, au milieu de l'avant-dernier siècle, lorsque la ville commençait à grandir en absorbant et dévorant ses environs, ce flanc de la colline orienté vers la mer et la ville était la zone la plus fertile de cette région aride. Les forêts de chênes verts, les arbres fruitiers et les vignobles, et surtout le ruisseau, appelé la *rivière des Sept Djinns*, y étaient réputés. Comme Paul aimerait posséder une machine à remonter le temps pour s'évader à l'époque des Djinns.

Il a posé son téléphone, sa mère a croisé les bras, elle secoue la tête en fronçant les sourcils, Lena regarde tour à tour son père et sa grand-mère et finit par demander, pleine d'espoir :

– Je ne suis plus obligée d'aller à l'école maintenant ?

– Si, il le faut ! répond la grand-mère.

– La mère de Lisa dit que nous allons devoir tout réapprendre une fois que les terroristes auront envahi le pays. Ils s'appellent eux-mêmes les combattants de la liberté et prétendent que les terroristes, c'est nous. C'est ce que dit la mère de Lisa. Ça veut dire que nous ne serons plus nous, mais que nous serons déjà eux, après qu'ils nous auront conquis. N'est-ce pas ? Vous voyez ce que je veux dire ?

– Tu devrais moins écouter la mère de ton amie.

– Aujourd'hui, on est samedi, fait remarquer Paul. Attendons. Peut-être que lundi, la situation sera complètement différente. Nous reparlerons alors de l'école.

– Du moment que les enfants n'auront pas à apprendre que deux et deux font cinq, dit sa mère.

– Foutaises ! Dans notre ville, deux et deux ont toujours fait trois, et il en sera toujours ainsi.

– Pourquoi ? demande l'enfant, mais les adultes n'ont pas le temps de lui répondre. On sonne à la porte.

– Qui ça peut encore être ? grogne la mère de Paul : c'est la phrase qu'elle sort chaque fois que s'annonce une visite inattendue.

– On doit vraiment ouvrir ? demande Paul, mais il est trop tard. Lena est déjà dans le vestibule et ouvre la porte avant que son père n'ait pu la retenir.

– C'est Kotik ! s'écrie Lena. C'est juste Kotik.

Kotik, de son vrai nom Konstantin Katz, un Juif russe qui a toujours vécu dans la ville, habite à l'étage au-dessus avec sa femme Mychka, qui s'appelle en réalité Moira. C'est un ancien musicien, autrefois violoniste dans l'orchestre de l'opéra municipal, un petit homme chétif aux cheveux blancs tirant sur le jaune et au dos voûté, que personne n'a jamais vu sans cravate, que ce soit dans l'escalier ou dans la rue. Cette fois, il porte même son costume beige qu'il ne met d'habitude que les jours de fête, et ses chaussures noires ont l'air fraîchement cirées.

– Vous avez entendu ? demande-t-il. Les insurgés sont entrés chez nous.

Sans blague, songe Paul.

– Oui, nous sommes au courant.

– Je voulais juste vous dire ceci : si vous avez le moindre problème, adressez-vous à moi, déclare le musicien d'une voix solennelle et un grand sourire aux lèvres. Tout va s'arranger ! Croyez-moi. Yacha, mon neveu, est haut placé au sein du Département des Relations publiques des insurgés. Si vous avez besoin de quoi que ce soit, dites que vous connaissez Jacob Katz. Ou, mieux encore : venez me voir.

Paul et sa mère se tiennent à côté de Lena dans le vestibule, mais ils n'invitent pas M. Katz à entrer.

– Merci, dit Paul d'un ton sec. Il n'aime pas le vieux musicien, même s'il ne saurait en donner la raison. Peut-être parce qu'il trouve le surnom de Kotik, qui signifie "petit chat" en russe, ridicule et celui de sa femme – Mychka, "petite souris" – affligeant. Peut-être parce que le vieil homme a un côté à la fois intrusif et misérable. Mais surtout parce que Konstantin Katz lui rappelle trop les pâles figures qui peuplent ses premiers souvenirs d'enfance. L'homme n'a pas besoin de lui dire plus de trois phrases pour qu'il le trouve aussi collant qu'une sangsue et ne perde patience et s'énerve.

– C'est la faute de l'État si nous en sommes arrivés là. Il a été créé pour satisfaire les besoins des élites...

– Certainement ! le coupe Paul. Je vous remercie de tout cœur, mais maintenant je vous demande de m'excuser, dit-il en refermant vite la porte.

– Quel vieil enc... siffle-t-il, mais sa mère l'interrompt avant qu'il ait pu prononcer ce mot :

– Paul, comment oses-tu ? L'enfant !!!

– Mais tout le monde sait que Kotik est un vieil enculé, déclare fièrement Lena en ricanant. Vous me prenez donc pour un bébé, ou quoi ? La mère de Lisa dit que j'ai plus d'un tour dans mon sac.

Avant que Paul et Eva n'aient eu le temps de s'insurger, on sonne de nouveau à la porte.

– Qu'est-ce qu'il veut encore, le vieux ? s'exaspère Paul en ouvrant la porte mais, avant même de comprendre ce qui lui arrive, il se retrouve poussé dans l'appartement. Quelque chose lui comprime douloureusement la poitrine. Une odeur de transpiration, de dents mal brossées et d'après-rasage d'une marque populaire bon marché lui coupe la respiration, jusqu'à ce qu'il parvienne à détacher son visage du corps de l'inconnu, qui est sur le point de le renverser à terre et de l'enjamber comme s'il était un objet encombrant.

Trois hommes s'engouffrent dans le vestibule.

– Votre êtes Paul Sarianidis ? demande l'un d'eux.

– Oui.

– Vous venez avec nous !

La mère de Paul est tétanisée. Choquée, elle reste là, incapable de prononcer un mot. Lena se met à pleurer, baisse les yeux, rentre la tête dans les épaules, fait deux pas en arrière, saisit la main de son père.

Deux des hommes portent des tenues de camouflage, des casquettes de la marine, bleues, et des cartouchières. L'un d'eux tient une mitraillette, l'autre est armé d'un revolver et d'un couteau de chasse, qui pendent à sa ceinture.

– Mettez vos chaussures et venez avec nous, dit l'homme à la mitraillette, tandis que l'autre tend un bonbon aux fruits à Lena en lui caressant les cheveux. – L'enfant recule, repousse sa main. – Arrête de pleurer, petite, dit-il. Si ton père est sage, tu le récupéreras bientôt. – Elle prend le bonbon mais continue de pleurer.

Le troisième homme porte une veste en cuir et un jean, ainsi qu'une vieille casquette d'officier d'infanterie, qui était encore en usage avant la dernière réforme de l'armée, il y a quelques années. Sur la casquette, comme sur les uniformes des autres hommes, il manque toutefois les écussons, les insignes de grade et autres signes distinctifs. C'est ce qui fait le plus peur à Paul.

L'homme mesure au moins deux mètres, a de larges épaules, une barbe noire touffue qui lui tombe jusqu'à la poitrine, un crâne chauve sur lequel est tatouée une étoile à plusieurs branches et des yeux bleu ciel, froids. Ses bras sont plus larges que les cuisses de Paul, ses mains plus grandes que la plante de ses pieds. Une armoire à glace. Le genre de type qu'on ne cherche pas à contredire.

Cela dit, Paul balbutie du bout des lèvres :

– Pourquoi ? Qu'est-ce que vous me voulez ? Et puis qui êtes-vous ? – Il regrette aussitôt ses propos. Parfois, il vaut mieux se taire.

Cinq minutes plus tard, il est assis sur la banquette arrière d'une jeep qui dévale la route sinueuse à une vitesse effrayante en direction du centre-ville. Son bras lui fait mal. Même lorsque l'hématome aura disparu, il ne pourra pas oublier la prise que lui a faite l'armoire à glace.

– S'il vous plaît, laissez-moi partir, supplie Paul, qui n'arrive toujours pas à comprendre ce qui lui arrive, mais surtout : pourquoi. Je n'ai absolument rien fait. J'ai une petite fille. J'ai une famille. Vous n'avez pas d'enfants, vous ? Des gens qui vous sont chers, des amis, des ca-camarades...

– Mais tu vas la fermer, à la fin ? grogne l'armoire à glace.

– Je connais Yacha, Jacob Katz ! dit Paul, désespéré.

– Jacob Katz ? Jacob Katz ? réfléchit l'homme en uniforme assis au volant. C'est pas le petit Juif tout visqueux qu'on a abattu comme espion la semaine dernière ?

– Parce qu'on a descendu un espion la semaine dernière ? s'étonne son collègue assis sur le siège du passager. Et c'est seulement maintenant qu'on me le dit ? J'aurais bien aimé assister à la scène, moi.

– Si je me souviens bien, ce sont même trois espions qui ont été exécutés. Mais je ne suis pas sûr que l'histoire avec Yacha se soit passée la semaine dernière ou celle d'avant. Peu importe. De toute façon, pour lui, ça ne fait plus aucune différence.

4

À première vue, peu de choses ont changé dans la ville. Dans la rue de la Victoire, les tramways continuent de circuler, ces rames vétustes aux portières ouvertes qui rappellent de loin les célèbres *Cable Cars* de San Francisco et qui sont devenues un signe distinctif de la ville. La plupart des magasins sont ouverts, et même les ouvriers qui refont l'asphalte de la chaussée depuis des mois, sans jamais en venir à bout, se déplacent avec leur goudronneuse plus grosse qu'un char. Certes, on voit beaucoup d'uniformes et d'hommes armés, mais il en était déjà ainsi les jours et les semaines précédents, si ce n'est que maintenant les uniformes ont d'autres couleurs.

– Regarde-les ! ricane l'armoire à glace en pointant du doigt les ouvriers. C'est cool, ce truc... euh, en fait, c'est hyper chaud ! Complètement dingue, pas vrai ?

– Les salauds sur les bateaux massacreront peut-être la ville dans quelques jours ; tout sera en ruine, en revanche il y aura une rue de la Victoire fraîchement asphaltée, dit le conducteur en riant.

– Ils ne vont rien massacrer du tout, ils n'ont pas les couilles pour ça, corrige le passager. S'ils zigouillent la population civile, ils savent ce que nous leur ferons quand nous les aurons capturés.

– Ces connards, dit l'armoire à glace, sont déjà à quatre pattes depuis longtemps et ils ont tourné leur cul dans notre direction. On n'a plus qu'à se servir.

Ricanements.

– Eh, mon petit gars, tu ne t'es jamais dit qu'il y avait des choses qui pouvaient me dégoûter ? En plus, je ne suis pas pédé !

– Qui a dit que c'étaient des hommes ?

Rires.

– Mais ce ne sont pas des femmes non plus… Ce serait leur faire trop d'honneur de les qualifier comme telles !

Rires hennissants.

– Ouais, le truc classique : un pays entier rempli de trans, grogne l'armoire à glace. Mais maintenant fini les arcs-en-ciel !

– Mais quoi ! Ouverture d'esprit rime avec ouverture du cul.

La jeep tourne à gauche pour s'engager sur une route à plusieurs voies longue de quelques kilomètres, aménagée au milieu du siècle dernier et débouchant sur un quartier neuf situé à la périphérie nord de la ville. Les feux de signalisation clignotent à l'orange. Aucun bus ne circule. Les nouveaux dirigeants ont érigé des barrages. Paul ne comprend pas pourquoi sur cette route précisément.

Des chars sont stationnés à un carrefour. Quelques immeubles ont été endommagés, une épaisse fumée s'échappe encore de l'un d'entre eux, un bâtiment en béton de six étages. La jeep passe tous les barrages sans problème, accélère entre chacun d'eux pour atteindre les cent kilomètres à l'heure, freine avant d'arriver au suivant. Paul sent la nausée le gagner, chaque fois son estomac se soulève. Le vent de la vitesse lui coupe la respiration.

– Ralentissez un peu, s'il vous plaît, gémit-il. Je vous en supplie !

– Fais pas ta chochotte, on est presque arrivés.

– Où ça ? Vous allez me dire où on va, à la fin ?

– Encore un mot et tu peux prendre rendez-vous chez ton dentiste. Je t'ai pas dit de fermer ta gueule et de pas poser de questions ?

La dernière visite de Paul chez le dentiste remonte à quelques mois seulement. Il décide de se taire, se demandant désespérément qui peut bien lui en vouloir, sur les pieds de qui il a bien pu marcher ou qui il a pu offenser. Tous ceux qui le connaissent savent très bien qu'il est un partisan du gouvernement et qu'il ne considère pas les insurgés comme des patriotes, mais comme des hommes de main du grand voisin. Les leaders des insurgés, affirme-t-il, n'ont que faire du pays, de sa culture, ils ne sont pas là pour défendre les valeurs ancestrales, ni lutter contre la corruption et l'exploitation, ni contre les anciennes élites qui exploitent le peuple, ni pour promouvoir l'avenir des enfants ou une quelconque idéologie ; ce qui leur importe, c'est de prendre le contrôle des ressources économiques dans l'intérêt de ceux qui tirent les ficelles dans les coulisses. Or, Paul n'est pas le seul dans la ville à avoir cette opinion, et si les terroristes ont effectivement décidé d'exterminer tous ceux qu'ils considèrent comme leurs adversaires, pourquoi commencent-ils par lui ? Il ne pèse pas lourd, voyons ! Qu'a-t-il de si extraordinaire, lui, un technicien aéronautique au chômage qui ne s'est jamais engagé politiquement, se contentant – comme beaucoup d'autres – de donner son avis sur les réseaux sociaux pour que, deux heures à peine après la prise de la ville, on envoie chez lui un commando armé à bord d'une jeep pour l'emmener dans un lieu éloigné ?

Un “lieu éloigné”, cette seule pensée lui donne encore plus la nausée. Dans son esprit surgissent des pelotons d'exécution, des fosses communes et des monuments commémoratifs qui un jour, dans un avenir lointain, seraient érigés sur le lieu du crime. Parmi les noms des nombreuses victimes gravés sur le monument, il y aura le sien, et à l'occasion de l'anniversaire de son assassinat, sa fille et ses petits-enfants se rendront en pèlerinage sur ce monument avec les familles des autres victimes pour y déposer des fleurs et prononcer des discours solennels.

Mais lui ne verra pas sa fille grandir et ne connaîtra jamais ses petits-enfants. Il remarque qu'il n'a pas son téléphone sur lui. Il a dû le laisser sur la table du salon. Il devrait demander à ses accompagnateurs d'informer sa famille s'ils le mettent en prison ou le tuent. Il va leur donner le numéro de Flora pour qu'ils puissent aussi la joindre à l'hôpital. Mais avant qu'il ait le temps de creuser cette idée, la voiture s'arrête devant un immeuble de plusieurs étages datant des années 1960, connu sous le nom de Maison de la presse.

Ce n'est pas dans ce bâtiment qu'on fait entrer Paul, mais dans une annexe d'un étage. Les deux hommes en uniforme et l'armoire à glace le traînent dans un hall sombre qui mène à un open space avec plusieurs bureaux, écrans plats, ordinateurs portables et une multitude de câbles fixés sommairement aux murs. Cette grande pièce dégage une impression étrange. Devant la plupart des ordinateurs sont assis des jeunes gens qui, à première vue, semblent tout à fait normaux, pour ne pas dire banals : des garçons et des filles âgés d'une vingtaine d'années, des tapoteurs de clavier ternes, insipides, des geeks, des nerds et de fins bricoleurs, des rédacteurs soi-disant débutants qui se disent étudiants, une bande de stagiaires timides avec des plats préparés asiatiques et du Coca Zéro dans leur sac. Paul connaît ce genre de personnes. Il y a quinze ans, il était lui-même comme eux. Dans les couloirs, entre les tables, déambulent des hommes costauds en tenue de camouflage verte, un peu perdus, armés jusqu'aux dents, qu'on ne soupçonnerait même pas capables de lire ni d'écrire. Mais, visiblement, ils s'intéressent de près à ce qui se passe ici, car ils regardent par-dessus les épaules des jeunes gens, commentent ce qu'ils voient et donnent des instructions. Ce dont Paul se souviendra, c'est de cet homme robuste, mélange de Viking et de combattant de l'EI, pointant son doigt sur l'écran d'une jeune femme menue à grosses lunettes en corne à qui il crie : "Je ne t'ai pas demandé d'effacer ça, mon petit ? Fais ce que je te dis, mon poussin !"

À l'autre bout de la pièce se trouve une porte donnant sur un couloir. Puis on fait franchir à Paul une autre porte pour le conduire dans un bureau au milieu duquel trône une table en bois. Il n'y a plus rien sur le plateau rayé de celle-ci, le tiroir qui se trouve en dessous a été arraché, un pied cassé puis recollé avec les moyens du bord. De chaque côté de la table, il y a des chaises et un fauteuil noir avec un dossier imposant. On y fait asseoir Paul.

– Encore quelques minutes, dit l'armoire à glace. – Sa voix est soudain neutre, voire amicale. – Ça va bientôt commencer !

Paul a soif, il a envie d'aller aux toilettes mais il ne dit rien, décide d'attendre, trépigne nerveusement, regarde tout autour de lui. Le bureau donne l'impression d'avoir été évacué en catastrophe une demi-heure plus tôt pour être de nouveau occupé. Ici, il n'y a aucun objet personnel : pas un seul tableau accroché au mur, pas une seule photo de famille, pas de fleurs ni même un livre ou un fichier, et encore moins des appareils électroniques. Le classeur est vide. Quelques feuilles imprimées, défigurées par des empreintes de pas d'un gris sale, jonchent le sol, les rideaux et les stores ont été arrachés et font l'effet d'avoir été piétinés. L'une des deux vitres est cassée. À droite et à gauche de la table sont fixées des caméras, et même si Paul ne connaît pas grand-chose aux caméras, il devine aussitôt qu'il s'agit d'équipements professionnels.

– Pourriez-vous appeler ma femme ou ma mère pour leur dire où je suis et que je vais bien pour le moment, compte tenu des circonstances ? demande Paul à l'armoire à glace qui se tient toujours à côté de lui, fumant, d'un air blasé, une cigarette dont il met les cendres dans un cendrier de poche en métal brillant, comme s'il n'était pas une brute mais un dandy d'une époque depuis longtemps révolue. Je vais vous donner leurs numéros, dit Paul, mais au même instant la porte s'ouvre. Deux jeunes femmes entrent. Elles sont suivies d'un homme massif, proche de la quarantaine, aux cheveux bruns courts, au nez charnu et au visage large. Ce qui frappe Paul, c'est sa veste militaire, pièce d'un uniforme qu'il ne peut associer à aucune armée, avec des épaulettes ornées de bandes dorées et d'une étoile. Ce qui le frappe encore plus, ce sont ses gants en cuir, coupés aux extrémités. Dans la main droite, il tient un long couteau, dans la gauche un livre.

Paul reconnaît l'homme et, soudain, il comprend tout. Il sait pourquoi il est ici et, pour la première fois de la journée, et pas la dernière, il a l'impression consternante, la certitude même, qu'il va bientôt se prendre des coups, non pas de ceux qu'il recevait dans la cour de l'école quand il était enfant ou adolescent, mais une violente dérouillée. Il se lèverait bien d'un bond pour aller faire le saut de l'ange par la fenêtre. Mais à côté de lui se tient l'armoire à glace, la fenêtre est gardée par l'un des deux hommes en uniforme qui l'ont emmené ici, et il a au moins quatre pas à faire pour aller jusqu'à la fenêtre qui se trouve derrière lui. Avant même qu'il l'ait atteinte, ils l'auront arrêté depuis longtemps, frappé et plaqué au sol. Il décide donc d'accepter l'inévitable, se force à sourire et dit tout bas : “Bonjour.”

5

L'homme pose le livre et le couteau sur la table, prend place en face de Paul et adresse aux deux jeunes femmes un signe autoritaire de la tête. L'une d'elles se dirige vers la caméra de droite, l'autre vers celle de gauche. Elles allument les appareils, les font pivoter dans la direction de Paul, appuient sur des boutons, tournent les objectifs, regardent les écrans avec excitation, manipulent les trépieds, se lancent des termes techniques à mi-voix. Paul voit des lampes témoins rouges et vertes s'allumer, des projecteurs se mettent en marche, l'éblouissent, puis, quelques instants plus tard, on diminue leur luminosité, on les éteint, on les rallume.

– Prêtes ? fait l'homme au bout d'un moment.

– Oui, on peut commencer, répond la femme debout près de la caméra de droite. Elle a une voix sympathique et grave qui semble familière à Paul.

La femme placée à gauche se contente de lever le pouce droit, sans détacher les yeux de son appareil.

– Gregor ! dit l'homme en bougeant une nouvelle fois la tête, un bref mouvement de bas en haut, et l'armoire à glace qui se tenait à côté de Paul disparaît dans cette zone de la pièce qui se trouve derrière les caméras.

– Je compte jusqu'à trois ! – L'homme ouvre les deux boutons supérieurs de sa veste d'uniforme, s'éclaircit la voix. – Un…

La jeune femme à sa droite est une beauté, observe Paul, même si, comme il s'en rend compte immédiatement, c'est bien la dernière pensée qui aurait dû lui traverser l'esprit en cet instant : elle a des traits fins, un profil qui évoque celui d'une déesse sur un vase de l'Antiquité grecque, elle porte une mini-jupe, des chaussures à talons hauts ; la femme à gauche, quant à elle, est une personne discrète au regard attendrissant, une eau qui dort mais dont il faut sans doute se méfier plus qu'on ne le croit.

– Deux, trois... C'est parti !

L'homme assis en face de lui le regarde droit dans les yeux. Paul sent son pouls s'accélérer, son sang battre à ses tempes et dans sa gorge, et sa respiration se précipite comme s'il luttait contre l'asphyxie. Il baisse les yeux, se mordille les lèvres, compte mentalement de dix jusqu'à zéro, puis jusqu'à moins cinq, se calme un petit peu, ne sachant pas de quoi il a le plus envie en ce moment : fumer une cigarette ou aller aux toilettes.

– Présentez-vous, s'il vous plaît. Quel est votre nom ? Quelle est votre profession ? Quel âge avez-vous ? – L'homme en uniforme a l'air très excité. Sa voix, un baryton vibrant. Ses mimiques et ses gestes sont agressifs, angoissants. Il ne fait aucun doute qu'il aurait déjà rugi depuis longtemps s'il ne se donnait pas autant de mal pour contrôler ses émotions.

– Je m'appelle Paul Sarianidis...

– Plus fort !

– Je m'appelle Paul Sarianidis, ingénieur en aéronautique, actuellement en congé pour une durée indéterminée. J'ai trente-six ans et j'ai...

– Savez-vous qui je suis ? l'interrompt l'homme.

– Oui.

– Plus fort ! Parlez plus fort, s'il vous plaît !

– Oui, je sais qui vous êtes ! J'ai souvent vu des photos de vous.

– Qui suis-je, alors ?

– Vous êtes Boris Loupovitch, éditeur des revues en ligne *L'Œil du faucon*, *Insondables Abîmes* et *Le Traqueur d'infox*.

– Docteur Boris Loupovitch, pour être exact, le corrige son interlocuteur.

– Docteur, oui, docteur Loupovitch, chuchote Paul en rentrant la tête dans les épaules.

Comme il aimerait être une tortue en ce moment pour avoir une carapace sous laquelle se cacher.

– Et puis, je suis aussi général de l'Armée de libération sur le front Sud-Ouest.

– Félicitations, dit Paul, car il ne trouve rien de plus intelligent à dire, et, l'espace d'un instant, il se demande même s'il ne devrait pas faire le salut militaire, mais il chasse aussitôt cette idée.

– Vous me connaissez personnellement ? Nous sommes-nous déjà rencontrés ? demande Loupovitch.

– Non.

Bien qu'il fasse aussi chaud dehors que dans la pièce, Paul a la chair de poule et ses pieds sont glacés. Ce n'est que maintenant qu'il se rend compte qu'il porte toujours ses chaussons : des pantoufles de feutre gris, désormais sales et mouillées parce qu'il a marché dans une flaque d'eau devant l'entrée de l'immeuble. La semelle de l'une d'elles est en train de se décoller, l'autre est de travers et pend à son pied comme une masse trempée. Paul les enlève, frotte discrètement ses pieds et ses mollets les uns contre les autres pour les réchauffer. L'une des deux caméras pivote vers le bas. Chacun de ses mouvements est filmé.

– Alors pourquoi avez-vous laissé sur *L'Œil du faucon* le commentaire suivant sous mon article du 11 avril sur les agissements criminels du gouvernement ? – Loupovitch prend un air important, plonge la main dans la poche à l'intérieur de sa veste, lentement, comme s'il exécutait un acte solennel, en sort un téléphone portable, fait glisser son doigt sur l'écran et lit. – Je cite : *Loupovitch, sale traître, odieux pédéraste, tu t'apprêtes certainement à quitter ma ville, mais avant cela je viendrai chez toi avec un couteau de boucher et je t'ouvrirai ton gros ventre. Prends garde à toi ! Mes amitiés à ta famille.* C'est toi qui as écrit ça ? – Cette fois, Loupovitch ne se contient plus. Il se met à hurler. – C'est de toi, espèce d'ordure ?

Paul soupire, le sang lui monte au visage, il aimerait disparaître sous terre.

– Oui, gémit-il, et, les sentant trembler, il cache ses mains dans les poches de son pantalon.

– Je ne t'entends pas ! C'est toi qui as écrit ça ?

– Ça ?... Oui... Euh... C'est moi qui ai écrit ça.

– À la mi-avril, j'ai en effet dû quitter la ville, qui n'est d'ailleurs pas seulement la tienne, mais aussi la mienne, car moi aussi j'y suis né et y ai grandi. Et tu sais pourquoi. Mais maintenant je suis de retour et je n'ai pas attendu que tu viennes à moi, ce sont mes hommes qui sont venus directement à toi.

– Je suis vraiment désolé, murmure Paul.

– Tu ne croyais tout de même pas qu'un pseudonyme débile et un avatar ridicule pouvaient te protéger ? Que quelqu'un comme moi ne découvrirait pas en cinq minutes ta véritable identité ?

– Je n'ai pas réfléchi. Pardon, je suis désolé, navré même !

– Tu as quelque chose à me reprocher, à moi ou à ma famille ? demande Loupovitch.

– Non.

– Dans ce cas, pourquoi as-tu écrit une chose pareille, espèce de connard ?

– Je ne sais pas. Vraiment pas ! Par bêtise. Parce que j'ai été bête. Je n'ai pas réfléchi. Un trou noir. Et, en effet, j'ai mal agi, mais je vais me corriger ! Cela ne se reproduira plus.

– Ah, tu n'as pas réfléchi, sac à merde ? Pour sûr que ça n'arrivera plus, j'y veillerai. – Loupovitch se lève d'un bond, frappe violemment la table en hurlant : – Tu profères une menace contre ma famille ? Mais quel genre d'homme es-tu ? Tu n'as pas toi-même une famille ?

– Si.

– Une femme et un fils, n'est-ce pas ?

– Une femme et une fille.

– Tu veux que je leur passe le bonjour de ta part quand j'irai leur rendre visite avec mes gars ?

– Non, je vous en supplie.

– Tu sais ce que tu es ? Je vais te montrer ce que tu es !

De nouveau, et cette fois-ci de manière encore plus expressive et plus concrète, Paul imagine qu'on le frappe : sans ménagement et pendant un bon moment, non seulement avec les poings, mais surtout en lui donnant des coups de pied au visage, dans les reins et dans le bas-ventre, et tandis qu'il essaie de chasser cette scène de son esprit, de l'effacer, il sent son pantalon se mouiller et devenir chaud, quelque chose de gluant coule le long de ses jambes en le chatouillant, il sent le tissu coller à ses cuisses et une flaque se former à ses pieds. Il est incroyablement gêné, tellement gêné qu'il préférerait être battu et encore plus mourir, mais il ne peut plus éviter ou contrôler ce qui lui arrive. Les deux caméras pivotent vers le bas, sur son bas-ventre, sur ses jambes et sur le sol sous ses pieds. Les jeunes femmes ont un sourire moqueur, méprisant. Elles semblent à la fois amusées et dégoûtées. Une forte odeur d'urine se répand dans toute la pièce. Gregor, l'armoire à glace, plaque un mouchoir devant son nez, les deux hommes en uniforme font la grimace, tandis que Loupovitch éclate de rire et déclare :

– Voici comment pissent les agneaux qui se sont trop longtemps pris pour des chiens de berger. Bravo !

Jamais Paul ne s'est senti aussi piteux qu'à cet instant.

– Tu veux donc m'ouvrir le ventre, tu es un héros quand tu ne fais pas dans ton froc ?

Paul secoue la tête.

Loupovitch reprend le livre qu'il a apporté, se penche en avant et le jette avec fracas sur la table devant Paul. Ce n'est qu'à cet instant que celui-ci réalise qu'il s'agit de *Renaissance et Ascension* – l'autobiographie politique du président de la République au pouvoir –, une autocélébration rédigée par un mauvais nègre, qui est devenue la risée de tout le pays. Et tandis que Paul regarde d'un air un peu incrédule la photographie en couverture, qui date d'il y a au moins vingt-cinq ans et présente le président, très vieux, comme un homme dans la fleur de l'âge, Loupovitch saisit le couteau, lève le bras et, d'un coup sec, enfonce la lame dans le livre, en plein dans l'œil droit du président. Le couteau traverse la couverture et plusieurs pages avant de rester coincé dans le livre, le manche vers le haut. Paul sursaute tandis que Loupovitch hurle, faisant vriller sa voix à plusieurs reprises dans les aigus :

– Tiens, je te donne la chance de mettre à exécution ici et maintenant la menace que tu m'as faite. Allez, prends ce couteau ! Personne ne va t'empêcher d'agir et, si tu parviens à me tuer ou au moins à me blesser et à me mettre hors de combat, tu sortiras de cette pièce et de ce bâtiment en homme libre. Personne ne te retiendra, personne ne te fera de mal. Allez ! Qu'est-ce que tu attends ?

Paul fait non de la tête.

– Jamais de la vie je ne... murmure-t-il avant de s'interrompre.

– Qu'est-ce qui se passe ? crie Loupovitch. Tu as peur ? Regarde, je ne suis pas armé. – Il se penche au-dessus de la table en levant les bras en l'air. – Je vais te combattre à mains nues. Toi, en revanche, tu auras droit au couteau. Si tu me bats, tu pourras partir. Personne ne touchera à un seul de tes cheveux. Je t'en donne ma parole d'officier et d'homme d'honneur.

– Non, dit Paul dans un sanglot.

– Si tu n'as pas du tout confiance en mes hommes, allons faire un tour dans la nature, dans un endroit où nous serons seuls, juste toi et moi. Là-bas, tu pourras me tuer et rentrer chez toi. Tu pourras même prendre ma voiture.

– Jamais de la vie, balbutie Paul et, sans regarder son adversaire, il se met à fixer la flaque d'urine sur le sol. Jamais je ne lèverai la main sur un être humain. Et puis, je n'ai jamais attaqué un être humain avec une arme et je ne le ferai jamais. Même pendant mon service militaire, je n'ai jamais été sur le terrain, je passais tout mon temps à laver, repasser et distribuer les uniformes.

– Mais, dans ce cas, pourquoi tu m'écris des choses comme ça, sale fils de chienne en chaleur ?

– Je ne sais pas. Par colère, par haine…

– Par colère ? Moi, ce qui me met en colère, ce sont les gens comme toi, qui nous ont chié dessus, sur nous et notre pays, et ont tiré la chasse. Par haine ? De la haine !!! Moi aussi je te hais, toi et tes semblables, je vous hais tous, profondément, je vous hais et je vous méprise, espèce de petits lèche-culs et profiteurs qui ont tout arrangé à leur sauce, mais ce n'est pas pour autant que je menace toute ta famille et que je dis que je vais t'éventrer. Voilà la différence qu'il y a entre toi et moi, entre vous et nous. Nous, nous incarnons le caractère et la décence. Et vous, qu'est-ce que vous incarnez ?

Paul garde le silence.

– Encore une chose, Sarianidis : tu m'as traité de pédéraste. Tu ne me connais pas personnellement. Pourquoi affirmes-tu des choses pareilles ? Tu connais ma vie intime, mes préférences ?

– Non.

– Alors pourquoi tu ramènes ta grande gueule ?

Paul hausse les épaules.

– Serait-ce une projection, peut-être ? Tu ne serais pas un pédé refoulé, des fois ? Ou bien pédophile ? Ou tout simplement homo ?

Paul secoue énergiquement la tête.

– J'ai bien envie de faire venir quelqu'un pour bien te la fourrer, ta grande gueule. J'en connais un chez nous qui se chargerait de cette tâche avec grand plaisir. Quelqu'un qui t'appellerait volontiers Paula.

Paul avale sa salive, met par réflexe sa main devant sa bouche, sent ses yeux s'humidifier.

– Ta fille est-elle au moins en sécurité avec toi ? Peut-être devrions-nous aller la chercher pour l'emmener chez des proches ?!

Paul secoue la tête encore plus énergiquement, renifle, pousse un gémissement, fait une grimace et éclate en sanglots. Ce qui suit porte à son comble le caractère abject de cette terrible scène d'humiliation et détruit définitivement l'estime que Paul avait de lui-même. La plus belle des deux femmes prend soudain la parole.

– Monsieur Sarianidis, dit-elle, et sa voix, bien que chargée de reproches, n'est ni moqueuse ni méprisante. Reprenez-vous ! Vous êtes un homme, voyons. Alors, soyez un homme ! Sinon, que vont penser de vous votre femme et votre fille ? Qui vous respectera ?

Une fois de plus, Paul a le sentiment de connaître sa voix et, tout à coup, il se rappelle qui elle est et d'où il la connaît. Elle avait été stagiaire dans le secteur technique et de maintenance de l'aéroport, il y a deux ans, en été. Pendant cette période, c'est lui qui avait été son supérieur direct.

À l'époque, elle le respectait.

– Alina ?

– Vous avez de la morve au nez, monsieur Sarianidis. Vous voulez un mouchoir ? Si vous voulez, je peux même…

– Assez d'amabilités, l'interrompt sèchement Loupovitch, qui tend la main par-dessus la table pour saisir le couteau, arrache celui-ci du livre et le présente à l'un des hommes en uniforme qui le fourre aussitôt dans sa ceinture, puis il balaie le livre de la table d'un geste théâtral de la main, s'avance vers Paul, l'attrape par le col, le soulève du fauteuil, le traîne sur quelques mètres en direction de la porte et dit, en s'adressant non pas à Paul mais à Gregor et aux hommes en uniforme : Jetez cette ordure dehors. Laissez-le partir, je ne veux plus le revoir, il ne fait que polluer l'air. Mais ne touchez pas à un seul de ses cheveux. Ne nous salissons pas les mains ; nous ne sommes pas comme nos ennemis !

– Est-ce que je pourrais m'excuser en bonne et due forme pour mon comportement ? supplie Paul en scrutant le visage de son tortionnaire tel un chien celui de son maître.

– Ici, on ne s'excuse pas !

– Je...

– Va-t'en avant que je ne change d'avis !

– Mais...

– Dehors !

Cinq minutes plus tard, Paul – muni d'un laissez-passer censé lui ouvrir tous les barrages et d'un gobelet en carton rempli d'eau minérale – se retrouve devant l'entrée du bâtiment. Il boit l'eau, fait quelques pas en direction de la rue mais, soudain, il se retourne, rebrousse rapidement chemin pour demander une cigarette à l'un des gardes en uniforme postés à l'entrée de la Maison de la presse. Celui-ci le regarde avec un mélange d'étonnement et de dégoût, hésite un instant, mais lui tend tout de même une cigarette, lui donne du feu et lui dit de fiche le camp.

Sa cigarette terminée, Paul enlève ce qui reste de ses pantoufles et de ses chaussettes, les jette dans une poubelle avec le gobelet vide et se traîne, pieds nus et lentement, en direction du centre-ville. Deux heures s'écouleront avant qu'il arrive chez lui, peut-être plus, mais cela ne le dérange pas et, de toute façon, il n'a pas d'autre choix que de marcher. Aujourd'hui, aucun bus ni tram ne circule dans cette partie de la ville. De plus, Paul n'a ni argent ni téléphone sur lui. Et puis, il n'y aurait sans doute personne qu'il aurait envie d'appeler en ce moment, ni sa femme, ni sa mère, ni son meilleur ami, ni personne.

Il fait chaud. À midi, la température atteindra 30 degrés. Paul a soif, mais il n'y prête pas attention, la plante de ses pieds lui fait mal, mais il n'y prête pas attention, son œil droit s'est enflammé, mais il n'y prête pas attention, tout comme il ne fait cas ni des passants qui le regardent bizarrement, ni des questions et commentaires stupides des soldats postés aux barrages, qui le laissent traverser dès qu'il leur montre le laissez-passer avec la signature de Loupovitch. Il marche en pensant à un poème dont il a oublié l'auteur et le titre, mais ce poème l'accompagne et lui trotte dans la tête : *On m'a donné un corps, que faire de ce bien ? Pour la paisible joie de vivre et respirer, qui, dites-moi, dois-je remercier ? Suis-je la fleur, la mauvaise herbe ou aussi le jardinier ? Dans ma prison, je serai bientôt seul. Sur le vitrage de l'éternité, mon souffle, ma chaleur sont déposés. À quelle fin ? Un motif va se graver dessus, que depuis peu l'on ne reconnaît plus. La buée va s'effacer, ôtant le dessin bien-aimé.*

6

La colline de la ville a deux faces : la face avant, imposante, avec la rue Saint-Marc bordée de marronniers, qui, partant du centre-ville, remonte vers son sommet en un long virage en S, et aussi la rivière des Sept Djinns qui, au cours des dernières décennies, est devenue un filet d'eau trouble et nauséabonde, et le vieil escalier escarpé d'où l'on a une vue de carte postale sur le centre. Cet escalier est bordé de nombreuses statues en marbre représentant des peintres, musiciens et poètes locaux. Elles ont néanmoins une particularité : elles n'ont plus de têtes. Celles-ci leur ont été coupées par l'occupant lors de la dernière grande guerre. Ainsi mutilées, elles se dressent aujourd'hui sur la colline comme "Monument contre la violence, le fascisme et la bêtise" : témoignages et motif de prédilection pour les rares touristes que la ville attire malgré les mauvaises liaisons routières et le sous-développement des infrastructures touristiques. C'est aussi dans la rue Saint-Marc que se trouve le vieil immeuble bourgeois où Paul vit avec sa famille.

Il n'y a aucune construction de l'autre côté de la rue. C'est là que passe le sentier panoramique que l'actuel président de la République remontait en joggant à l'occasion de la Journée du sport – accompagné de gardes du corps, de journalistes essoufflés et de caméras. À l'époque, il était encore gouverneur de la province. C'est là que le "papa de la nation" continue d'exercer son pouvoir, mais c'est là aussi qu'il a désormais ses plus farouches adversaires. "Homme de gauche" à l'origine, il avait promis une vie meilleure aux petites gens. Mais depuis les années ont passé, et si le "schmock* de la nation", comme on le surnomme aujourd'hui en cachette, a été réélu deux fois, c'est parce que beaucoup de gens craignaient que sans lui tout aille encore plus mal.

L'autre face de la colline, derrière le centre-ville et la mer, abrite un vieux quartier, qui a certes une dénomination officielle, mais que tout le monde appelle *La-alot*. *La-alot* est un terme hébraïque qui signifie "ascension". Pour les Juifs qui se sont installés dans la ville au XIXe siècle, cette métropole commerciale en plein essor, située au bord de la mer, incarnait la liberté et l'ascension. Nombre d'entre eux y ont reçu une éducation, sont devenus des hommes d'affaires, des artistes, des intellectuels ou des bandits. Certains ont émigré aux États-Unis ou en Palestine, d'autres sont devenus des personnages légendaires sur lesquels on raconte des histoires rocambolesques. *La-alot* était le quartier qu'ils avaient péniblement construit de leurs propres mains, ce quartier où ils étaient venus s'établir en grand nombre et où, une fois descendus des diligences, trains et bateaux qui les avaient amenés jusqu'ici, ils se rendaient en tout premier lieu lorsqu'ils étaient à la recherche de parents, d'amis ou, tout simplement, de coreligionnaires serviables. *La-alot* a vu le jour sur la face arrière, inhospitalière, de la colline, là où la mer était si loin et la steppe derrière la chaîne de montagnes si proche que l'on pouvait en humer l'odeur, là où les pierres devenaient si brûlantes sous le soleil de midi que l'on pouvait y faire cuire des galettes de pain, là où le vent faisait venir de la poussière et du sable du désert lointain et où seuls les lézards et les cactus se sentaient à l'aise. C'est ici que s'était développé ce quartier de ruelles escarpées qui grimpaient vers le sommet et la lumière éblouissante, ce

* Terme yiddish signifiant "idiot". (*Toutes les notes sont de la traductrice.*)

quartier composé de maisons de un à trois étages aux façades d'une blancheur éclatante, garnies de toits plats, de portes en bois et de volets colorés, de cours intérieures et de balcons, avec ses petites places bordées d'oliviers et de palmiers, ses trente-neuf maisons de prière et synagogues, et sa place, un peu trop grande, au sommet de la colline, là où se termine la rue Saint-Marc et où les deux mondes, celui de l'avant et celui de l'arrière de la colline, se rejoignent.

Mais cela fait longtemps que *La-alot* n'est plus un quartier juif. Pendant la dernière guerre, les Juifs ont été persécutés, expulsés ou assassinés. Les survivants ont déménagé dans d'autres régions, la plupart ont émigré. Même si certains d'entre eux habitent encore à *La-alot*, la population du quartier a radicalement changé au cours des dernières décennies. Au début, ce sont les *goyim* locaux qui ont pris possession des maisons abandonnées puis, lorsque celles-ci se sont retrouvées dans un délabrement total et que la municipalité envisageait déjà de les démolir, ce sont des étrangers qui sont venus s'y installer : des gens de passage, qui n'arrivaient pas à aller plus loin, des travailleurs immigrés venus de pays encore plus pauvres, des personnes de toutes les couleurs et de toutes les religions, des réfugiés, des migrants, certains étant les deux à la fois, d'autres ne sachant pas ce qu'ils sont, ce que les autres croient qu'ils sont ou doivent être, des désespérés et des petits profiteurs, des optimistes ambitieux, des ratés, des criminels, des psychopathes et des solitaires de toutes sortes, et d'innombrables enfants dont les parents n'ont pas de papiers et dont l'école est la rue. La plupart des synagogues sont aujourd'hui des mosquées ou des salles de prière pour les communautés évangéliques qui, partout dans le monde, s'abattent comme des mouches sur ces quartiers. Comme autrefois, lorsque le quartier était encore juif, la vie se passe dans la rue. Ici, les gens ont le verbe haut et grossier, l'humeur joyeuse et le sens de la répartie, des cordes à linge sont suspendues entre les maisons, des personnes pauvrement vêtues proposent leurs marchandises à chaque coin de rue ; dans de minuscules gargotes et boutiques, on coupe les cheveux, on vend des plats exotiques, des contrefaçons de marques et des appareils électroniques, on fume des cigarettes et la chicha, et on fait des affaires. Les personnes bien informées peuvent y faire recharger des briquets usagés pour ensuite les revendre, envoyer des déchets nucléaires au Congo, passer une commande à une usine chinoise clandestine implantée en Italie ou permettre à des milliers de migrants de poursuivre leur route vers l'Allemagne ou la Grande-Bretagne.

En ce samedi caniculaire de fin mai, un homme à l'air triste entre dans ce quartier vers 14 heures. Malgré la chaleur, il porte une veste beige et une casquette marron foncé. Ses mains tremblent. Il n'est pas encore vieux, mais il se traîne péniblement, comme s'il avait des plaies aux pieds. Il semble vouloir se faire le plus petit possible ou se rendre invisible, mais c'est justement pour cela qu'il se fait remarquer. Les gens se retournent sur son passage et l'observent avec un mélange de surprise et de trouble. Trois enfants en âge d'aller à l'école primaire, deux filles et un garçon, le montrent du doigt. L'une des fillettes, une petite Orientale aux yeux si grands qu'on pourrait s'y noyer, chuchote quelque chose à l'oreille de l'autre fillette, une petite blonde, et toutes deux se mettent à ricaner. Paul jette un regard haineux dans leur direction.

L'homme s'arrête devant l'une des plus vieilles maisons de la rue et frappe à la porte. Une femme âgée portant un foulard ouvre et, sans un mot, le fait passer par un corridor sombre qui mène vers une cour intérieure. Celle-ci n'est ni pavée ni asphaltée. Sur un sol en terre battue, d'un jaune tirant sur le rouge, se trouvent deux poubelles, une cabane à outils en bois et une balançoire. À l'ombre d'un balcon, une autre femme âgée coiffée d'un foulard est assise devant une antique machine à coudre à pédale. À côté d'elle est posé un carton rempli de vêtements. Elle ne prête pas attention à Paul. Son visage usé et ridé est, à l'image de toute la cour intérieure, témoin d'une époque enchantée : des fenêtres aux volets fermés, yeux morts d'un âge révolu ; un câble électrique détendu monte jusqu'au toit et se perd dans un enchevêtrement de fils, nid de cigogne fait de métal et de rouille ; des murs inclinés, autrefois peints en jaune, maintenant décolorés, blancs sous la lumière éclatante.

– Tu es venu voir Abdul et Abdullah ? dit la vieille femme qui a fait entrer Paul dans la maison et l'a accompagné jusqu'à la cour.

– Oui, c'est urgent ! C'est une question de vie ou de mort !

– C'est ce qu'ils disent tous.

– Mais pour moi, c'est vraiment le cas. Vous devez me croire !

– Ça aussi, ils le disent tous.

Elle le scrute avec méfiance, chausse ses fines lunettes sans monture qu'elle vient soudain de sortir, observe Paul une nouvelle fois avec insistance, fronce les sourcils, secoue la tête, marmonne un "ahhh" méprisant et quelques mots en arabe, crache par terre et lui désigne une place sur un banc installé contre le mur.

– Attends ici, je vais voir ce que je peux faire pour toi.

Paul voit son crachat mousseux s'infiltrer dans le sol et sécher rapidement sous le soleil ardent.

7

Abdul, le gros, est certes “un homme à la ruse triviale”, mais c’est le plus bienveillant des deux, Paul le sait grâce aux “bonnes personnes” qui les lui ont recommandés. Abdullah, le maigre, qui est aussi beaucoup plus jeune, est, paraît-il, complètement différent : un homme “aux belles paroles et aux décisions brutales”, impitoyable, immoral et vraiment méchant. Tous deux ont d’épais cheveux noirs, mais alors qu’Abdul, qui est proche de la cinquantaine, porte, malgré la chaleur, un costume blanc, chemise et pantalon blancs, une cravate rouge et des chaussures noires, Abdullah, qui a entre vingt et vingt-cinq ans tout au plus, arbore un T-shirt jaune pâle avec un smiley hérissé de piquants et l’inscription *Don’t worry, be happy !* Ses lunettes de soleil, le mot en arabe tatoué sur son cou, ses cheveux coiffés en arrière, son pantalon moulant et sa démarche – mélange de pas décontractés, de raclements de semelles et de balancements de hanches – viennent compléter le tableau d’un jeune homme cool, mais porté sur une esthétique plutôt simpliste.

– Soixante mille florins, déclare Abdul en précédant Paul dans l’escalier, c’est le tarif pour entrer.

– Ou cent euros, dit Abdullah, qui marche derrière Paul.

– Nous n’acceptons que du liquide !

– Vous pouvez faire le change d’un billet de cent mille florins ? demande Paul.

– Non, répondent-ils en chœur.

– D’accord. – Paul leur tend l’argent. – Les quatre mille supplémentaires serviront d’acompte pour tout le reste.

Abdul sourit et fait une petite révérence.

– Vous ne le regretterez pas, assure Abdullah.

Abdul a un fort accent arabe, tandis qu'Abdullah parle sans le moindre accent, avec l'intonation propre aux habitants de la ville.

– Quatre cent trente mille vues sur YouTube en seulement trois heures ! fait remarquer Abdullah. Impressionnant.

– Ce sont des chiffres qui remplissent mon cœur de joie, s'exclame Abdul, euphorique.

Paul s'attend à ce qu'ils le conduisent dans le salon d'un appartement ou un bureau. Au lieu de cela, ils traversent un autre long couloir puant les ordures, qui passe par l'arrière du bâtiment et qui, malgré la faible lueur de l'ampoule accrochée au plafond, est tellement sombre que Paul a peur de trébucher ou de se heurter à un mur. Il a beaucoup de difficulté à suivre la lumière du téléphone portable d'Abdullah. Pendant qu'ils marchent, Abdul raconte qu'Abdullah est son "neveu préféré", qu'il n'est "en fait" que l'arrière-petit-fils de la demi-sœur aînée de sa grand-mère, mais qu'il est tout de même particulièrement proche de lui. Abdullah remercie son "oncle chéri" et raconte que, parmi ses trente-six oncles et grands-oncles, tantes, grands-tantes et arrière-grands-tantes de différents degrés de parenté, Abdul est celui qu'il apprécie le plus, tandis que Paul retient son souffle, garde le silence en se demandant pourquoi on lui raconte tout cela.

Ils ont enfin quitté le couloir nauséabond.

– Près de cinq mille commentaires, s'écrie Abdullah avec enthousiasme, tandis qu'il caresse l'écran de son téléphone avec son index.

– Je vais mourir, gémit Paul.

– Mais pas du tout ! Avec nous, vous êtes entre de bonnes mains ! assure Abdul.

– Mais seulement à l'état vivant, pas comme cadavre, rétorque Abdullah.

– Attendez un peu avant de mourir.

– De toute façon, tôt ou tard, vous y passerez. Un jour ou l'autre, nous irons tous au diable.

– Mourir n'est pas compris dans le prix. Si vous crevez, vous perdrez votre argent et nous, notre investissement. Restez donc en vie, sinon c'est moi qui vous tue de mes propres mains.

Curieusement, Abdullah a tout à coup l'accent arabe, tandis qu'Abdul est passé au dialecte local, avec le même naturel que s'il avait vu le jour et grandi dans le quartier. Pourtant, Abdul est originaire de Tripoli, au Liban, et n'est arrivé à *La-alot* qu'à l'âge adulte, tandis que son "neveu préféré" Abdullah est né ici.

Ils arrivent dans une autre cour intérieure, encore plus petite et plus miteuse, entourée de murs sombres avec des fenêtres étroites, probablement celles de cuisines, toilettes, celliers et autres pièces. Plusieurs chaises en plastique colorées sont placées autour d'une table ronde munie de pieds en fonte et d'un plateau en pierre d'ornement. Sur la table, il y a un pichet d'eau, quelques verres, un paquet de cigarettes et un cendrier contenant plusieurs mégots. Sur l'un d'eux, provenant d'une marque de cigarettes étrangères onéreuses, Paul voit des traces de rouge à lèvres.

– Asseyons-nous, dit Abdullah, alors qu'Abdul a déjà pris place et ouvert l'ordinateur portable qu'il tenait sous le bras.

– Cigarette ? demande Abdullah.

Paul secoue la tête.

– Pas maintenant !

Sa voix est enrouée comme s'il sortait d'une mauvaise grippe.

– Regardez, fait Abdul en tournant l'ordinateur portable vers Paul pour qu'il puisse voir l'écran.

Paul entend la voix ignoble de son tortionnaire, distingue sur l'écran sa propre expression pathétique en grand format, puis la caméra s'éloigne de son visage, descend le long de son corps et zoome sur la tache humide qui ne cesse de s'agrandir à son entrejambe. *"Voici comment pissent les agneaux qui se sont trop longtemps pris pour des chiens de berger. Bravo!"* crie la voix de Loupovitch, sourde et déformée, dans les haut-parleurs.

– Il en existe combien de copies ? interroge Paul.

– Trop ! répond Abdul. Rien que sur YouTube, il y en a déjà plusieurs dizaines. Des bonnes et des mauvaises. Des versions longues et des versions courtes. Avec ou sans commentaires. Et des titres différents. Vous voulez lire quelques commentaires d'utilisateurs ?

Paul secoue énergiquement la tête.

Abdul clique sur l'écran et ouvre une nouvelle fenêtre.

– Voici par exemple la même vidéo intitulée *Haine sur le web : réveil douloureux pour un hooligan d'Internet !* Le commentaire qui l'accompagne est assez sobre, presque sérieux. – Il fait défiler la page. – Ou ici – *Fuites diverses : humiliation d'un troll.* – Il continue de faire défiler la page. – Tiens, c'est nouveau, ça : *Après sa conquête, une ville se pisse dessus.* Enfin, bon… – Il fait défiler vers le haut et vers le bas, marmonne quelque chose en arabe avec agacement, continue à faire défiler et, au bout d'un moment, lit : – *Hier jeune cool, aujourd'hui vieux qui coule.* Accrocheur ! À l'étranger, les contributions sont également nombreuses *:* 撒尿器. *C'est du chinois.* சிறுநீர். *Tamoul. Ça aussi, c'est intéressant : Người đi tiểu.*

– Pitié ! gémit Paul.

– Même en Nouvelle-Zélande, ils ont réussi à voir la vidéo, et juste après quelques heures ! *This video is about a jerk who messed with the wrong psycho…* Tout cela a quelque chose qui transcende les peuples, une dimension multiculturelle, si l'on peut dire. – Abdul et Abdullah sourient tout en continuant à regarder l'écran d'un air concentré. – Et puis, bien sûr, il y a la télé mensongère d'ici et d'ailleurs, les chaînes un, deux, trois et cinq…

toutes ayant, comme il se doit, ce goût prononcé pour les fuites. RAI, ARD, NBC, BBC, Euronews, FOX News et CNN. Chez les Américains, sans pisse bien sûr, mais avec la scène du couteau…

– Techniquement, nous ne pouvons plus rien faire, explique Abdullah.

– Une fois que c'est sur Internet, ça ne peut plus jamais disparaître, précise Abdul.

– Jamais, au grand jamais !

– Ça y reste !

– Jusqu'à la fin des temps.

– Jusqu'à ce que nous soyons tous victimes du réchauffement climatique, des bombes, des mines, des virus, des bactéries et des médisances de nos voisins.

– Je sais, dit Paul d'une voix étranglée. Il n'y a rien à faire.

– Mais si, bien sûr ! s'indigne Abdullah. Vous êtes chez A&A, les grands manipulateurs.

– Nous, on joue le jeu ! s'exclame Abdul.

– Le jeu des jeux ! Avec nous, toute pierre d'achoppement devient un marchepied pour avancer, et n'importe quel fossé se change en mine d'or, affirme Abdullah. Faites-nous confiance ! Tant qu'à avoir été humilié, autant que vous en tiriez profit. Nous veillerons à ce que vous gagniez suffisamment dans cette affaire pour commencer une nouvelle vie en Europe ou en Amérique avec votre famille.

– D'accord, marmonne Paul. Je vous fais confiance.

– *Allahu akbar !* crie Abdul en levant les bras dans un geste théâtral et en regardant le plafond. Cet homme est bel et bien plus intelligent qu'il n'en a l'air.

– Que va-t-il se passer maintenant ? demande Paul.

– Nous allons vous montrer et vous commercialiser partout sur Internet, répond Abdullah. Bien sûr, vous êtes déjà une superstar, mais la vidéo où vous vous pissez dessus ne suffira pas à vous en mettre plein les poches.

– Nous allons vous recréer : vous transformer en un personnage négatif, positif, quelqu'un dont on a pitié, en un objet de haine, une figure d'identification, nous allons faire de vous tout ce que nous voulons et tout ce dont Internet a besoin, explique Abdul. Sur la toile, vous allez devenir soit un odieux personnage, soit le meilleur gendre du monde… c'est selon.

– Un sale con et un gentil à qui on a fait du mal. Chacun se verra présenter le Paul qu'il ou elle veut voir.

– Qui donc a besoin de la vie réelle maintenant qu'il y a Internet ?

– C'est dans les périodes de crise qu'il connaît ses moments de splendeur.

– Et nous aussi !

– Guerres, tremblements de terre, famines, coups d'État, épidémies ! Les gens se réfugient sur Internet et y puisent tout ce qui, dans la vie réelle, sent trop les larmes, le sang ou le poing dans la figure.

– La crise du coronavirus a été un cadeau du ciel pour nous.

– Peut-être que vous aussi, vous êtes un cadeau pour nous.

– Mais certainement pas du ciel !

– Nous vous ferons danser aussi longtemps qu'il y aura du fric qui rentre.

– C'est-à-dire ? demande Paul.

Et Abdullah de répondre :

– Plus il y aura de vues, plus il y aura de rentrées d'argent.

Abdul : – Nous allons signer des contrats publicitaires.

Abdullah : – Y compris sur le darknet.

Abdul : – Vous avez un animal de compagnie ?

– Pardon ? balbutie Paul.

Abdul : – Chien, chat, hamster doré, chinchilla, oiseau…

– Non.

Abdullah : – Une souris blanche ?

– Vous vous moquez de moi ?

Abdul : – Est-ce qu'on en a l'air ?

– Non.

– Eh bien, voilà ! dit Abdul. C'est vendeur, les animaux. Si nous mettons en ligne une photo de vous avec un chaton ou un chiot dans les bras, les mamies vont aussitôt avoir les yeux qui mouillent.

– Et pas que les yeux, et pas que les mamies, ajoute Abdullah, et ils se remettent tous les deux à ricaner, tandis que Paul, les mains tremblantes, allume tout de même une cigarette.

– Vous voulez faire l'expérience de la haine, la vraie, sur Internet ? demande Abdul. Pire que tout ce que vous n'avez jamais vu, lu ou vécu dans vos pires cauchemars ? Dans ce cas, vous torturez un animal domestique, vous filmez la scène, vous la mettez en ligne et vous attendez de voir ce que les gens vous écrivent.

– Et votre famille ? dit Abdul. Vous avez une fille charmante, d'après ce que je sais…

– Laissez-la en dehors de tout ça ! crie Paul en se levant d'un bond. Ma fille ne figurera dans aucun de vos petits films dégoûtants, vous entendez ?

– Les enfants, ça se vend encore mieux que les chiens, observe sèchement Abdul. Surtout les petites filles, quand elles sont jolies et gentilles.

– Mais les chats, c'est insurpassable, dit Abdullah. Les chats, c'est mieux que la musique, les filles ou le porno. Les chats, c'est top !

– Je… commence Paul, le souffle coupé, mais il ne parvient pas à prononcer un mot de plus, il regarde tour à tour Abdul et Abdullah, qui sont restés assis pendant que lui s'est dressé d'un bond. Ce sont maintenant eux qui lèvent la tête pour le regarder, avec un sourire, un sourire large, suffisant et narquois, et Paul a soudain l'impression de ne pas avoir affaire à des humains, mais à deux gros matous repus.

– On ne touche pas à ma famille ! dit Paul à voix basse, avec une colère contenue. Fin de la discussion !

Tout à coup, la porte du couloir s'ouvre et la vieille femme assise tout à l'heure à la machine à coudre entre dans la cour, une assiette à la main. Elle marche très lentement, le dos courbé, en traînant la jambe droite, elle gémit et se lamente à chacun de ses pas et murmure quelque chose en posant sur la table la grande assiette bleue remplie de pâtisseries orientales en pâte feuilletée, tout en toisant Paul avec méfiance de la tête aux pieds et en lâchant d'un ton méprisant quelque chose en arabe qui sonne comme une insulte. Puis elle fait quelques pas en direction du mur du fond, là où il n'y a même pas de fenêtres, s'arrête et tourne le dos à la table.

– Un instant, je vous prie, murmure Abdul, qui se lève et accompagne la femme à l'autre bout de la cour. Abdullah s'excuse à son tour et suit les deux autres.

Tandis que Paul se rassoit, finit sa cigarette et boit un verre d'eau, les trois se parlent à voix basse en arabe, jetant de temps à autre des regards furtifs à Paul, ils semblent perturbés, troublés. Leurs têtes sont si proches qu'on dirait qu'elles vont se toucher. De longues minutes s'écoulent ainsi, pendant lesquelles Paul sent la nervosité monter en lui, le soleil apparaît brusquement derrière l'un des toits et baigne l'étroite cour d'une lumière dorée, et il entend de mieux en mieux le bruit de la rue. Soudain, la vieille femme fait un geste dédaigneux, repousse Abdullah, se tourne face à Abdul et commence à lui parler. Abdullah regagne la table d'un pas nonchalant, relève ses lunettes de soleil sur son front, s'assoit, prend les friandises collantes et se met à manger.

– Qu'est-ce qui se passe ? demande Paul, inquiet.

– Umm Abdul ne vous aime pas, dit Abdullah la bouche pleine, puis il sort un mouchoir blanc de la poche de son pantalon, s'essuie les lèvres, avale sa bouchée, s'essuie de nouveau les lèvres et dit : La mère d'Abdul pense que vous êtes malhonnête, sournois, stupide, malveillant et que vous allez faire le malheur de tout le monde. On devrait vous chasser à coups de pied, voilà ce que dit Umm Abdul.

– Je suis tout à fait honnête avec vous ! proteste Paul. J'ai besoin de votre aide ! Je vous en supplie ! Je ne suis pas sournois. Stupide, oui ! Malveillant, peut-être. Mais pas sournois ! En quoi la mère d'Abdul a-t-elle son mot à dire sur une question pareille ?

– Abdul respecte sa mère. Il ne ferait jamais rien qu'elle désapprouve. Rien chez nous ne se fait sans la bénédiction d'Umm Abdul.

Pendant ce temps, Umm Abdul continue de parler à son fils. Celui-ci se tient devant elle, tête baissée tel un chien battu, encaissant sans rien dire le sermon qu'elle lui adresse.

– Vous êtes honnête avec nous ? Vraiment ? demande Abdullah en tordant sa bouche en une grimace qui fait peur à Paul. Alors dites-nous pourquoi vous écrivez de telles énormités sur les gens.

– Loupovitch est un individu répugnant.

– Est-ce une raison pour menacer la famille de cet homme ?

– Ce n'était pas une vraie menace.

– Allons donc !

– J'étais en colère. En colère, impuissant et désespéré. Je me suis débattu comme un boxeur qui commence à vaciller sur le ring.

– Maintenant, c'est vous qui êtes touché.

– Je sais.

– Pourquoi avoir fait tout ça ? demande Abdullah, mais Paul reste silencieux. Abdullah attend.

– Si vous ne voulez pas m'aider, ça ne m'empêchera pas de vivre, aussi longtemps que j'en aurai encore la possibilité, finit par lâcher Paul.

Abdul met fin à la conversation avec sa mère, revient et murmure quelque chose à l'oreille d'Abdullah.

– Abdul a réussi à faire changer d'avis sa mère, annonce Abdullah avec joie. Plus exactement, il a dû lui jurer que vous feriez tout ce qu'on vous dirait. Que vous vous comporteriez correctement et seriez doux comme un agneau !

– Vous allez être doux comme un agneau ? demande Abdul. Cela sonne comme une menace.

– Mais certainement, assure Paul. Je suis déjà un mouton depuis longtemps.

– Bien, dit Abdul. Dans ce cas…

– Vous avez de la chance, explique Abdullah. Vous ne réalisez pas encore la chance que vous avez !

– Nous allons lancer une contre-offensive, dit Abdul en souriant et en passant son bras autour des épaules de Paul. Nous allons confronter votre fâcheuse histoire à une autre histoire.

– Un autre récit.

– Un nouveau contenu.

– Un autre message.

– Nous allons transformer la prose en vers.

– Le hard-rock en chanson douce.

– La capitulation sans condition en victoire finale.

– Ou l'inverse.

– L'urine en champagne.

– Pétillant !

– Nous allons engager une journaliste. D'Europe occidentale. C'est la meilleure de tous.

– Une journaliste indépendante qui a le recul nécessaire et la capacité d'évaluer objectivement la situation : une pro de chez pro !

– Une Allemande.

– Originaire de Darmstadt.

– Un nom qui en dit long*.

* Littéralement : "ville des tripes" (*Darm* signifiant "boyau", "intestin", "tripes" en allemand).

– Ça sonne tellement allemand qu'on ne peut pas faire plus allemand.

– Elle sera bien payée.

– Elle fera des recherches sur tout, comprendra tout et expliquera tout.

– Avec objectivité, mais de la manière dont nous entendons ce terme, bien sûr.

– Je n'ai pas les moyens, fait remarquer Paul à voix basse.

– Ce n'est pas grave. Vous verserez un acompte, assez conséquent certes, mais pas insurmontable pour quelqu'un comme vous, nous avancerons le reste, et le projet se financera de lui-même.

– Faites-nous confiance !

– Ne faites confiance qu'à nous et à personne d'autre, surtout pas à vous-même !

– À partir de maintenant, vous ne faites plus que ce qu'on vous dit.

– Ah oui, et s'il vous plaît, n'écrivez plus de commentaires sur Internet. Plus un seul !

– Ressaisissez-vous !

– Fumez, prenez de la coke, buvez, jouez aux échecs ou faites des squats. Mais ne touchez plus à un seul clavier ! Si vous avez besoin d'écrire quelque chose, c'est nous qui le ferons.

8

Autrefois, Paul se moquait des personnes qui passaient la moitié de leurs nuits à polémiquer sur Internet avec des gens qu'elles ne connaissaient pas et n'auraient probablement jamais regardés si elles les avaient croisés dans la rue, dans un bar ou lors d'une fête chez des amis. Pendant de nombreuses années, la présence de Paul sur Internet s'était limitée à des contacts professionnels et à des échanges avec quelques bons amis et connaissances ayant les mêmes centres d'intérêt que lui. Cela n'avait changé que lorsque le mouvement politique contre le régime du président s'était radicalisé et que Paul était tombé un jour sur un commentaire à ce sujet sur les réseaux sociaux, commentaire qui lui avait semblé tellement saugrenu et prétentieux qu'il s'était senti obligé de rédiger une "réplique" circonstanciée. Plus tard, il n'avait pas été en mesure d'expliquer de manière cohérente, ni à lui-même ni aux autres, pourquoi il avait répondu à ce commentaire, qui n'était pas le premier de ce type qu'il avait lu sur Internet et qu'il n'avait pas non plus découvert un jour en quoi que ce soit différent des autres jours. Ce qui l'avait le plus révolté, c'était que ce commentaire venait de quelqu'un avec qui il partageait une passion pour les maquettes d'avions anciens et échangeait à ce propos depuis des années sur plusieurs forums : il s'agissait d'un collègue qui travaillait comme ingénieur en aéronautique dans une autre ville. Comment avait-il pu se tromper à ce point sur cet homme qu'il considérait comme intelligent et sympathique ? Ce n'est pourtant pas cette connaissance qui avait répondu à sa "réplique", mais quelqu'un qui participait au fil de discussion sous le pseudonyme de Wise Old Skunk. Le putois avait "démonté" point par point les arguments de Paul et avait conclu en disant que celui-ci n'était ni assez lettré ni assez intelligent pour prendre part à une discussion avec *des personnes qui avaient étudié le sujet en profondeur*. Paul n'avait tout simplement pas le niveau requis pour cela.

Moi ? Je n'ai pas le niveau pour discuter avec quelqu'un comme toi ? s'était-il indigné en faisant les cent pas dans la chambre, furieux. Il était minuit passé, le lendemain il devait se lever très tôt, à 5 heures, parce qu'il était du matin, mais cela n'avait soudain plus eu aucune importance.

– J'ai toujours été bon à l'école et à la fac, j'ai toujours été l'un des meilleurs, avait-il marmonné. J'ai sans aucun doute lu plus de livres sur la politique mondiale et nationale, sur l'histoire de notre pays et sur notre système économique que ce vieux putois qui sait à peine écrire et n'a même pas appris les règles les plus simples de la logique.

Paul s'était mis à rédiger une longue réplique à cette réplique. Cette fois, il s'était efforcé d'établir des liens, d'indiquer ses sources, de renvoyer à des articles de journaux étrangers réputés, de présenter ses arguments de manière précise et aussi claire que possible.

Lorsqu'il avait enfin été satisfait de son bref essai, maintes fois corrigé, qu'il avait appuyé sur la touche "entrée" et s'était renversé dans son siège, soulagé, il était 3 heures du matin.

Je dois être complètement fou pour perdre la moitié d'une nuit pour un imbécile dont le profil ne me permet même pas de savoir ni où il vit, ni ce qu'il fait, ni même s'il existe vraiment, s'était-il dit. Plus jamais je ne ferai une bêtise pareille !

Il avait bu une bière, était sorti dans la rue pour fumer une cigarette, s'était brossé les dents et s'apprêtait à fermer son ordinateur et à se mettre au lit pour l'ultime heure de sommeil qui lui restait, lorsqu'il avait vu que son adversaire, visiblement insomniaque lui aussi, avait déjà répondu. Sa première réaction avait été d'éteindre l'ordinateur sur-le-champ pour ne lire le commentaire que le lendemain, mais la curiosité avait été plus forte que la raison.

Le vieux putois n'avait guère répondu aux arguments de Paul, mais il avait lu attentivement ses explications, car il avait relevé une légère contradiction dans son raisonnement, par laquelle, selon lui, Paul *s'était couvert de ridicule* et devait effacer immédiatement, et dans son propre intérêt, son *charabia minable*. Le putois n'avait même pas regardé les articles que Paul avait mis en lien, car *l'infâme presse mensongère de l'Europe occidentale décadente ou des États-Unis impérialistes* ne l'intéressait pas. La réplique de Paul ne faisait que confirmer ce que lui, le *vieux putois sage*, savait depuis le début : que Paul n'avait pas assez de caractère ni assez d'intelligence pour prendre part à un débat sur un sujet politique aussi sérieux, et qu'*il ferait mieux de rester avec ses avions.*

Dix minutes plus tard, Paul était allongé dans son lit, les yeux écarquillés, bouillant de colère. “Qu'est-ce que tu as ?” avait demandé Flora. “Rien !” avait-il grogné d'une voix étranglée, en lui tournant le dos et décidant de ne plus jamais consulter un seul réseau social à partir de ce moment-là. Avait-il vraiment besoin de se faire laminer de la sorte ?

Sa résolution n'avait tenu qu'une journée. Le soir même, il n'avait pas pu s'empêcher d'envoyer au vieux putois quelques remarques déplaisantes, dont le contenu et le ton étaient bien plus virulents que ses commentaires précédents. *Je savais bien*, lui avait aussitôt répondu le putois, *que lorsque vous êtes à court d'arguments, vous perdiez votre sang-froid. Je n'en attendais pas moins de quelqu'un comme vous.*

Cette fois-ci, Paul n'avait pas eu d'autre choix que de l'insulter. En tout cas, il pensait qu'il ne pouvait pas faire autrement. D'autres débatteurs s'en étaient mêlés et lui étaient tombés dessus, au mieux le traitant de *pignouf*, au pire le menaçant de violences sexuelles ou lui annonçant qu'ils allaient l'assassiner. Il avait atterri sur un site où personne n'était bien disposé à son égard. Les opposants au président y côtoyaient des théoriciens du complot, des chauvins, des fondamentalistes chrétiens, des fascistes et des extrémistes de droite venus de l'étranger. Dans le pays de Paul, il n'y avait aucun contrôle des réseaux sociaux. Chacun postait ce qu'il voulait, sans avoir à craindre de conséquences.

Plus Paul essayait de défendre son opinion, plus il devenait un troll pour tous les autres, et plus il essayait de discuter de manière objective ou amicale, plus il était montré du doigt et ridiculisé, il se sentait nul, aussi s'acharnait-il encore plus à faire taire ses adversaires par des arguments pertinents ou non, mais surtout à se prouver à lui-même qu'il était suffisamment réactif, intelligent et sûr de lui pour s'imposer dans un environnement hostile et obtenir le respect qu'il estimait mériter. Mais il n'y parvenait que rarement. Nombre de ses adversaires étaient manifestement rompus au débat, connaissaient tous les arguments qui pouvaient être avancés contre leurs thèses et les réfutaient habilement par des formules toutes faites. Tout propos original, sortant de l'ordinaire, glissait sur eux. Dans la plupart des cas, ils ignoraient ce genre de phrases et, s'ils y répondaient, ils disaient que cela n'avait rien à voir avec le sujet, que c'était une diversion, un mensonge, une insulte, ou alors ils se moquaient d'une formulation maladroite ou d'une faute de frappe que Paul avait commise.

Plus Paul s'enflammait, plus il mordait la poussière et avait le sentiment d'être nul. Plus il se sentait nul, plus il avait l'impression d'être redevenu le petit garçon d'autrefois sur lequel tout le monde s'acharnait. Comme à cette époque, il se sentait impuissant, stupide, incompris, mais surtout muet. Il passait des heures entières à écrire, mais tout ce qu'il produisait n'était rien de plus que le cri muet d'un poisson qui se débat, accroché à un hameçon, et qu'on retire lentement de l'eau.

Le sujet dont Paul débattait sur Internet, tout comme le fait de savoir s'il avait raison ou non, n'avait eu à un moment donné plus aucune importance pour lui. C'était l'acte lui-même qui l'obsédait. La discussion s'était transformée en un combat de boxe virtuel, et celui-ci en la mise en scène d'une défaite ritualisée. Un jour sur deux, Paul prenait la résolution d'arrêter "ces conneries". Parfois, il annonçait sur sa page Facebook ou sur Instagram qu'il allait faire une pause de trente, quarante ou cinquante jours sur Internet, pour replonger – à la grande joie de ses nombreux "amis" et "followers" – au bout de trois jours tout au plus. Lorsqu'il n'écrivait pas de commentaires sur Internet, il dormait mal, avait des sueurs froides ou des crises de panique. Ses mains tremblaient, il avait parfois l'impression de ne plus pouvoir respirer. Tout cela était pire que ses tentatives infructueuses d'arrêter de fumer. Attendre le tramway était devenu un défi, le trajet lui-même un martyre. S'il voulait "juste jeter un coup d'œil rapide", il savait qu'il remonterait bientôt sur le ring. Mais c'était plus fort que lui. Quelque chose s'était produit en lui, quelque chose avait modifié son esprit, il était mû par une force intérieure bien plus puissante que lui.

Sa femme lui avait expliqué qu'il était en train de devenir une personne qu'il n'avait jamais été. Un jour, Flora avait lu les entrées d'un blog dans lequel Paul s'était laissé aspirer, et elle avait été horrifiée. Elle lui avait alors cité cette phrase de Jonathan Swift : *It is useless to attempt to reason a man out of a thing he was never reasoned into.*

Pourquoi donc se donnait-il tant de mal pour expliquer quelque chose à des crétins ?

Paul lui-même ne comprenait pas ce qui le motivait et pensait qu'il perdait la raison. Sa fille aurait volontiers fait de même si elle avait eu son propre téléphone portable, mais Paul et Flora se doutaient qu'elle passait déjà beaucoup de temps en cachette sur Internet avec ses amies.

Paul s'était rendu compte qu'il n'était pas un bon exemple pour sa fille. Il avait mauvaise conscience, mais sa dépendance était plus forte. Plus le temps passait, plus il se disputait avec sa femme, et plus le temps passait, moins il supportait d'être seul avec lui-même. Dès le réveil, il surfait sur Internet, allait aux toilettes avec son téléphone après le petit-déjeuner, surfait sur le chemin du travail, pendant ses pauses, sur le chemin du retour et, plus tard, dans la soirée et la nuit, une fois que tout le monde était couché. Lorsque l'aéroport avait été fermé et qu'il avait été mis en congé forcé, les choses n'avaient fait qu'empirer. "Ma mère avait tellement raison à ton sujet, pestait Flora. J'aurais dû l'écouter."

Paul avait lu dans un essai qu'Internet était *la continuation de la guerre par d'autres moyens*. Mais plus que cela, il devenait un prélude à la guerre. Avant le début des hostilités, il régnait dans la ville un calme inquiétant. Ces jours-là, la communication sociale s'était concentrée à l'extrême sur Internet. Autrefois, il y avait de la vie dans les bus et les tramways : les gens se parlaient, plaisantaient, se disputaient, chantaient, jouaient de la guitare ou s'interpelaient par-dessus la tête des autres passagers. Certains feuilletaient des livres ou des journaux, d'autres regardaient par la fenêtre, attiraient l'attention de leurs voisins sur quelque chose ou jouaient avec leurs enfants. Cette joie de vivre méridionale occultait la pauvreté et l'absence de perspectives, et ceux qui montaient dans un bus avec la mine sombre en ressortaient souvent, une demi-heure plus tard, avec un grand sourire aux lèvres. Tout cela appartenait depuis longtemps au passé. Chacun fixait son téléphone avec acharnement, montait dans le bus et le tram comme un zombie, incapable de détacher une seule seconde son regard de son écran, descendait comme un zombie et se dirigeait en titubant vers son travail ou sa maison. On observait la même chose dans les cafés et les restaurants, dans les parcs, les salles d'attente, les salons de coiffure, les salles de concert, avant et après les enterrements, à la plage et dans toutes les rues de la ville. Même les enfants de deux ans avaient les mains cramponnées à des appareils qu'ils trouvaient plus importants que leurs tétines.

Juste avant le début de la guerre, l'ambiance avait changé. Dans les jours, les semaines et les mois qui avaient suivi, on avait alors beaucoup discuté pour savoir qui attisait la peur et la haine, qui en profitait, qui lançait délibérément de fausses informations ou montait les abus réels en épingle. On avait cru pouvoir dépister des *bots*, on avait parlé de milliers de *trolls* mercenaires dont on disait qu'ils étaient basés dans différents endroits à l'étranger, s'étaient répandus partout sur Internet et avaient diffusé leur poison à toute vitesse, telle une maladie contagieuse.

Les visages crispés des gens prenaient souvent une expression de colère, de désespoir, parfois de résignation, mais, la plupart du temps, d'agressivité. Les mouvements du pouce et de l'index devenaient plus rapides, plus frénétiques, lorsqu'on martelait des commentaires et des menaces sur l'écran ou que l'on envoyait des photos. Plus les gens se montraient haineux les uns envers les autres, moins ils se regardaient dans la vie réelle. On ne prêtait attention à son prochain que s'il constituait, à la rigueur, un bon modèle de photo. On saluait gentiment le voisin à qui on venait de souhaiter sur Twitter que ses enfants se fassent violer, on plaisantait à la table du déjeuner avec un collègue que l'on aurait volontiers égorgé sur Instagram, ou bien on tenait la porte à une dame que l'on avait traitée quelques minutes plus tôt de *sale pute* sur Facebook. Un jour, cependant, ce qui devait arriver était arrivé. Lorsque la haine était devenue forte au point d'être insoutenable, les gens avaient levé les yeux de leurs écrans et avaient reconnu sur les visages de leurs voisins, de leurs connaissances et de leurs bons amis d'autrefois la même haine et la même peur qu'ils ressentaient eux-mêmes. Ils n'avaient pas pu le supporter. Ils étaient devenus sourds et aveugles, et c'est à ce moment-là que les meurtres avaient commencé.

9

Lorsque Paul était enfant, sa mère passait chaque été une semaine avec lui dans le village dont elle était originaire. Elle rendait alors visite à ses oncles, tantes et amis d'enfance, leur apportait des cadeaux achetés en ville, se réjouissait des petites et grandes catastrophes du quotidien de ses anciens ennemis, louait le bon vieux temps et c'est avec un grand soulagement qu'elle repartait chez elle. En ville, elle racontait à tout le monde combien elle était heureuse de ne plus devoir vivre dans ce nid de misère qui lui avait valu une enfance minable.

Le village se trouve à l'intérieur des terres, à une cinquantaine de kilomètres de la ville, derrière les montagnes, là où les dernières collines se transforment en une steppe aride et sans végétation. Ici, les hivers sont neigeux et froids, la température descend parfois jusqu'à moins 20 degrés la nuit, tandis que les étés sont chauds comme l'antichambre de l'enfer. Les maisons des paysans sont de construction massive. Elles se dressent comme des rochers inébranlables. Lorsque dix maisons se côtoient, il s'agit officiellement d'un village, et quand les maisons sont encore plus nombreuses, ce qui est rarement le cas ici, on parle déjà de “bourg”. Les églises sont blotties au centre, basses, trapues. Aucun clocher ne pointe vers le ciel. À quoi bon ? Dieu n'est pas dans le ciel, mais dans les cœurs, et les cœurs des habitants de cette région sont comme sortis de terre. Ils sont sans cesse attirés vers elle. Quand on regarde vers le nord, la terre et l'horizon se touchent. Si l'on regarde vers le sud, on voit les sommets karstiques des montagnes gratter le firmament.

Lorsque Paul se rendait au village avec sa mère en été, toute activité cessait à midi, tout était mort, les hommes et les bêtes allaient se calfeutrer, seul Paul – malgré les mises en garde de sa mère qui craignait qu'il n'attrape une insolation – allait se promener, il flânait dans la rue principale, voyait des chiens haletants, la langue dégoulinante de bave, tapis à l'ombre des maisons, il regardait les panneaux des magasins portant l'inscription *Fermé*, envahi à chaque fois par cette sensation oppressante que le temps s'était dissous, qu'il était arrivé à son terme et ne repartirait plus jamais. C'était l'instant qui n'était plus un instant, mais une éternité, et, en même temps, il était vide parce que infiniment bref, et Paul avait compris qu'éternité et néant n'étaient qu'une seule et même chose, comme être et ne pas être. Mais si lui, Paul, n'existait pas, il n'avait rien à craindre, ni de ses camarades de classe qui le détestaient et le rouaient de coups, ni des adultes qui le considéraient comme un bon à rien attardé.

Il se postait au milieu de la chaussée, enlevait sa casquette et se mettait à danser et à chanter, d'abord lentement, puis de plus en plus vite, jusqu'à en avoir le vertige. Il se fichait de ce que les villageois pensaient de lui, car, dans l'intemporel, ils avaient tous été absorbés par un trou noir ou s'étaient tout simplement évaporés. Lui seul était encore en vie et chantait, ou plutôt hurlait de vieilles chansons qu'il tenait de sa grand-mère, il beuglait jusqu'à ce que tous les chiens du village se mettent à hurler à la mort et que les gens sortent de chez eux pour "enfin faire cesser ces misérables braillements".

Vingt ans plus tard, Paul souhaite retourner dans son village, il sent en lui le petit enfant qu'il était alors, il le voit danser dans la rue principale, déserte, il se voit faire des pirouettes, courir et sauter en l'air, complètement absorbé dans sa bulle. Quel petit garçon pâle et insignifiant il était, si délicat et si fragile qu'un adulte aurait vraisemblablement pu le renverser rien qu'en soufflant dessus ou le balayer comme des miettes de pain éparpillées sur la table.

Il ne fait aucun doute qu'Abdul et Abdullah ont une grande marge de manœuvre. Mais cela suffira-t-il à effacer sa honte, à faire que cette humiliation n'ait jamais eu lieu ? Tous ces efforts serviront-ils à quelque chose ? Comme il aimerait remonter le temps ou, mieux encore, l'arrêter et faire disparaître tous les humains, tourner sur lui-même en chantant comme un derviche, tourner, tourner, jusqu'à ce qu'il puisse passer de la transe à l'euphorie et de celle-ci au nirvana de l'oubli. Oh, comme il chantait merveilleusement bien jusqu'à ce que la mue de sa voix mette fin à sa carrière de chanteur, avant même qu'elle ait pu commencer. Et pourtant, quand il était enfant, son vœu le plus cher était de monter au moins une fois sur une grande scène, devant un vrai public, et de chanter pour que tout le monde saute et applaudisse avec enthousiasme. Cela était resté un rêve.

Mais, le temps, il ne peut ni le tordre, ni le faire disparaître, ni l'arrêter, car l'époque où il était en harmonie avec lui-même est révolue depuis longtemps. Adolescent, il avait perdu son don le plus précieux en l'espace d'un été. Lorsqu'il chantait, sa voix avait désormais un timbre dissonant et ridicule, faisant penser tantôt à des grognements de loup, tantôt à des hurlements de chacal. Cela avait tout changé. Les chiens remuaient la queue et accouraient vers lui, les villageois disaient qu'il devrait passer une audition au bistrot, quelqu'un avait cité une chanson populaire qu'on aimerait l'entendre chanter.

Plus de dix ans devaient s'écouler avant qu'il ne revienne dans le village natal de sa mère.

Lorsque Paul s'était retrouvé devant l'entrée de son immeuble en fin de matinée, les pieds en sang, il aurait aimé, comme dans son enfance, s'évader de la réalité pour plonger hors du temps. Mais, malheureusement, il était adulte depuis longtemps. Il accepterait son sort, c'est en tout cas ce qu'il avait décidé pendant le long et pénible chemin du retour, il serait honnête avec lui-même et avec les autres, il changerait de vie, sauverait sa famille, entreprendrait tout pour quitter la zone de guerre. Il ne devait pas se laisser anéantir, et si le destin le forçait à se mettre à genoux, il se relèverait et continuerait d'avancer, même si, à chaque pas, il avait aussi mal que s'il marchait sur des charbons ardents.

Il se tiendrait debout au lieu de ramper à quatre pattes et affronterait le destin la tête haute et non le derrière en l'air. Il monterait les escaliers, essuierait la sueur de son visage, cambrerait les reins, relèverait la tête, et c'est alors seulement qu'il presserait le bouton de la sonnette près de la porte de son appartement. Sa mère ouvrirait, pousserait un cri de joie et lui sauterait au cou, soulagée. Sa femme sécherait ses larmes, lui prendrait la main, bousculerait sa belle-mère et l'entraînerait rapidement dans le salon. Sa fille enroulerait ses bras autour de son torse, presserait son visage très fort contre son corps, remercierait Dieu qu'il soit revenu, éclaterait en sanglots, le suppliant de ne plus jamais repartir. Puis elles se mettraient toutes les trois à parler en même temps, à poser des questions en se disant l'une à l'autre de ne pas poser de questions pour le laisser d'abord arriver, elles lui donneraient à manger et à boire, panseraient ses pieds, lui feraient couler un bain, lui laisseraient du temps. Le temps. Comme si le temps avait déjà été de son côté ! Au lieu de manger, de boire ou de prendre un bain, il les prierait de l'écouter attentivement, sans l'interrompre, car il avait quelque chose de très important à leur dire. D'une voix ferme, il confesserait tout, ferait son autocritique, leur ouvrirait son cœur, leur ferait part de sa honte, demanderait pardon. Il parlerait de sa colère, de son impuissance, de sa manie, des phrases qu'il n'aurait jamais dû écrire et de la nouvelle vie qu'il mènerait désormais. Il leur dirait que son humiliation avait fait de lui un homme meilleur. N'était-ce pas une épreuve envoyée par Dieu pour le purifier et l'ennoblir ?

Alors qu'il montait les escaliers, il avait décidé de renoncer à nommer Dieu. La dernière fois qu'il avait assisté à un service religieux, c'était son propre baptême. Comment Dieu pouvait-il mettre les hommes à l'épreuve en pleine guerre ? Il était vivant, il avait encore tous ses membres, ses organes internes et même toutes ses dents, et il n'avait tué personne.

Au deuxième étage, il avait croisé l'homme que sa fille avait traité de sale pédophile. Comme tous les jours, à la même heure, le "sale pédophile" faisait sa promenade favorite : se rendre à l'aire de jeux et revenir. Comme toujours, lorsqu'il faisait chaud, il portait une chemise colorée à manches courtes et un chapeau blanc avec un ruban noir. D'habitude, lorsqu'il rencontrait ses voisins, il se contentait de toucher le bord de son chapeau avec l'index, de hocher la tête et de marmonner un "b'jour" à peine audible sans s'arrêter, mais cette fois-ci il s'était arrêté, avait ôté son couvre-chef, s'était incliné, avait regardé Paul droit dans les yeux avec un sourire narquois et avait dit : "Je vous souhaite une très belle journée, monsieur le voisin." Son intonation sonnait comme une insulte.

Le comportement du "baiseur d'enfants" dérangeait Paul, mais il était trop préoccupé de lui-même pour y réfléchir plus avant, et ses pieds lui faisaient si mal qu'il parvenait à peine à monter les escaliers. Il avait marché sur d'innombrables débris de verre, restes d'emballages et vieux éclats d'obus avant que le commandant de l'un des barrages qu'il devait franchir ne lui offre une vieille paire de baskets. Celles-ci étaient, certes, trop grandes et trouées et déchirées par endroits, mais elles avaient rempli leur fonction pour le chemin du retour. Mais, maintenant, il était au bout du rouleau. Encore dix marches, cinq, deux, une, encore dix pas. Il en avait les larmes aux yeux.

Ensuite, tout s'était déroulé à peu près comme il l'avait imaginé : sa mère avait ouvert la porte, mais ne l'avait pas embrassé, elle avait glissé sa joie et son soulagement dans quelques phrases sobres, sa femme l'avait entraîné jusqu'au salon, sa fille l'avait serré violemment dans ses bras, mais elle n'avait pas remercié Dieu et ne lui avait pas demandé de ne plus jamais partir. Sa femme avait pansé ses pieds. On lui avait donné à manger et à boire, on l'avait bombardé de questions, on s'était réjoui qu'il fût encore en vie, on lui avait fait couler un bain. Après le bain, elle désinfecterait et banderait ses pieds encore une fois, avait promis Flora.

– Que s'est-il passé ? Allez, raconte !

– Pour l'instant, laisse-le arriver.

– Mais je veux savoir, avait insisté sa mère. Qui sait ce qui se passera après-demain, demain ou même dans cinq minutes ? Plus nous en saurons, mieux nous serons préparés à tout ce qui pourrait arriver.

– Mais il peut boire un verre d'eau, quand même. Le monde ne va pas s'écrouler dans les trois prochaines minutes. Et si c'était le cas, nous ne pourrions rien faire contre.

– Papa, qu'est-ce qu'ils t'ont fait ?

– Asseyez-vous, avait dit Paul, mais soudain sa voix était devenue hésitante et faible. J'ai quelque chose d'important à vous dire.

Quelques instants plus tard, elles étaient toutes les trois assises à la table en face de Paul, le visage concentré et plein d'attente. Mais lui avait gardé le silence, sa langue était brusquement devenue sèche et lourde, elle lui procurait une sensation étrange, grandissait et collait désagréablement à son palais, barrait le chemin à ses mots, tenait ses pensées à distance.

– Alors ? avait demandé sa femme.
– Eh bien ? avait demandé sa fille.
– Eh bien, alors ? avait demandé sa mère.
– Non ! avait-il fini par lâcher.
– Quoi, non ? s'était étonnée sa femme.
– Comment, non ? s'était étonnée sa mère.
– Pourquoi, non ? s'était étonnée sa fille.
– Parce que je n'ai pas envie de parler de ça, avait-il fait doucement remarquer, en baissant les yeux. En tout cas, pas en détail et pas maintenant.
– Lena, va dans ta chambre ! avait ordonné sa femme. Sa voix, jusqu'ici pleine d'empathie, quoique calme et ferme, avait pris un ton tellement anxieux et soucieux que Paul en avait eu des frissons.
– Non, je ne veux pas ! avait protesté Lena.
– Si, tu t'en vas. S'il te plaît !

Tout à coup, tout ce qui rendait Flora si unique aux yeux des autres semblait avoir disparu : son attitude de défi, cette pointe de moquerie avec laquelle elle traitait ses semblables et affrontait les hauts et les bas du quotidien, sa distance vis-à-vis de tout et de tous, généralement perceptible même dans ses moments d'émotion et d'abandon. Paul l'avait regardée droit dans les yeux et décidé de lui dire la vérité.

– Flora ! avait-il murmuré en lui prenant la main. Je…
– Non, je reste ici ! avait dit l'enfant à voix haute et d'un ton provocant.
– Va-t'en ! avait crié Flora. Va dans ta chambre !
– Va, mon petit, avait demandé la mère de Paul d'une voix douce et conciliante. Nous te raconterons tout plus tard.
– Pas la peine, avait déclaré Paul. Lena peut rester. Il ne s'est pas passé grand-chose et il n'y a donc pas grand-chose à raconter. Les détails sont accablants, mais ils ne sont pas intéressants. Une confusion d'identité. Une histoire

d'homonymie… Je ne sais même pas avec qui et pourquoi ils le recherchaient. Au bout d'une heure, le mystère était éclairci. – Qu'est-ce qui m'arrive? s'était-il demandé, désespéré. – En des temps comme celui-ci, on est un ami, puis un ennemi, puis de nouveau un ami, jusqu'à ce qu'on finisse par se méfier de soi-même. Ainsi est l'époque dans laquelle nous vivons, et le temps n'a jamais été mon allié. J'ai été interrogé par un certain Boris Loupovitch. C'est un blogueur, autoproclamé journaliste, et un chef rebelle, un type colérique qui porte un grand couteau sur lui. – Une affirmation véridique peut-elle diluer un mensonge et le rendre ainsi moins mensonger? À partir de quand la vérité prédomine-t-elle dans un mensonge? – J'ai dû dire au moins vingt fois mon nom, ma date de naissance, mon numéro d'assurance et le numéro d'immatriculation de ma voiture. – Celui qui s'est engagé sur la voie du mensonge doit la suivre jusqu'au bout.

– Mais notre voiture est en panne depuis longtemps, avait dit Lena d'un ton grave. Ils auraient mieux fait de te demander des renseignements sur nos vélos.

Cette remarque avait quelque peu détendu l'atmosphère.

Une demi-heure plus tard, Paul était allongé dans la baignoire et savourait le délai de grâce qu'il avait obtenu, mais pour lequel, il en était parfaitement conscient, il allait payer cher.

Le moment de vérité était arrivé plus vite qu'il ne l'avait imaginé. Alors qu'il s'apprêtait à sortir de la baignoire, la porte de la salle de bains s'était ouverte et "ses trois filles", comme il les appelait, avaient fait irruption. Le visage de Lena était déformé par la douleur et inondé de larmes, celui de Flora déconcerté. Eva l'avait regardé d'un air triste, sévère et plein de reproches et s'était contentée de dire: "Ah, mon Paulo!" Elle s'était remise à l'appeler Paulo, la pire chose qu'elle pouvait lui infliger.

Lena lui avait tendu un smartphone – celui de Paul. Des images défilaient sur l'écran et, malgré la lumière blafarde de la salle de bains, il s'était immédiatement reconnu.

– Comment tu as pu me faire ça? avait crié Lena en se mettant à pleurer. Tout le monde va se moquer de moi, tout le monde, tout le monde. Je n'irai plus jamais à l'école. Je ne sortirai plus jamais dans la rue. Je ne pourrai plus jamais regarder mes amies en face. Deux d'entre elles m'ont déjà écrit pour me dire qu'elles ne voulaient plus être mes copines. Elles ne peuvent pas être copines avec la fille du pisseur. Je te déteste! Je te déteste! Je te déteste! Je te déteste! Tu n'es plus mon père.

– Ferme-la, petite sotte! avait dit sévèrement sa mère en se tournant vers Paul et en ajoutant d'un ton encore plus sévère et très sec: Et toi, ne t'ai-je pas assez répété de ne pas écrire de commentaires stupides sur Internet?

– Si, avait répondu Paul, tout penaud.

– À cause de toi, nous sommes devenues la risée de tout le monde, avait rétorqué Eva. Moi, ça fait longtemps que je m'en fiche, je suis une vieille femme, mais toi, mon Paulo, tu as une famille, tu as une femme et une enfant! En pleine guerre, nous mettre dans un pareil pétrin!

– Je sais que tu es au chômage, s'était emportée Flora. Mais est-ce une raison pour passer des heures à insulter des gens que tu ne connais même pas? Qu'est-ce que ça t'apporte? À quoi ça sert? Tu crois que ça va changer quelque chose? Que tu vas convaincre quelqu'un? Chacun ne vit qu'avec sa propre colère et ne fait qu'alimenter sa propre ignorance et ses idées préconçues. Pour ma part, les singes que je côtoie tous les jours dans la vie réelle me suffisent amplement. Il faut beaucoup de force pour ne pas marcher sur leurs queues de singes galeux au mauvais moment.

– C'est vrai, avait murmuré Paul avec un sentiment de culpabilité et l'envie de disparaître entièrement sous la surface de l'eau.

– Depuis des semaines, à l'hôpital, c'est à moi de décider chaque jour qui doit vivre et qui doit mourir ! avait crié Flora. Nous n'avons plus de lits vacants, nous manquons de médicaments, de place, de matériel. Il y a des gens gravement malades allongés dans les couloirs et dans la cour intérieure. Notre chef de service est un pourri, le directeur de l'hôpital une nullité et les autres… les autres… – Elle s'était arrêtée quelques instants avant de reprendre. – Je dois donner la priorité aux enfants et aux personnes qui ont une famille, et laisser mourir les personnes âgées et les personnes seules. – Sa voix était à la fois pleine de colère et de désespoir. Elle avait du mal à trouver son souffle et ses mots. – Pas plus tard qu'hier, une femme qui n'avait que des blessures de gravité moyenne est décédée des suites d'une série de complications inattendues parce qu'on l'avait tout simplement oubliée, ou négligée, pendant une demi-journée, dans le couloir qui relie le bloc B au bloc C. Chaque jour, je me sens coupable alors que je n'ai commis aucune faute, mais rien ne peut et ne pourra me libérer de ce sentiment. Et mon mari, que fait-il pendant ce temps-là ? Au lieu de faire quelque chose d'utile dans une période pareille, il s'attaque à des ordures sur Internet et se crée des problèmes et nous en crée à nous aussi, sans aucune raison valable. Pourquoi ? Pourquoi fais-tu ça ?

– Je n'arrive pas à m'arrêter, voilà tout. Ça me met tellement en colère de lire autant de bêtises. Un jour ou l'autre, je vais péter un câble et je ne serai pas du tout fier de ma réaction.

– Mais pourquoi, pourquoi, pourquoi lis-tu toutes ces conneries ? Éteins donc ce putain d'ordinateur ! Je ne te comprends pas. C'est comme si tu mettais toi-même des charbons ardents sur tes plaies ouvertes.

Paul n'avait rien dit.

– Ne t'ai-je pas répété maintes et maintes fois à quel point j'ai peur quand tu t'en prends à des crétins ?

– Si.

Maintenant, il avait les larmes aux yeux.

– Tu as une famille. Tu as une enfant, bon Dieu. Un jour, un psychopathe se présentera à notre porte avec un AK47 à la main et il ne sera pas venu que pour te chercher, toi, mais pour nous faire du mal à tous ! Nous sommes en guerre ! En guerre ! En guerre ! Et toi, tu perds ton temps pour des racailles sur les réseaux sociaux ?!! Occupe-toi plutôt de toi et de nous !

– Qu'est-ce que je dois faire ? Me noyer ?

Flora avait ignoré son interjection.

– C'est déjà bien assez que tu passes toi-même pour une mauviette. Mais as-tu pensé à ce que ça signifie pour les autres ?

Bien que ce fût sans nul doute l'un des pires moments de sa vie, Paul avait soudain pris conscience du caractère aberrant et absurde de sa situation. Soudain, il avait repensé au *Sabbat des sorcières* de Francisco de Goya, non pas au tableau célèbre avec le diable en forme de bouc trônant au centre, mais à l'autre, beaucoup moins connu, caché dans une collection privée, où les femmes des ténèbres affublées de visages de monstres, de queues fourchues et de sabots fendus dansent autour d'un feu et d'un grand chaudron dans lequel mijotent des restes de corps humains. N'était-ce pas lui-même, ou plutôt ce qui restait de lui, qui se trouvait justement dans ce chaudron ?

– Je vais appeler des gens bien, avait dit Eva. Je vais le faire maintenant, tout de suite. Il faut agir vite. J'ai le numéro de quelques-uns. Je suis sûre qu'on va trouver une solution. J'ai entendu dire qu'il y a deux Arabes qui ont une excellente réputation parmi ces gens bien et leurs amis et qui peuvent être utiles dans ce genre de cas.

Flora avait également ignoré cette remarque et poursuivi ses lamentations :

– Comme si ce n'était déjà pas assez que, pendant des semaines, tu n'aies pas été capable de décider si nous devions quitter la ville ou non, comme si ce n'était déjà pas assez grave que tu fumes, que tu n'aies pas beaucoup d'amis et pas de véritables centres d'intérêt en dehors de ton travail et de tes sorties occasionnelles au théâtre, il faut en plus que tu ailles traîner sur Internet comme le plus stupide des trolls et que tu emmerdes des gens qui peuvent te casser la gueule à tout moment. Et tout ça en pleine guerre !

– Ce n'est pas une guerre, avait dit Lena en tapant des pieds avec obstination. C'est une opération de police élargie…

– Oh, toi, arrête de dire n'importe quoi !

Cette fois, tous les adultes étaient d'accord, car ils avaient prononcé cette phrase presque en même temps et sur le même ton, après quoi Lena avait jeté avec rage le téléphone de Paul dans la baignoire et était sortie en sanglotant.

10

La ville ne sait pas encore si elle a été conquise ou libérée. Les uns se réjouissent, les autres ont peur, mais pour l'instant il n'y a pas grand-chose qui change. La ville reste ce qu'elle était déjà les jours précédents : une souricière. Toutes les routes d'accès sont bloquées, l'aéroport est détruit, le port est devenu une zone de front. Les "libérateurs" ont abrogé les lois sur les laissez-passer et les cartes d'identité édictés par les anciens dirigeants, et ont créé trois autres *zones de contrôle à accès limité*. Pourtant, ce soir, dans le Petit Stade situé à un jet de pierre du port, a lieu un concert des Pilules bleues, un groupe féminin de pop, événement annoncé depuis des mois. Personne ne sait comment c'est possible, mais le groupe est en ville, le stade affiche complet depuis des semaines, et dès l'après-midi une longue file d'attente se forme devant l'entrée.

Tout est devenu subitement plus cher et les magasins n'acceptent plus que les euros et les dollars américains comme moyens de paiement. Le bruit court qu'une série de crimes horribles a été commise au cours des dernières heures : vols simples ou à main armée, meurtres, viols, cambriolages, incendies criminels, actes de vandalisme. On raconte que quelqu'un aurait détourné un trolleybus et forcé les passagers à se mettre tout nus. Et que des centaines de personnes, des milliers selon certains, auraient été arrêtées. Qu'au moins un nombre égal de personnes auraient tout bonnement disparu. Partout, des gens errent dans les rues, à la recherche de leurs proches, et se lamentent sur leur propre sort. Des portails ont été créés sur les réseaux sociaux dans le but de retrouver les disparus et de favoriser l'entraide.

Le cessez-le-feu est toujours en vigueur. Des négociations sont en cours, on procède à des échanges de prisonniers, on autorise des observateurs internationaux et des journalistes à entrer dans la ville. Finalement, le cessez-le-feu est encore prolongé, il ne prendra fin que lundi à 23 h 59.

Après des semaines de combats, un silence lugubre règne dans les montagnes et les collines à la périphérie de la ville. La nuit de samedi à dimanche est la première nuit calme depuis longtemps. À partir de 19 h 30, il y a un couvre-feu qui dure jusqu'à 5 h 30 du matin, mais presque personne ne le respecte et les nouvelles autorités ne sévissent pas. Pas encore. Le boulevard Aristote, qui sépare le centre-ville du port et n'est plus un boulevard depuis un bon moment, mais une route rapide à six voies qui ne porte pas le nom du célèbre philosophe grec, mais celui d'Aristote Schmitt, entrepreneur gréco-allemand devenu riche grâce au commerce de concombres et de tomates, et promoteur des arts et de la danse classique, est devenu une ligne de front. Là où, il y a peu de temps encore, la circulation était bruyante, des sacs de sable s'amoncellent, on installe des barrages antichars, des canons, on dresse des nids de mitrailleuses, des tireurs d'élite investissent leurs cachettes, des clôtures et des rouleaux de barbelés bloquent le passage. Les bateaux dans le port se sont encore un peu plus rapprochés de la rive, ils ont réajusté leurs canons et les ont orientés vers des points stratégiques de la ville.

Une tension inquiétante plane sur la ville. Dans un tweet qui sera bientôt repris par toutes les grandes agences de presse, quelqu'un écrit à propos de ce dimanche qu'il s'agit d'une *journée de grande sidération pour tout le monde*. Il n'y a personne qui ne partage cet avis.

Flora a expliqué à Paul qu'elle doit réfléchir à beaucoup de choses, qu'elle a besoin de temps pour avoir une appréciation juste de "l'événement". Cela ne signifie pas qu'elle n'aime plus Paul, elle l'aime autant qu'avant, mais elle a besoin de prendre un peu de distance. Elle lui a demandé de faire preuve de compréhension à son égard et, après tout ce qui s'est passé la veille, de se mettre dans sa situation émotionnelle et d'éviter tout contact physique avec elle. Paul comprend, mais il n'y a rien qu'il trouve plus douloureux et plus humiliant que la distance de Flora.

Lena ne parle plus à son père. Lorsqu'il la regarde, elle se détourne ostensiblement. Quand il s'approche d'elle, elle s'enfuit. Sa meilleure amie Lisa lui a envoyé sur Signal un message sèchement formulé dans lequel elle l'informe que sa mère lui a interdit d'être amie avec elle. Paul serait un "risque pour la sécurité", tout rapport avec sa fille pourrait être interprété comme "l'expression d'un état d'esprit hostile" ou, du moins, comme une "attitude d'opposition".

Depuis les premières heures du matin, le téléphone et le portable de Paul, qui étonnamment fonctionne toujours après avoir plongé dans la baignoire, sonnent à tour de rôle. En dehors de ses amis et de la famille, la plupart des correspondants sont des fous furieux qui le menacent et l'insultent ou se moquent de lui, des curieux qui veulent faire sa connaissance ou des personnes qui disent tout simplement des bêtises. Il y a aussi des journalistes, dont certains sont même de l'étranger et veulent absolument les rencontrer, lui et sa famille, mais il a reçu l'ordre d'Abdul et d'Abdullah de ne parler à personne. D'après eux, Wiebke Schlager, la rédactrice allemande de Darmstadt qu'ils ont engagée, est déjà en route. Elle arrivera mardi dans la ville avec son équipe pour réaliser une émission complète sur Paul, sa vie, son entourage et le regrettable incident, et elle aura droit à une interview exclusive.

En fin de matinée, Paul débranche le téléphone fixe et met son portable en mode silencieux. Mais l'affaire n'est pas terminée pour autant. En regardant par la fenêtre, il voit d'étranges individus rôder devant l'entrée de l'immeuble. Certains pourraient être des journalistes. Paul a vu l'un d'entre eux plusieurs fois à la télévision, un reporter autrichien, un homme d'un certain âge. Heureusement, ils restent dehors, dans la rue. C'est réjouissant, mais surprenant aussi. On aurait pu s'attendre à ce qu'ils défoncent la porte et fassent irruption dans l'appartement.

À midi, les nouveaux dirigeants font une déclaration officielle à la télévision. La présentatrice, une jeune femme nommée Kira, lit le prompteur. Si l'on regarde de plus près, on voit qu'elle remue la tête de manière à peine perceptible et que ses yeux ne cessent de bouger de gauche à droite. "L'ère des médias mensongers est révolue, annonce-t-elle. À partir de maintenant, la vérité est un devoir, le mensonge un crime, et il n'y aura plus aucun sujet qui sera dissimulé ni aucun incident qui sera enjolivé."

– N'importe quoi ! marmonne Eva.

À l'écran, on voit des camions militaires et des tanks en train de défiler. Des femmes tendent des bouquets de fleurs, du pain, des bonbons, des fruits, des cigares et des bouteilles d'eau aux soldats assis sur leurs chars. Une foule en liesse agite des drapeaux aux couleurs des forces rebelles. Le tout est accompagné de la chanson *Believer* des Imagine Dragons, diffusée si fort que les martèlements de la batterie résonnent contre les murs.

– Cool ! s'écrie Lena en frappant dans ses mains.

Maintenant, Kira lit un document. À partir de mardi, les denrées alimentaires et autres biens de consommation courante seront rationnés, une mesure malheureusement nécessaire en temps de crise. Des cartes d'alimentation seront mises à disposition dès que possible et pourront être retirées par tous les habitants de la ville dans les bureaux de déclaration de domicile de leur quartier. Ces cartes pourront également être imprimées en ligne ou téléchargées sur une application disponible sur tous les appareils électroniques. Le poste de Gouverneur sera supprimé et remplacé par celui de Premier Serviteur du Peuple de la région. Ses compétences seront identiques à celles du Gouverneur. Tous ceux qui ont un emploi auront pour obligation de travailler quarante-huit heures par semaine. Ceux qui n'en ont pas et ont atteint l'âge de dix-sept ans mais pas encore celui de soixante-dix ans, mais aussi, en cas d'urgence, tous les autres habitants de la ville, pourront être appelés à travailler au service de la collectivité si le besoin se présente. Une réforme monétaire sera mise en place avec effet immédiat : mille anciens florins équivaudront à une couronne, elle-même divisée en cent centimes. Hélas, l'antenne locale de la Banque nationale n'a pas les moyens techniques ni financiers d'imprimer de nouveaux billets et d'estampiller les anciens. L'ancienne monnaie reste donc pour l'instant en usage, mais il faudra la nommer différemment dans la vie quotidienne. Toute personne qui désignera un ancien billet de mille florins en disant "mille florins" au lieu de "une couronne" encourra une sanction.

– Tiens, tiens, commente Flora. Un chat doit donc aboyer quand on l'appelle un chien ?

– L'avortement est interdit avec effet immédiat, et la peine de mort est rétablie, annonce Kira, qui ouvre de grands yeux étonnés, se fige, mais se remet rapidement de son choc et poursuit : Dans la nuit de dimanche à lundi, l'ensemble du territoire libéré passera à l'heure d'été, ce qui nous permettra de nous aligner sur les pays voisins.

– Et moi qui croyais plaisanter en parlant du rétablissement de l'heure d'été, murmure Flora.

"L'homme que nous allons maintenant recevoir dans le studio au vu des événements actuels n'a pas besoin d'être présenté car la plupart des gens le connaissent, enchaîne la présentatrice. Issu d'une famille établie depuis quatre générations dans notre ville, c'est un patriote, un homme d'affaires prospère, un chimiste diplômé, producteur, journaliste, écrivain, ancien champion régional de kick-boxing, vice-président de la société de protection des animaux et éditeur des revues en ligne *L'Œil du faucon*, *Insondables Abîmes* et *Le Traqueur d'infox* : Docteur Boris Loupovitch. M. Loupovitch est membre du comité exécutif du Gouvernement provisoire, depuis aujourd'hui il est également Général de l'Armée de Libération, Commandant de tout le front Sud, Premier Serviteur provisoire du Peuple de la région, Chef provisoire de la Garde nationale et de l'administration municipale...

– Putain ! chuchote Paul. Quand est-ce que ce cauchemar va enfin s'arrêter ?

– Tu nous as mis dans de beaux draps, lui dit Flora.

– Pourquoi tu dis ça ? demande Paul.

– Parce que maintenant tout le monde va aussi penser à toi en le voyant, répond-elle.

– Ce serait peut-être mieux que tu ailles dans ta chambre, Lena, dit Flora, mais l'enfant ne bouge pas d'un pouce.

– J'en ai besoin pour l'école, explique la fillette.

– Comment ça ? demande la grand-mère.

– J'ai un texte à écrire pour mardi.

– Et alors ?

– Sur une personne que j'admire.

– Et tu veux...

– En fait, je voulais écrire sur mon père, mais maintenant je préfère faire une rédaction sur le général Loupovitch.

Mon Dieu, mais pourquoi ma mère n'a-t-elle pas avorté ? songe Paul.

– Mais si les troupes gouvernementales devaient reprendre la ville d'ici mardi, sur qui écrirais-tu ? demande Eva. Sur notre président de la République ?

– Sûrement pas ! Je ne vais quand même pas me rendre complètement ridicule. Non, si nous sommes reconquis, j'écrirai quelque chose sur Adele.

– Adele ? C'est qui ? demande Eva.

– Grand-mère, voyons ! soupire Lena en levant les yeux au ciel.

11

Le discours télévisé de Loupovitch ne révèle pas grand-chose de nouveau. Il se livre aux attaques habituelles contre la "clique fasciste" de la capitale, le président corrompu et ses partisans, contre les "misérables représentants du peuple juif, formidable en soi", lesquels sont responsables des grandes crises actuelles, contre "les gens comme les Rothschild, les Soros et autres Kohn, Rabinovitch, Eisenberg et Katz que nous connaissons tous", contre les spéculateurs et les profiteurs, contre les associations arc-en-ciel avec leurs "petits problèmes et leur analité à la noix", contre la CIA, la "presse incendiaire" de l'étranger, contre les multinationales, les espions, les traîtres et les saboteurs, les détracteurs de la patrie, les musulmans radicaux et les islamistes que l'on va bientôt éliminer, contre les migrants qui refusent de s'intégrer et importent toutes sortes de maladies et d'épidémies, contre les criminels étrangers, les écofascistes hystériques, les racistes stupides et les anti-racistes insolents, contre les féministes d'extrême gauche ainsi que les "parasites intellectuels, les baratineurs, les prétendus artistes, les littérateurs et autres tapettes". S'ensuit l'affirmation, répétée en boucle, que l'on est à la tête d'un "mouvement antifasciste", que l'on veut rendre aux gens leurs libertés et que l'on n'a "bien sûr, rien contre les Juifs, les musulmans, les étrangers ou les minorités", mais que l'on a une dent seulement contre certains individus louches et leurs défenseurs. Loupovitch : "Partout, nous passerons le balai de la justice et la serpillière de notre conscience sociale afin d'établir une véritable démocratie ! Nous mettrons en œuvre ce que les gens honnêtes et travailleurs ont toujours secrètement désiré, sans jamais oser le demander !"

La seule chose vraiment surprenante est l'annonce de procès de grands criminels qui seront retransmis en direct à la télévision. Le jury sera constitué de l'ensemble des citoyens de la ville, qui auront la possibilité d'appuyer la sentence en choisissant la peine à infliger par SMS, WhatsApp, Signal et un tas d'autres services, ou même par un simple appel téléphonique.

– Notre croisade, conclut Loupovitch, avec beaucoup de pathos dans la voix, n'est pas seulement le chemin qui mène à la libération, c'est aussi un combat civilisationnel. Nous luttons contre la contamination de nos esprits, la souillure de nos cœurs et l'empoisonnement de nos âmes.

– Mais quel con ! marmonne Flora en secouant la tête.

Un jour, la guerre prendra fin, se dit Paul. Un nouveau printemps viendra. D'ici là, nous aurons tous fait don de nos mensonges, avec une telle générosité et un si grand désespoir qu'il ne restera de nous qu'un tas de vérités, un misérable reliquat de ce que nous aurions tant voulu être avant ce qui n'a jamais été notre guerre.

Paul ne supporte plus de rester dans l'appartement, il dit qu'il va faire un tour, se lève et s'en va. Dans son dos, il entend les appels inquiets de sa femme et de sa mère. La ville est dangereuse pour quelqu'un comme lui, disent-elles, la témérité ne lui sied guère et n'est pas du tout de mise. En plus, il a les pieds couverts de plaies. Il ferait mieux de rester à la maison.

Il sort quand même.

Devant l'entrée, le fils de la concierge, un homme malingre âgé d'une trentaine d'années, monte la garde. Il porte une veste de camouflage et tient une mitraillette en joue. Paul comprend maintenant pourquoi aucun des étrangers qu'il a vus par la fenêtre n'a osé entrer dans l'immeuble. Lorsque les individus qui rôdent dans la rue s'approchent trop près de la porte, le garde fait quelques pas à leur rencontre, pointe sa mitraillette sur eux et hurle quelque chose en roulant les yeux. Les individus se retirent comme des zombies effarouchés, pour s'avancer de nouveau vers la porte un moment après.

On sait depuis longtemps que le fils de la concierge a sympathisé avec les insurgés. Il est désormais sous-officier dans la garde nationale – avec le brassard et l'insigne – et pose comme un coq dès que quelqu'un arrive. À peine a-t-il aperçu Paul qu'il déclare, sans que celui lui demande quoi que ce soit :

– Vous êtes désormais un VIP, monsieur Sarianidis. C'est pour ça que je surveille l'immeuble et vous protège de la racaille. Nous avons besoin de vous intact. Vous nous êtes plus utile si vous êtes vivant et en bonne santé. Vous êtes, comme on dit, un *atout*.

– Ah, ah. Et comme ça, ce sera plus facile de m'humilier.

– Également.

– Merci de votre franchise.

– De rien.

Contrairement à ses craintes, Paul parvient à traverser la rue rapidement. Personne ne se met en travers de son chemin, car son protecteur l'accompagne en faisant la grimace comme s'il venait de croquer dans un citron. Seul le reporter de la télévision autrichienne, un homme corpulent et au souffle court, s'avance derrière Paul, en agitant sa carte de presse et quémandant une interview, mais au bout d'un moment il s'arrête pour reprendre haleine.

Une fois parvenu dans le vieil escalier qui descend vers le centre-ville, Paul constate avec soulagement que personne ne le suit. Vue d'en haut, la ville semble paisible et intacte. Ses cicatrices ne sont pas visibles, ses façades anciennes brillent comme si la lumière du soleil était un onguent miraculeux qui lui redonne jeunesse et fierté.

Quelqu'un a mis des ballons de différentes couleurs à la place des têtes coupées des statues. En des temps meilleurs, Paul aurait photographié cette scène et posté les photos sur Facebook en ajoutant un commentaire humoristique.

À mi-hauteur, l'escalier traverse une rue dans laquelle sont garés, côte à côte, une dizaine de chars aux écoutilles ouvertes : ils sont proprement alignés, leurs canons pointés vers la ville. Sur la tourelle de l'un d'eux, probablement celui du commandant, est fixé un drapeau avec une tête de mort et deux épées croisées. En dessous, on peut lire le nombre XXIII. Quelques conducteurs bavardent en fumant, un peu à l'écart des véhicules, à l'ombre d'un marronnier. Lorsque Paul passe à côté d'eux, ils se taisent et le dévisagent d'un air méfiant. L'un d'eux fait une remarque dans une langue étrangère qui ressemble à du turc sans être du turc. Les autres rient. Paul accélère le pas jusqu'à ce qu'il se mette à courir, traverse la rue et, malgré ses blessures aux pieds, il dévale aussi vite que possible l'escalier qui débouche sur une ruelle étroite, se met en colère contre lui-même, se force à s'arrêter avant les dernières marches, lève les yeux, distingue la pointe des canons des chars au-dessus de sa tête et ne peut plus se contenir. Il se laisse tomber sur les marches et fond en larmes…

Il est content d'être seul sur l'escalier. Il n'entend que le bruissement du maquis, particulièrement dense dans la partie inférieure de la colline. Comme il aimerait perdre son visage humain et s'éloigner en rampant comme un serpent, se cacher, s'enterrer.

Il essuie ses larmes, se mouche, sort son téléphone et compose le numéro de son meilleur ami. Mark vit à l'autre bout de la ville. Sa femme est enseignante, leurs deux enfants ont quelques années de plus que Lena. Ces derniers jours, Paul avait essayé d'appeler ses amis et sa famille, et avait été soulagé de constater que la plupart d'entre eux étaient encore en vie. Il y en avait certains qu'il n'avait cependant pas réussi à joindre, d'autres avaient réagi avec réserve, hostilité même, en entendant le son de sa voix. Certains lui avaient parlé comme s'il était atteint d'une maladie incurable.

Mark, lui, est différent.

Oui, Paul peut venir lui rendre visite, assure Mark. Il faut juste qu'il fasse attention car les rues sont devenues très dangereuses. Il serait plus sage qu'il rentre chez lui.

– Impossible ! dit Paul. J'étouffe, j'étouffe de l'intérieur, il faut que je parte de chez moi au moins pour quelques heures.

– Bon, alors viens chez nous si tu veux. Mais évite les abords de l'opéra. Ils ont abattu des gens, là-bas.

– Je prendrai la ligne 8. Elle passe par la rue de l'Amirauté.

– Les tramways ne circulent pas. Ni les trolleybus, ni les taxis, ni même les taxis collectifs.

– Mais hier…

– Hier, c'était hier. Aujourd'hui, c'est le tohu-bohu, le bazar et le naufrage. Il y a des Turcs, des Arabes, des Afghans et des Tchétchènes qui déambulent dans la ville, tous armés. La lie circoncise de l'humanité.

– Quoi ? Je croyais que les rebelles n'aimaient pas les musulmans !

– Bien sûr. Ils racontent tout et n'importe quoi. Mais quand il s'agit de rameuter à leurs côtés des mercenaires bon marché ou tout simplement des casseurs déjantés, ils se montrent très ouverts et pragmatiques. Bref, fais attention à toi. On t'attend. Maria et les enfants ont hâte. Ça fait un bon moment que le petit nous demande quand l'oncle Pauli va revenir. Tu es toujours le bienvenu.

– Merci.

– Et puis, autre chose : ne prends pas cette histoire de vidéo trop au sérieux. Il y a plus grave.

– Oui, je pourrais être mort. À tout à l'heure.

Alors que Paul déambule lentement dans les ruelles étroites de la vieille ville, l'humeur mélancolique dans laquelle il se trouvait jusqu'à présent cède peu à peu à la colère. Ses blessures aux pieds le font souffrir à chaque pas, mais il ignore la douleur. C'est cette colère impuissante et froide qu'il a du mal à gérer. Il aimerait bien sortir son téléphone, aller sur Facebook et humilier quelqu'un, mais il a promis de ne plus écrire de commentaires. Abdul et Abdullah lui avaient demandé de se préparer mentalement à l'interview avec la journaliste allemande et de trouver de bonnes excuses pour justifier son comportement et, surtout, de réfléchir à l'origine de sa colère.

Les immeubles de ce quartier, appelé Petit Naples, ressemblent à des vieillards atteints d'un cancer de la peau. En tendant les bras, on peut toucher du bout des doigts les murs de chaque côté de la ruelle. Il n'y a guère de rue plus large. Ça sent le linge mouillé, la cuisine, les ordures et la transpiration. La lumière du soleil ne parvient pas jusqu'aux pavés et, si on lève les yeux, on a l'impression que les toits se dirigent les uns vers les autres et pourraient se toucher à tout moment.

Paul semble comprendre pourquoi les rebelles le mettent en colère avec leur rhétorique nationaliste, leur hypocrisie et leur vision réactionnaire du monde. L'expliquer ne lui posera pas grande difficulté. Même une journaliste allemande vénale devrait pouvoir le comprendre. Mais pour ce qui est des raisons de cette colère, elles remontent plus loin.

À un carrefour se trouve une petite fontaine où Paul se lave les mains et le visage pour refroidir sa colère.

L'eau de la ville a une odeur de fièvre, affirme Eva, mais Paul et sa famille la boivent quand même, sans la filtrer.

La colère.

Par où commencerait-il si la journaliste lui en demandait effectivement les causes ? Le mieux serait de parler des années qu'il a passées au Collège d'enseignement artistique Giacomo Puccini. Au début des années 2000, cette école était considérée comme un projet-phare dans le domaine de l'éducation et de la culture, avant que la ville ne manque d'argent et que l'école ne ferme ses portes. Que d'obstacles et de résistances Paul avait dû surmonter pour pouvoir l'intégrer ! L'incompréhension de sa mère, qui avait toujours rejeté sa passion pour le chant, la taxant de rêverie enfantine (mais qui, au fond d'elle-même, était fière de lui et avait fini par réunir les pots-de-vin nécessaires), l'ignorance des proches qui estimaient que l'enfant devait faire quelque chose de bien de sa vie, celle de son institutrice qui le considérait comme stupide et inadapté, et celle de l'administration de l'école en question qui, pour accepter d'autres enfants, était capable d'encaisser des dessous-de-table bien plus conséquents. À l'époque, Paul espérait toujours pouvoir un jour monter sur une grande scène et chanter : le public se jetterait à ses pieds, les femmes l'aduleraient, les hommes l'envieraient. Or, le fait d'avoir finalement été admis dans cette école n'allait pas lui porter chance.

12

Paul avait grandi à une époque qui se suffisait à elle-même. Le millénaire touchait à son terme. La fin de l'histoire allait de pair avec la fin de la bienséance et du bon goût. Chacun était son propre idéal et la mesure de toute chose. Paul et sa mère étaient contents de pouvoir joindre les deux bouts et de ne pas mourir de faim, tandis que d'autres passaient leurs vacances en Suisse et se baladaient en ville en limousine.

Ni à cette époque ni plus tard, Paul n'avait réussi à comprendre pourquoi il avait si peu d'amis et pourquoi il était le punching-ball de ses camarades de classe. À l'école primaire déjà, il était un paria. Au collège, il était martyrisé et rentrait chaque jour avec des bleus. Pourquoi moi ? se demandait-il sans cesse. Il n'avait rien de frappant ni d'extraordinaire. Il avait une apparence quelconque, était habillé de manière quelconque, avait des opinions quelconques, était un garçon typique de la ville, il pensait, parlait et se comportait comme les autres. Le fait qu'il n'ait jamais connu son père, qu'il ne sache même pas qui était celui-ci, ne surprenait et ne troublait personne de sa génération. Certes, il ne disait jamais que sa mère avait voulu avorter, mais si cela s'était su, personne, dans les années 1990 et 2000, n'aurait été choqué. Les temps étaient durs, un élève sur deux avait des parents divorcés. Le père d'une de ses camarades de classe était en prison parce qu'il avait battu sa femme au point de l'envoyer à l'hôpital. Certains parents étaient proches du crime organisé, un père avait été interné dans un hôpital psychiatrique, un élève s'était enfui de chez lui et vivait avec sa sœur aînée ; une mère avait travaillé comme prostituée en Europe occidentale et un élève avait une mère et une belle-mère, mais pas de père. Parmi les élèves, il y avait des chrétiens, des musulmans, des juifs et des membres de sectes de toutes sortes, des communistes, des fascistes et des enfants à problèmes que tout le monde aimerait voir enfermer, des noirs, des blancs, des enfants originaires d'Asie centrale et orientale, ainsi que toutes sortes de mélanges et de nuances. Quant à Paul, il était ce qu'on pouvait faire de mieux dans cette ville : un garçon tout à fait normal, avec un soupçon de tout ce qu'étaient les autres.

Paul suit le conseil de son ami et fait un grand détour pour éviter l'opéra. Certaines rues sont si propres et si paisibles qu'on a le sentiment que la guerre n'était rien d'autre qu'une mauvaise rumeur. Ailleurs, des magasins ont été pillés, des vitres brisées et des véhicules endommagés. Au croisement de la rue de l'Amirauté et de la rue de la Victoire, il y a un tramway réduit en cendres. Personne ne sait pourquoi. Une foule s'est rassemblée autour des vestiges du véhicule et discute. Personne n'a rien vu et chacun a une version différente de ce qui s'est passé. Des hooligans ? Des terroristes ? Des troupes gouvernementales dispersées qui agissent dans la clandestinité et sèment la panique ? Des musulmans ? Quelqu'un ne cesse de parler des "maraudeurs islamistes" qui, paraît-il, font régner la terreur dans la ville. Des unités paramilitaires qui se battent pour tous ceux qui les payent. "Et moi qui croyais que les rebelles allaient enfin en finir avec ces agresseurs sexuels qui puent le bouc, grogne quelqu'un. Je me demande pourquoi on fait la guerre."

Paul débouche de la rue de l'Amirauté pour s'engager dans la rue de la Flotte où il voit le premier mort depuis le changement de régime. Il s'agit d'un jeune homme dont le crâne a été fracassé et qui gît au milieu du trottoir. Des lambeaux de son cerveau sont collés dans une grande flaque de sang qui s'étend du mur d'un immeuble jusqu'au bord du trottoir. Le corps est recouvert d'une bâche en plastique, mais on peut voir des parties de la tête, des touffes de cheveux ensanglantés et des restes du crâne. Le bras droit, tordu de manière bizarre, dépasse de la bâche, tandis que la main, tendue comme si elle voulait saisir quelque chose, semble extrêmement animée. On dirait qu'elle bouge encore, se figeant juste l'espace d'un instant, parce que quelqu'un a arrêté le cours du temps, tel un enregistrement vidéo que l'observateur peut arrêter et faire défiler autant de fois qu'il le souhaite en appuyant sur un bouton…

À côté du cadavre se tient un jeune homme armé, vêtu d'une chemise d'uniforme bleu ciel et coiffé d'une casquette bleu foncé. Ce n'est certainement pas un musulman, car il porte une croix argentée bien en évidence autour du cou. De plus, tout le monde sait qui sont les hommes en veste et chemise bleu ciel. Ils font partie de la "Milice populaire" du PVL, le Parti de la Victoire et de la Liberté, un groupe ultranationaliste qui avait déjà mis en place ses propres unités paramilitaires avant le début de la guerre.

Une rafle est visiblement en cours dans l'immeuble près duquel gît le cadavre. On entend des cris, des bruits, du verre qui se brise, des objets qui tombent à terre, des pas précipités. L'entrée du bâtiment est gardée par deux autres hommes en uniforme qui crient aux passants, en boucle : "Circulez ! Ne vous arrêtez pas, ne regardez pas, il n'y a rien à voir. Circulez. Circulez ! Passez sur l'autre trottoir ! Allez, allez, allez, circulez !"

Les deux combattants qui surveillent l'entrée portent des uniformes verts. Mais ce qu'on remarque surtout, ce sont leurs casquettes grises sur lesquelles ont été cousus un croissant vert et une étoile blanche en fer-blanc. Leur apparence et leur accent laissent supposer qu'il s'agit de ces fameux mercenaires musulmans dont tout le monde parle. Ce qui surprend Paul, c'est qu'ils mènent visiblement une action commune avec les membres de PVL, un parti islamophobe et chauvin.

– Circulez ! répètent sans cesse les deux musulmans postés à l'entrée de l'immeuble. Circulez ! Circulez et prenez soin de vous.

Les passants rentrent la tête et s'éloignent rapidement. La plupart d'entre eux changent de trottoir. Certains s'arrêtent tout de même un instant pour prendre des photos du corps ou filmer la scène avec leur téléphone portable.

Les vitres de l'immeuble ont été fracassées, on dirait des yeux crevés dans un visage labouré de cicatrices. Le bruit provenant de l'intérieur s'intensifie, mais on ne voit personne. Personne ne sort de l'immeuble, personne n'est emmené.

À quelque distance de là, au coin de la rue, se trouvent un autre membre du PVL et, à côté de lui, un mercenaire musulman. Le gars du PVL, un type déjà un peu âgé et imposant, les cheveux grisonnants, est en train de téléphoner sur son portable et semble hors de lui. Le soldat musulman, lui aussi la trentaine bien tassée, probablement un officier, savoure son importance, une cigarette et un sourire aux lèvres.

– Madame, je vous signerai tous les formulaires que vous me présenterez, y compris ce S16 s'il le faut, hurle le milicien du PVL dans son téléphone. Puis il couvre le micro avec sa main, se tourne vers son camarade et lâche avec colère : Je vais la décapiter !

– C'est ça, répond l'autre, qui réfléchit un instant et, d'un ton sérieux et péremptoire, ajoute lentement : C'est ça. Très bien. Fais-le. Décapite-la. Oui !

L'autre se remet à crier dans son portable :

– Vous devez vraiment envoyer quelqu'un tout de suite pour récupérer le corps. Tout de suite !... Oui, je sais que votre administration et toutes les morgues et tous les crématoriums sont débordés aujourd'hui. Nous aussi ! Mais nous ne pouvons quand même pas laisser ce corps dans la rue pendant des jours ou l'enterrer... L'emporter avec nous ? C'est une blague ?... Des proches ? Comme si je savais où ils sont ! Nous ne sommes pas des travailleurs sociaux, voyons... Le jeter à la mer ?... Mais, madame, vous nous prenez pour qui ? Nous ne sommes pas des bandits ! Nous voulons faire les choses dans les règles.

– Exactement ! lance son camarade. Il faut que tout soit en ordre. Dis-lui. Dis-lui ! Il faut respecter les morts. Nous sommes des êtres humains ! *Allahu akbar.*

Paul se dépêche de quitter les lieux du meurtre, emprunte deux autres rues, arrive sur une place au milieu de laquelle se trouve un petit parc avec deux allées et une pelouse, s'arrête, reprend son souffle, respire profondément. Il connaît à peine cette partie de la ville. Cela fait des années qu'il n'est pas venu ici. Maintenant, il se souvient : il est sur la Place anglaise. Celle-ci doit son nom au fait qu'ici, les immeubles ont des façades en briques, ce qui est peu courant dans la ville, et qu'à l'intérieur du parc se dresse une statue, plus grande que nature, de l'entrepreneur britannique Archibald Purcell, celui qui a développé l'industrie minière de la région au milieu du XIXe siècle et construit les premières usines modernes du pays.

Les boutiques qui bordent la place sont ouvertes : une épicerie, un magasin de matériel électronique, un café où, même le jour de la Grande Sidération, des gens sont attablés, en train de boire du thé ou du café et de manger des pâtisseries. Sur la pelouse du parc, des enfants jouent. Quelques petits garçons courent après un ballon, d'autres font la course.

Incroyable ! se dit Paul. Un lieu d'oubli. Une île de bienheureux au cœur de la guerre.

Il décide de faire une pause, s'assoit sur un banc, allume une cigarette, regarde les enfants jouer, mais au bout de quelques instants il ferme les yeux et se met à imaginer que toutes ses peurs et tous ses soucis disparaissent, qu'il efface son passé, qu'il recrée le monde autour de lui, qu'il repart de zéro. Quelle idée sensationnelle : pouvoir recommencer toute sa vie, changer de nom, d'origine, de biographie, d'âge, de sexe, de lieu et d'époque. Pourquoi, pourquoi la vie n'est-elle pas un jeu vidéo ? se demande-t-il.

Quelqu'un le tire par la manche. Il prend peur, tressaille, ouvre les yeux. Une fillette, âgée de onze ans tout au plus, avec deux longues tresses, de grosses lunettes et des yeux graves et tristes, se tient devant lui et lui sourit.

– C'est vous l'homme sur la vidéo ?

Paul reste silencieux.

– Je veux dire, l'homme sur la vidéo avec le couteau dans le livre et… et… tout le reste.

– Qu'est-ce que tu me veux ? demande Paul à voix basse, en détournant la tête pour essayer de ne pas regarder la fillette.

– Est-ce que je peux me prendre en photo avec vous ?

– Quoi ???

Elle s'assoit près de lui sur le banc, allonge le cou, penche la tête sur le côté, au point qu'elle touche presque le menton de Paul, tend la main dans laquelle elle tient son téléphone et prend un selfie. Un deuxième. Et vite un troisième.

Paul n'a pas le temps de dire oui ou non ni de protester.

– Merci beaucoup ! dit la fillette. C'est cool ! Je peux aussi avoir un autographe ?

Paul avale sa salive et la fixe, les yeux écarquillés.

– Tenez ! – Elle lui tend un album ouvert. Sur la page de gauche, on voit une image fixe tirée de la fameuse vidéo. Elle montre Paul au moment précis où il fait pipi dans son pantalon. Au-dessus, on peut lire en caractères d'imprimerie noirs LE PISSEUR.

La page de droite est vierge.

– Vous pourriez signer ici, s'il vous plaît ? demande la fillette en pointant l'index sur la page de droite et en tendant un stylo à Paul.

Paul saisit le stylo et appose sa signature sur la page blanche.

– Merci ! dit la fillette, puis elle esquisse une révérence et s'en va en courant.

Paul la suit du regard, médusé, la voit disparaître dans l'un des immeubles et reste encore assis quelques minutes, comme paralysé. Puis il se lève, balance rageusement le mégot de sa cigarette au centre de la place et s'éloigne d'un pas rapide.

13

Entre la vieille ville et le quartier où l'ami de Paul, Mark, vit avec sa famille, il y a une petite colline aux versants rocheux qu'il faut traverser si l'on veut atteindre les immeubles situés de l'autre côté. La colline a un nom officiel que l'on oublie facilement, mais dans le langage populaire on l'appelle le Nez juif depuis des temps immémoriaux. On y trouve quelques maisons à un étage, peintes en jaune, séparées les unes des autres par des hangars aux toits de tôle ondulée ou des clôtures en bois. Au sommet du Nez juif est perché le Petit Théâtre municipal – un bâtiment classique datant du XIXe siècle garni de colonnes, d'un grand porche et d'une aile latérale à deux étages, décalée vers l'arrière, ce qui forme une petite place entre le théâtre, la rue et la maison voisine. Ici, sur cette place et sur la partie adjacente de la rue, s'est rassemblée une grande foule, scandant quelque chose d'incompréhensible aux oreilles de Paul. La foule grandit à chaque instant. Lorsque Paul atteint le théâtre, il n'y a plus moyen d'avancer. Il tente de faire demi-tour, mais le passage est également bloqué dans la direction opposée. La foule le happe comme une vague, le ballotte dans tous les sens et finit par le rejeter tout au fond de la place, à gauche, là où il y a encore moins d'espace et où les gens sont encore plus serrés. Il voit maintenant le théâtre de côté et a l'impression que l'annexe est penchée. Quelque chose clignote dans la lumière du soleil, un coup de feu retentit, du toit s'élève, effarouchée, toute une volée d'oiseaux noirs. Paul voit une fenêtre s'ouvrir au premier étage. La foule pousse des hurlements, mais il ne comprend toujours pas ce que les gens crient ni pourquoi.

Derrière lui, un corps chaud et en nage se presse contre son dos. Devant lui, deux corps chauds et en nage contre lesquels il se retrouve plaqué. Quelque chose de pointu le pique dans le flanc. Quelque chose le frappe à la nuque en produisant un bruit sourd. Quelqu'un lui marche sur le pied en lui faisant si mal qu'il lâche un cri. Il se demande ce que fait la garde nationale, pourquoi elle ne disperse pas les gens comme il se doit. Il paraît que les grands rassemblements sont interdits et qu'il y a un nouveau régime en place, qui sévit et fait régner l'ordre. Quand on a vraiment besoin de la terreur d'un régime de terreur, il est aux abonnés absents, se dit Paul, tandis qu'il tente en vain de protéger sa tête de son bras gauche et ses testicules de sa main droite. Cela ne sert pas à grand-chose. Il est comprimé et bousculé encore plus loin sur le côté, peine à respirer et a l'impression que ses côtes vont se briser à tout moment. Soudain, il s'aperçoit qu'au milieu de la foule, un passage d'environ trois mètres de large a été dégagé, menant tout droit à l'aile du théâtre. Dans cette percée, quelques individus à l'air patibulaire se dirigent vers le bâtiment en faisant rouler avec fracas une grande poubelle verte destinée aux déchets biodégradables. Le couvercle est ouvert : une énorme bouche édentée, béante, comme prête à attirer dans son gosier noir tout ce qui vient d'en haut. De l'intérieur s'élève une odeur nauséabonde, mélange d'engrais, de fruits pourris et de chair en décomposition. Des guêpes et des mouches tournent autour de cette ouverture semblable à une gueule et, soudain, Paul comprend ce que la foule scande : “À la poubelle ! À la poubelle ! À la poubelle !”

Paul sait désormais ce qui se passe. C'est une “élimination” qui est en train de se dérouler ici. Les éliminations rituelles ne sont pas une nouveauté, mais la ville n'en a pas connu beaucoup jusqu'à présent, si bien que Paul n'a jamais assisté à un tel spectacle. D'aussi loin qu'il se souvienne, les premières actions de ce type ont eu lieu pendant la Révolution rose, dans la capitale. À cette époque, on avait "éliminé" les fonctionnaires corrompus et les partisans notoires de l'ancien régime. Les artistes et intellectuels, quant à eux, avaient été laissés en paix.

On tient quelque chose par la fenêtre ouverte. À première vue, on dirait un paquet. Une fois que ses yeux se sont habitués à la lumière crue du soleil qui baigne son visage, Paul reconnaît ce qui, ou plutôt qui est tenu dans le vide par les bras puissants de quelques tortionnaires invisibles qui restent à l'intérieur du bâtiment : c'est Céline Muscat, directrice du Petit Théâtre municipal, metteur en scène de longue date, conseillère artistique, ancienne actrice et chanteuse, reine de la pop dans les années 90 du siècle dernier, désormais tristement célèbre pour ses pièces de théâtre scandaleuses et ses coups de gueule. Après tout ce que Mme Muscat a dit et écrit ces derniers mois sur les rebelles, les habitants de la ville et la situation du pays, Paul ne s'étonne pas qu'on veuille l'"éliminer".

Comment partir d'ici ? se demande-t-il. Mon Dieu, je ne veux pas de ça, je ne veux pas rester ici ! Mais il n'y a aucun moyen d'échapper à la foule qui l'enserre et, même s'il s'efforce de détourner les yeux, il ne parvient pas à détacher son regard du corps qui se tortille et dont les jambes gigotent dans le vide.

La benne à compost est glissée juste en dessous de la fenêtre ouverte. Sa gueule béante est prête à accueillir la femme, mais ses tortionnaires et la foule prennent leur temps et profitent du spectacle. Pendant quelques instants, le calme revient sur la place. Les gens sortent leurs téléphones et se mettent à filmer la scène. D'ici la fin de la journée – Paul le sait pertinemment – d'innombrables vidéos apparaîtront sur Internet. Des milliers, bientôt des dizaines de milliers de personnes y ajouteront leurs commentaires malveillants, jubilatoires et haineux, partageront les vidéos et les diffuseront dans le monde entier. Lui aussi, s'il le pouvait, serait tenté de sortir son portable, de filmer la scène et la foule autour de lui, et le soir il posterait la vidéo sur son mur Facebook, accompagnée d'un commentaire venimeux, et attendrait les réactions de ses "amis" pour ensuite y répondre – et écrire, écrire, écrire. Mais il ne peut pas, il ne doit pas, il ne le fera pas, et quand il y pense, les symptômes de manque se manifestent avec plus d'intensité. Mais pourquoi, pourquoi n'est-il pas resté chez lui ?

Il a l'impression que tout le monde retient son souffle et attend avec impatience la suite des événements. C'est comme ça, songe Paul, oui, c'est exactement comme ça que les choses avaient dû se passer pendant la Révolution française, juste avant que le couperet de la guillotine ne s'abatte sur ses victimes. Retenir son souffle. Un silence étrange, insupportable. Arrêt du temps. Arrêt du cœur.

La femme a cessé de se débattre, elle laisse pendre ses bras, ses jambes et sa tête. Le vent soulève sa jupe, découvre un instant ses cuisses et ses sous-vêtements, ébouriffe ses cheveux, fait osciller son corps d'avant en arrière. Cela ne fait pas un an que Mme Muscat a été décorée du Grand Ordre d'or pour ses mérites exceptionnels en faveur de la République par le président de la République en personne, à l'occasion de son cinquantième anniversaire.

Les mains puissantes lâchent leur prise. Céline Muscat tombe. Aucun son ne sort de sa bouche. On entend un bruit sourd lorsqu'elle s'écrase à l'intérieur du container, on voit s'élever de la poussière sale, de la paille, des guêpes et des mouches. Vite, on rabat le couvercle, il se referme dans un claquement sec.

La foule recommence à pousser des huées et des cris, puis quelques gorges, bientôt suivies de plusieurs, puis de beaucoup, et enfin de presque toutes, éructent : “Muscat, déchet ! Muscat est un déchet ! Muscat, déchet ! Un déchet humain !”

Les gens se pressent vers le container, l’encerclent. Pendant un bref instant, Paul peut de nouveau respirer, il a plus d’espace autour de lui, il se fraie un passage en direction de la rue, accélère le pas. Tandis que d’autres se précipitent vers la benne à ordures, martelant triomphalement le couvercle métallique et scandant des grossièretés, Paul avance dans la direction opposée, il se fait bousculer et bouscule à son tour. Il est à deux doigts de se dégager de la foule, lorsque quelqu’un lui donne un coup de coude douloureux sous les côtes.

– Tu peux pas faire gaffe, connard ?!

– Pardon ! marmonne Paul, et il s’apprête à passer rapidement son chemin lorsque, soudain, il entend une voix d’homme grave :

– C’est pas lui, le pisseur ? Le type de la vidéo ?

– Si, tout à fait ! crie quelqu’un d’autre.

– Vous vous trompez ! proteste Paul. Je ne suis pas le gars de la vidéo !

– Si, si, si ! C’est ce petit branleur qui…

Paul fait un pas rapide en avant, mais quelqu’un le retient par la manche.

– Qu’est-ce que vous me voulez ? hurle-t-il. Ce n’est pas moi !

– Bouge pas, mon ami !

– Je ne suis pas celui que vous croyez. Je n’ai rien à voir avec ce pisseur, je ne le connais ni d’Ève ni d’Adam !

Rires hennissants.

– Lâchez-moi, laissez-moi partir !

Mais il est trop tard. En quelques secondes, le bruit se répand que “le pisseur” a été repéré, et bientôt une voix de femme retentit de l’autre côté de la place, si forte et si perçante que tout le monde peut l’entendre :

– Lui aussi, jetez-le à la poubelle !

– Super idée !
– Dans la benne à ordures !
– Par ici, par ici ! hurlent les gens se trouvant tout à côté de celle-ci.
– Ils vont bien ensemble, ces deux-là.
– La vieille pute et le petit branleur !
– Les ordures attirent les ordures.
– Et ça fait de nouvelles ordures.
– Les ordures retourneront ordures, les charognes retourneront charognes, les crapules retourneront crapules !
– Le pisseur aux ordures ! Le pisseur est une ordure ! Pisseur, ordure !

Paul se débat et, voyant un avant-bras velu juste devant son visage, mord dedans. La victime pousse un cri et frappe Paul à la tête avec le poing de son autre main, mais ce dernier ne se laisse pas faire et s'acharne de plus belle sur le bras de son agresseur, jusqu'à ce qu'il ait mal aux dents et sente quelque chose de chaud et de salé dans sa bouche. "Je vais te tuer ! hurle l'homme. Je vais te tuer, fils enragé de sale chienne !" Les coups résonnent dans la tête de Paul, son tympan gauche menace d'éclater, il entend des cloches tinter dans son oreille droite puis, tout à coup, plus rien, ses jambes deviennent très légères, il lâche l'avant-bras, sent des ailes lui pousser puis il s'envole, vers le soleil, jusqu'à ce qu'un ange vêtu de blanc, une épée à la main, lui indique avec colère le chemin du retour sur terre, et lorsqu'il revient à lui, plusieurs bras et plusieurs mains le tiennent au-dessus de la benne, dont le couvercle est basculé vers l'arrière dans un bruit assourdissant. Pendant quelques secondes, Paul voit le regard horrifié de la réalisatrice, accroupie sur de la paille souillée, des déchets de fruits et légumes, des excréments et des restes de nourriture, elle le fixe avec de grands yeux, les genoux sanglants repliés contre la poitrine, le visage et les bras meurtris, la robe déchirée. Puis on le jette à l'intérieur, le couvercle se referme brusquement sur sa tête, engloutissant la lumière, et l'obscurité enserre son âme comme un étau. Au moment où il s'écrase au fond de la benne, Paul sent les genoux de la femme s'enfoncer douloureusement dans son ventre et son bas-ventre, il pousse un gémissement, halète, essaye de reprendre haleine, se tortille, roule sur le côté, distingue vaguement les traits de Céline Muscat dans la pénombre qui s'infiltre par les fentes, il est submergé et choqué par la douleur, la puanteur, par son bref évanouissement dont il ne s'est pas encore tout à fait remis, par la peur et une colère de plus en plus intense à laquelle il ne trouve pas d'exutoire.

– Vous êtes encore en vie ? dit la voix de la réalisatrice.

Il parvient difficilement à articuler un "oui".

– C'est tout de même un progrès ! dit-elle. Autrefois, ils nous auraient couverts de goudron et de plumes ou pendus directement au premier arbre venu.

– Vous allez sûrement en faire une pièce de théâtre, gémit-il.

– Vous pouvez compter là-dessus ! Il y a de la matière !

À ce moment-là, quelqu'un commence à taper sur le container. Le premier percussionniste est imité de manière bien audible par quelques autres, puis ils sont de plus en plus nombreux. Le bruit est à la limite du soutenable et empêche la poursuite de toute conversation.

Il est probable que des trous ont été volontairement percés dans le container dans le but d'alimenter ses occupants en oxygène. Or, Paul souffre de claustrophobie. Alors que les tambourinements se font de plus en plus irréguliers et puissants, il lutte contre cette sensation d'étouffement, se sent à deux doigts de faire une crise d'hystérie, mais il se ressaisit, se force à respirer profondément et, au prix de quelques efforts, finit par reprendre son souffle.

Trente secondes s'écoulent, puis les martèlements cessent. Les cris et les rires continuent à se faire entendre, mais ils ne sont plus aussi forts et menaçants qu'avant.

Paul est content de pouvoir respirer de nouveau, de ne pas avoir perdu connaissance à cause de l'odeur, d'avoir un mal de tête supportable, de s'en être sorti, lui semble-t-il, globalement indemne. Une guêpe l'a piqué à la cuisse, une autre dans le flanc, mais la douleur qu'il ressent à ces endroits ne lui paraît pas digne d'être mentionnée après tout ce qu'il a enduré. Il n'en fait pas cas. Par chance, il n'est pas allergique aux piqûres de guêpe ni d'abeille.

– Ils ne vont pas nous tuer, dit Mme Muscat. L'intonation de sa voix ne permet pas de déterminer s'il s'agit d'un constat ou d'une question.

– Non, ils ne vont pas nous tuer, répond Paul. Dans quelques minutes, ils nous laisseront sortir. D'après ce que je sais, personne n'est jamais mort lors de ces éliminations. Ils veulent nous humilier, pas nous assassiner.

– Jusqu'à présent, c'était vrai, dit Céline Muscat.

– C'est encore vrai, rétorque Paul.

– Jusqu'à présent, répète la réalisatrice. Paul sent son haleine. Elle a une odeur de cloaque.

– Au fait, j'ai adoré votre mise en scène du *Roi Lear*, fait remarquer Paul. Fred Pal Junior dans le rôle de Lear : inégalé.

– Merci.

– J'espère qu'elle sera rejouée, un jour.

– S'il y a encore un jour dans cette vie.

Qu'est-ce que je raconte comme bêtises, songe Paul. Je ferais mieux de me taire. Mais il continue :

– Ce décor futuriste m'a subjugué. Vous avez ressuscité les années 1920, vous les avez transposées dans un contexte contemporain et vous les avez décrites avec tant de passion, de profondeur politique…

La réalisatrice l'interrompt :

– Je me demande si c'est de la merde d'homme ou de chien sur quoi on est assis.

– Ça sent les excréments humains, madame…

– Très bien! Les chiens et les chats me dégoûtent, et leurs excréments encore plus. Je ne supporte pas les animaux domestiques.

– Fred Pal Junior, quel acteur remarquable…

– Freddy est à Riga en ce moment. Il s'est tiré à temps, lui.

– Pourquoi êtes-vous encore ici, vous?

– De toute ma vie, je n'ai jamais encore pris la fuite. Tant que je serai en vie, je resterai dans ma ville. Je suis chez moi, ici. Personne ne me fera partir.

– C'est admirable, dit Paul. Mais peut-être aussi un peu bête, se dit-il, mais il garde cette pensée pour lui, préférant répéter, mais d'une voix faible: C'est admirable.

– Et vous, vous êtes qui? demande la réalisatrice.

– Paul Sarianidis.

– Enchantée. Et je suis censée vous connaître?

– Je suis le pisseur.

– Pardon?

– Je suis l'homme sur la vidéo qui a été menacé et humilié par Loupovitch et qui, sous le coup de la peur, a fait dans son pantalon. Devant la caméra.

– Quelle vidéo? Qui est Loupovitch? Quel genre d'humiliation?

– Vous ne savez pas qui est Loupovitch? s'étonne Paul. La vidéo circule sur *YouTube* et sur tous les réseaux sociaux. À la télévision…

– Ça fait des années que je ne regarde plus la télévision, le coupe Céline Muscat. La télé me rend dépressive. Je déteste *YouTube*, c'est les chiottes d'Internet, et les réseaux sociaux me dégoûtent profondément depuis qu'ils existent. Ce n'est pas fait pour les gens qui ont du caractère et du style. C'est pourquoi je suis souvent moins au fait que les autres de ce qui se passe, mais ce n'est pas pour me déplaire. La vérité se révèle à moi par d'autres biais. Je suis une artiste, moi.

– Mais vous savez que les rebelles ont conquis notre ville.

– Ça, oui ! Quand on se retrouve jeté au fond d'une poubelle, on se rend quand même un peu compte de ce qui se passe autour de soi.

– Oui, je comprends.

– Ah, et qu'est-ce que vous comprenez !?

– Ben, je suis assis à côté de vous, voyons !

Deux minutes plus tard, Céline Muscat et Paul obtiennent l'autorisation de quitter la benne à déchets biodégradables. Un homme costaud à la barbe noire les aide à sortir et leur indique le chemin. La foule leur fait de la place et les laisse partir.

La tête haute, la réalisatrice s'engage la première, sans dire un mot et sans prêter attention à personne. Paul la suit, quelques pas en arrière, tête baissée. Il sent qu'il pourrait vomir à tout moment, peine à réprimer ses haut-le-cœur. La foule filme, proteste, rit et hue, mais reste en retrait. Les gens s'écartent, ils gardent leurs distances, et Paul a même l'impression qu'on leur témoigne un peu de respect, à lui et Mme Muscat. Il n'est plus question de rendre visite à son ami Mark.

Il va rentrer chez lui, se déshabiller, se laver et ne répondra à aucune question. Il se taira, il se taira jusqu'à ce que la vie devienne grise, grise comme la lumière pâle et réconfortante de novembre.

– Je ne vous serre pas la main, dit Mme Muscat lorsqu'ils arrivent au bas du Nez juif, orienté vers la ville, et se retrouvent enfin seuls. Jamais de ma vie je n'ai eu les mains aussi sales que maintenant.

Paul hoche la tête et la regarde en silence.

– J'aurais préféré que nous nous rencontrions dans d'autres circonstances, dit-elle avec un sourire. Cela dit, je ne vous oublierai jamais, vous pouvez me croire.

– Vous ne m’avez même pas demandé pourquoi on m’a jeté dans la boue, dit-il.

– Est-ce que ça a de l’importance ? demande-t-elle en souriant. Montrez-moi quelqu’un qui ne mériterait pas d’être jeté dans la boue à un moment donné.

– Prenez soin de vous, dit Paul, puis il esquisse une révérence et s’en va.

14

Laisse-toi aller, savoure le souffle dans tes poumons, l'odeur dans tes narines, le goût sur ta langue, le désir dans ton cœur. Si tu as une âme, laisse-toi tomber dans ses abîmes. Si non… Si tu ne la trouves plus, marche sur le verglas. Tu ne pourras jamais éviter le verglas de ta vie, même si tu as perdu ton âme. Laisse-toi tomber et laisse-toi briser. Ne sens-tu pas que tu absorbes la vie par chaque pore de ton corps, tu l'aspires, tu l'absorbes en toi, tu ne fais plus qu'un avec le temps, avec cet instant infiniment bref que nous appelons le présent ? Suis l'instinct, laisse-toi séduire par la douleur et abandonne-toi à ta peur. Elle rend ta vie plus précieuse qu'elle n'est.

– À quoi penses-tu ? demande Flora.

– À ma peur, dit Paul.

– Moi aussi, j'ai peur.

– Moi, je n'ai pas peur, dit Paul. C'est la peur qui a la trouille de moi.

Elle ne répond rien à cela.

– Encore cinq minutes, dit Lena.

– Quatre, dit Eva.

– Non, cinq, insiste Lena en prenant la main de Paul. C'est la première fois depuis samedi matin qu'elle le touche de nouveau. Sa paume dans la sienne, il sent son cœur s'emballer, s'accélérer d'excitation et de bonheur, il savoure la chaleur de cette petite main délicate, ne la lâche pas même lorsque Lena tente doucement de l'enlever. Elle n'y parvient pas. Elle renonce et pose sa tête sur son épaule.

– Encore trois minutes et trente secondes.

– Trois minutes et quinze secondes.

Puisse chaque seconde durer une éternité !

– Qui sait s'ils seront à l'heure ?

– Ça peut commencer à n'importe quel moment, mais il ne se passe rien.

– Moi, ce n'est pas ça qui va m'empêcher de vivre.

– C'est sûr, mais le tout est de savoir combien de temps il nous reste encore à vivre.

– Arrêtez ! chuchote l'enfant.

– Pas si vite, dit soudain Eva. Le cessez-le-feu prend-il fin à l'heure d'été qui a été rétablie, ou bien à l'ancienne heure ?

– Pardon ?

– Ben oui, chez nous, il est 0h03, mais là-bas, dans le port et derrière les montagnes, il est toujours officiellement une heure plus tôt. Ou peut-être une heure plus tard ?

– Euh ?!

– La trêve s'arrête à 23 h 59, c'est ce qu'on nous a dit, mais depuis hier soir nous sommes de nouveau à l'heure d'été.

– Et ça veut dire quoi ?

– Ça veut dire qu'il est déjà 1 heure du matin, répond Eva.

– N'importe quoi ! Ça veut dire qu'il n'est que 11 heures là-bas ! corrige Flora.

– Ah, je m'embrouille toujours avec ces changements, explique Eva. Je ne me rappelle jamais quand il faut avancer les pendules, quand il faut les reculer, ni quelle heure il est vraiment.

– Que veut dire *vraiment* ? *Vraiment* comme avant ou *vraiment* comme après ? *Vraiment* comme ici ou comme là-bas ?

– Taisez-vous ! crie l'enfant. Vous êtes bêtes, ou quoi ?! Vous avez réglé les pendules de l'appartement ?

– Tu l'as fait, Flora ? demande Eva.

– Pourquoi ce serait à moi de le faire ? J'étais de garde, moi.

– Et alors ?

– Je suis rentrée crevée, et je suis allée directement me coucher. Et toi ?

– Je dormais. A-t-on idée de se lever au beau milieu de la nuit pour changer l'heure des pendules ? Toi, tu l'as fait, Paul ?

– Oui, attends : non ! Je ne crois pas. Ou bien si ? Attends. Oui ! Euh... non, je ne me souviens pas.

– Comment peut-on oublier une chose pareille ?

– Il est déjà minuit, annonce Lena.

– Ou seulement 11 heures, dit sa mère.

Soudain, la lumière s'éteint dans l'appartement. Tout le monde se tait, attend sans bouger ce qui va se passer et, une fois ses yeux habitués à l'obscurité, Paul se dirige vers la fenêtre, regarde dehors par l'entrebâillement des rideaux et constate que la rue aussi, et même la ville entière et le port sont plongés dans le noir. La couverture de nuages qui, dès l'après-midi, a supplanté le temps radieux des derniers jours, rend l'obscurité générale encore plus profonde que les nuits précédentes. De plus, il règne un silence angoissant. C'est ce silence qui est difficile à supporter : on n'entend ni le chant des oiseaux, ni les aboiements des chiens, ni aucun autre animal, ni voix humaines, ni bruit de pas, ni de moteur, ni de coups de feu. Même le vent semble avoir déserté la ville. Paul ouvre la bouche, mais n'émet aucun son, tandis que son pouls bat dans ses tempes.

Cette nuit, il l'aurait bien passée dans la cave, mais Flora et Lena, tout comme sa mère, avaient refusé catégoriquement de quitter l'appartement. Elles estimaient qu'il valait mieux mourir chez soi plutôt que d'étouffer sous terre dans ce trou à rats ou de se noyer dans les bavardages des voisins. Jusqu'à présent, la guerre n'était jamais montée si haut sur la colline. Pourquoi en serait-il autrement cette fois-ci ? Le port était loin, et l'armée rebelle soi-disant en train d'avancer, derrière les montagnes.

Chose étonnante, la colline n'avait pas été fortifiée. Même l'unité blindée que Paul avait vue la veille était repartie. Ce n'est pas ici que les nouvelles autorités avaient installé les fameux WS-1B, mais sur la colline appelée la Bosse de chameau, de l'autre côté du centre-ville.

Tout au long de la journée de lundi, Flora, Eva et Lena avaient paru plus sereines que Paul, elles ne s'étaient pas laissé contaminer par la tension paralysante de cette journée, s'étaient prodigué des mots d'encouragement. Depuis le matin, Paul n'avait pas entendu une seule méchanceté dans leur bouche.

La plupart des autres personnes donnaient au contraire l'impression de prendre des calmants, d'être ivres ou de sortir d'une grave maladie. Elles ne vivaient plus, elles fonctionnaient. Beaucoup ne regardaient même plus leur téléphone portable, mais observaient ce qui se passait autour d'elles – mauvais signe. Sinon, tout était comme il fallait. Les grandes et petites boutiques, les centres commerciaux, les restaurants et les cafés, les salles de jeux et même les maisons closes étaient ouverts. Les tramways et les trolleybus respectaient leurs horaires, la télévision diffusait des sitcoms, des vieux films et des émissions musicales. Il n'y avait pas eu école pendant trois jours. Lena n'avait rien contre le fait de ne pas voir ses camarades de classe.

Dans les hôpitaux, les morgues et les entreprises de pompes funèbres, on se préparait à une période chargée. On nettoyait les scalpels, les scies à os, les civières et les cercueils en se demandant si, quelques heures plus tard, on ne serait pas soi-même à l'intérieur. Toutefois, Flora n'était pas de garde cette nuit-là car plusieurs médecins étaient arrivés en ville avec l'armée rebelle, et sept d'entre eux avaient pris leurs fonctions à l'hôpital. Après avoir travaillé jusqu'à l'épuisement pendant des semaines, Flora était heureuse de pouvoir enfin passer plus de temps à la maison.

Tous savaient par Internet que ce que l'on nomme la "communauté internationale", à commencer par le secrétaire général de l'ONU, s'évertuait à ramener les parties en conflit à la table des négociations, à prolonger le cessez-le-feu, mettre fin à la guerre, trouver une solution politique, et tous savaient que ces efforts n'étaient que de la poudre aux yeux, que les décisions vraiment importantes n'étaient pas prises aux tables de négociations de Genève ou de Vienne, et encore moins dans le pays lui-même, mais dans les coulisses des grands centres mondiaux du pouvoir.

– Même les phares sont éteints, dit Flora.

– Et maintenant, qu'est-ce qui va se passer ? demande Eva.

– Les mouettes se sont tues.

– En effet ! Toi aussi, tu as remarqué ! C'est insupportable, ce silence. Même les grillons ne chantent plus !

– Horrible ! Je ne vais pas fermer l'œil de la nuit.

– Elles sont dans quel camp, elles ?

– Qui ça ?

– Les mouettes.

– Vous êtes trop bêtes, siffle Lena.

– Tu as raison, ma chérie.

Paul regarde sa montre et dit :

– Moi, si j'étais l'amiral de l'escadre, là-bas, je donnerais l'ordre de tirer. Et ça…

Il s'interrompt.

– Et ça, quoi ? demande Flora, visiblement amusée. Elle se tient à la fenêtre et a ouvert les rideaux, ce qui est strictement interdit, mais dans l'obscurité Paul ne parvient qu'à distinguer sa silhouette.

– Eh bien, là, tout de suite ! précise Paul.

Deux, trois, quatre interminables secondes s'écoulent.

– Notre grand stratège ! dit Flora d'un ton railleur.

– Il a fait l'armée, après tout, ricane sa mère.

– Oui, dans la compagnie du lavage et du repassage. Notre caporal des chiffes molles.

– Ce soir, c'est sûr, il ne se passera rien, juge Flora et, à cet instant, un bruit strident déchire le silence, suivi des cris d'épouvante de l'enfant et des exclamations des deux femmes. Paul se laisse machinalement tomber sur le sol en entraînant Lena avec lui, se jette sur elle, tente de la couvrir de son corps, l'odeur de la poussière et de la sueur froide dans les narines, et murmure doucement pour que Lena ne puisse pas l'entendre : *Qu'est-ce qui nous retient sur cette terre, qu'est-ce qui nous retient encore ici, qui te fermera les yeux si personne ne t'accompagne ?*

Il ferme les yeux.

Il attend.

Du bruit. Du bruit, le vide, les battements de son cœur dans sa gorge et l'haleine tiède et humide de l'enfant dans le creux de son épaule et de son cou. Le temps est à l'arrêt.

Il ouvre les yeux.

Sa fille le repousse, se remet aussitôt debout, court vers le canapé, crie “Espèce de crétin !” et se met à pleurer.

Les femmes rient.

Le bruit strident persiste. Paul met encore quelques instants pour comprendre d'où il vient et à quoi il correspond : c'est la sonnerie du téléphone dans l'entrée.

C'est Eva qui avait insisté pour qu'on garde ce vieil appareil dont la sonnerie est aussi forte et désagréable que celle des téléphones du milieu du siècle dernier, au lieu de le remplacer par un modèle plus récent ou de résilier complètement la ligne.

Un bruit à réveiller les morts.

Paul se précipite dans l'entrée, se prend les pieds dans le tapis qui fait des vagues entre la table de la salle à manger et la porte, pousse un juron, fait un bond rapide en avant, décroche le combiné, hésite une fraction de seconde à raccrocher, mû par une inspiration soudaine qu'il n'arrive pas lui-même à s'expliquer, mais il réprime immédiatement ce désir et plaque le combiné contre son oreille.

– Allô ??!

– Monsieur Sarianidis ? – Une voix de femme, grave, mâtinée d'un léger accent qui disparaît complètement au bout de quelques mots.

– Oui !!?

– Je vous dérange ?

– Oui.

– Bien. Je m'appelle Wiebke Schlager. Je suis journaliste et réalisatrice, originaire de Darmstadt, en Allemagne. Vous êtes au courant, n'est-ce pas ? Abdul et Abdullah vous ont informé ?

– Oui.

– Parfait ! Je suis arrivée ici il y a une heure et je vous appelle de mon hôtel. Malheureusement, je n'ai pas réussi à vous joindre sur votre portable, j'ai bien peur que le réseau n'ait été coupé, c'est vraiment pénible, la guerre...

– À cette heure-ci ? l'interrompt Paul. C'est à cette heure-ci que vous appelez ?

– C'est qui ? demande Eva depuis le salon. Paul, c'est qui ?

– Abdul et Abdullah ne vous ont pas dit que je vous appellerais dès mon arrivée ? Le temps est un bien précieux. Vous n'imaginez pas les nerfs, l'argent et les courbettes que ça nous a coûtés, à mon assistant et moi, pour arriver jusqu'ici ! C'était plus difficile qu'au Congo.

– Le Congo ? demande Paul, stupéfait.

– C'est là que j'étais l'année dernière. En République démocratique du Congo.

– Ah.

– Aujourd'hui, 6h30 ? Je serai chez vous à l'heure dite, à moins que la bataille ne fasse rage au milieu de la ville, ce que je ne crois pas, ou que tout soit plongé dans le chaos, ce que je n'espère pas, ou bien que je ne puisse pas sortir de l'hôtel ou passer les barrages. Si c'est le cas, je vous rappelle. D'accord ?

– D'accord. Ce soir, donc.

– Non, ce matin.

– Mais…

– Je suis désolée, nous avons du pain sur la planche. Mais croyez-moi : quand tout sera terminé, je serai votre plus grande fan !

– Papa, c'est qui ? fait la voix de Lena.

– Nous aurons déjà pris notre petit-déjeuner, alors pas la peine de vous compliquer la vie, précise la journaliste.

– Vu à quel point tout est déjà compliqué, je ne vais pas encore me compliquer quoi que ce soit.

– Exactement ! Dans ce cas, à tout à l'heure, je me réjouis de vous rencontrer en personne, ciao, dit Wiebke Schlager, puis elle raccroche.

– Allez, raconte, c'était qui ? demande Flora lorsque Paul revient dans le salon.

– Wiebke Schlager de Darmstadt.

– Qui ça ?

– Tu peux mettre le réveil à 6 heures, s'il te plaît ?

– Pour quoi faire ? Je ne suis pas dans l'équipe du matin aujourd'hui. Et qui est cette… Comment s'appelle-t-elle ?

Paul n'a pas le temps de lui répondre. Une terrible détonation et un éclair rompent le silence. La première détonation est aussitôt suivie d'une autre, puis d'une troisième, d'une quatrième… Les explosions s'enchaînent à toute vitesse et résonnent de partout. Six, sept, huit, neuf, dix, onze, compte Paul. “Tout près, mais pas trop, Dieu merci”, chuchote-t-il. Un bourdonnement sourd commence à se faire entendre, devenant vite de plus en plus fort.

– Des avions ! crie Lena.

Quelque part sur la colline, un projectile explose. “Des barils d’explosifs ?” s’enquiert Flora. “Des colis piégés, corrige Lena. On les appelle aussi Priority Six.” Les murs et le sol vibrent. Les vitres tremblent. Pendant quelques instants, la pièce s’illumine, Paul peut voir les visages de sa fille, de sa mère et de sa femme : ils sont blancs, fermés, leurs yeux ternes, inexpressifs, leur peur est tournée vers l’intérieur. Flora tire rapidement les rideaux, saisit Paul par la main, l’entraîne dans le vestibule et claque la porte derrière elle. Eva et Lena les suivent. Elles enlacent Paul, s’enlacent à leur tour. Entre les explosions, il entend leur respiration, sa respiration. Puis le calme revient. Les avions ont disparu. Le bruit s’éloigne.

Paul sort un briquet de la poche de son pantalon et regarde sa montre à la lueur de la flamme.

– Quelle heure est-il ? demande Eva.

– Un peu plus d’1 heure.

– Je vous l’avais dit ! Heure d’été !

Et soudain, ils se mettent à rire tous les quatre, aux éclats et de bon cœur, comme ils ne l’avaient pas fait depuis longtemps.

II

1

– Papa, il y a un zèbre dehors !
– Quoi ? Des conneries ! Ça doit être un mulet.
– Un mulet avec des rayures ?

Paul pousse un soupir et se lève du canapé. Sa fille se penche par la fenêtre, montre la rue du doigt en s'exclamant : "Là-bas !" Il regarde dehors et le voit : un zèbre. Celui-ci se tient de l'autre côté de la rue, sur le versant de la colline, tout en haut des escaliers qui descendent vers le centre-ville en passant devant les statues décapitées, et il ne bouge pas.

– Enfer et damnation ! s'écrie Paul. Il y avait donc encore des animaux dans le zoo quand celui-ci a été bombardé !

Mais ce qui l'étonne encore plus que de voir un zèbre visiblement apprivoisé se promener au beau milieu de la ville, c'est la réaction des passants, ou plutôt leur absence de réaction. Les gens passent devant l'animal avec indifférence, comme s'il s'agissait d'un chat, d'un chien ou d'un objet banal. Certains ralentissent le pas pendant une fraction de seconde, d'autres secouent brièvement la tête, haussent les épaules, continuent leur chemin, d'autres lèvent les sourcils au ciel et grimacent un rictus. C'est tout. Et, chose la plus surprenante : personne ne prend l'animal en photo avec son téléphone !

Paul remarque que, chaque jour, les gens se renferment un peu plus sur eux-mêmes. Ils ne voient plus qu'eux-mêmes et se réfugient dans leur monde intérieur, comme s'ils étaient tombés en état de choc, tout comme le temps et le monde qui les entoure, et comme le zèbre qui reste figé pendant plusieurs minutes au milieu du trottoir.

Les hostilités avaient commencé dans la nuit de lundi à mardi et duré jusqu'à 5 heures du matin. Après plusieurs attaques et des combats particulièrement sanglants entre 3 et 4 heures, les troupes de "l'Armée de Libération" avaient réussi à déplacer la ligne de front du centre du boulevard Aristote jusqu'au bord du trottoir, avançant ainsi d'environ cinq à sept mètres en direction du port. Les deux camps ont affirmé s'être mutuellement infligé de lourdes pertes. Le nombre de victimes civiles était heureusement inférieur à ce que l'on craignait, avec trente-deux morts et un peu plus de cent blessés.

– Bah, qu'est-ce que vous voulez ? a dit Kotik Katz, le voisin, le lendemain matin. C'est une guerre de privilégiés que nous menons là. Tout ça est horrible et grave, mais pas aussi grave que ça pourrait l'être. Quelle autre région en guerre pourrait en dire autant en toute bonne foi ?

Le plus grand succès de la nuit a été la prise de l'emblème de la ville par une unité d'élite de mercenaires musulmans : la célèbre tour de l'horloge située à l'entrée du port, raison pour laquelle, le jour même, les combats nocturnes qui ont touché le quartier du port ont été désignés sous le nom de "Bataille de la tour de l'horloge" sur Wikipedia.

Avant cette bataille, celle-ci était un avant-poste des troupes gouvernementales ; elle est désormais un avant-poste des nouveaux dirigeants. Ce qui est surprenant, c'est que, mis à part quelques dégâts, cette construction, qui a changé trois fois de main cette nuit-là, a survécu à tous les combats. Ses murs sont criblés d'impacts de balles, la partie supérieure, effilée, et un escalier extérieur en colimaçon n'existent plus, et les sept cadrans qui affichaient autrefois l'heure dans les grandes métropoles du monde sont tombés. À leur place, il y a désormais sept grands trous noirs qui, tels des yeux morts, fixent toutes les directions.

La "Bataille de l'aéroport: épisode 47" s'est elle aussi bien déroulée pour les rebelles. Lors de la quarante-septième attaque depuis le début des hostilités menées dans ce secteur, leurs troupes sont enfin parvenues à reprendre, dans les ruines de l'aérogare, ce qui restait de l'ancienne salle d'embarquement, qu'ils avaient perdue deux semaines plus tôt. En revanche, le tracé du front sur le tarmac n'a pratiquement pas changé.

L'avancée, jusqu'à la périphérie de la ville, des unités motorisées des généraux Valerian Ka et Bartholomeus Pets est également considérée comme une "victoire". Toutefois, le front ne se trouvait pas du tout "derrière les montagnes", comme l'avaient prétendu les nouveaux dirigeants après leur entrée dans la ville, mais à moins d'un kilomètre de la périphérie. De là, les unités blindées de l'"Armée de Libération" avaient progressé de huit cents mètres pour atteindre le centre du parc zoologique municipal, où l'offensive avait cessé après une farouche résistance des troupes gouvernementales. Les animaux du zoo avaient, paraît-il, été évacués dès les premiers jours de la guerre. Or, le mardi, très tôt, des témoins oculaires avaient rapporté sur les réseaux sociaux qu'ils avaient repéré de nombreux animaux sauvages, et même, semble-t-il, un rhinocéros, une hyène et une girafe, dans les faubourgs de la ville. De part et d'autre du front, cette information a été démentie avec véhémence. Les seuls animaux qui se trouvaient encore dans le parc animalier étaient, paraît-il, les lapins, les chèvres naines et les agneaux du zoo pour enfants.

Mercredi, le journal télévisé du matin a annoncé que le comité exécutif du Gouvernement provisoire a décerné le titre honorifique de "généralissime" au "cher général de l'Armée de Libération, le docteur Boris Loupovitch" pour ses mérites dans la lutte pour la liberté et pour ses succès dans la conduite des troupes lors des "Batailles nocturnes du mardi".

Depuis la fin de ces combats de nuit, c'est une sorte de *Drôle de guerre** qui règne. Visiblement, chaque camp attend de l'autre qu'il prenne l'initiative. Mais peut-être attendent-ils aussi les instructions des grandes puissances qui les soutiennent. Il est bien probable qu'à Washington, Moscou, Berlin, Paris, Pékin ou dans un lieu connu des seuls dirigeants de ce monde, on ait déjà pris depuis longtemps des décisions concernant la suite et l'issue des événements.

D'aussi loin que Paul se souvienne, la vie en ville avait été brutale et dangereuse, mais supportable, malgré tous les problèmes. On arrivait à s'en sortir. Pendant la pandémie de coronavirus, il y avait eu, certes, des restrictions massives, des difficultés économiques et de nombreux morts, mais pas de crise notable au sein du système de santé, celui-ci étant de toute façon tellement désastreux que les séquelles de l'épidémie n'avaient été perçues que comme une aggravation bénigne de la catastrophe continue qui durait depuis des décennies. Les hôpitaux ne peuvent pas se retrouver en pénurie de lits de réanimation s'il n'y en a pas un seul pour le commun des mortels qui n'a pas d'assurance maladie privée, et les personnes âgées présentant des antécédents médicaux ne peuvent pas mourir du Covid, ou avec le Covid, si elles sont déjà mortes depuis longtemps. Tandis que les petits gâtés d'Occidentaux souffraient, ici, à la périphérie de l'Europe, on prenait les choses avec sérénité. Comme on en connaissait un rayon en matière de pandémies et autres catastrophes, on savait rapidement s'adapter. On avait déjà survécu à des temps plus difficiles. Évidemment, le chômage, la pauvreté et la criminalité avaient explosé. On voyait encore plus qu'avant des enfants des

* En français dans le texte.

rues reniflant de la colle et des personnes fouillant dans les poubelles à la recherche de nourriture, tandis que le nombre de limousines de luxe, d'appartements de luxe, de magasins de luxe et de clubs selects ne diminuait pas du tout. "La confusion, avait déclaré un journaliste et blogueur connu dans la ville, est devenue notre compagne de tous les instants et, souvent, elle nous apporte même du réconfort : c'est une ivresse psychique à laquelle on s'abandonne le cœur léger."

Mais aujourd'hui, en temps de guerre civile, la déchéance a pris une dimension encore inconnue jusqu'ici. Toute la journée de mardi, Paul, Flora, Eva et Lena ont attendu la journaliste allemande Wiebke Schlager. En vain. C'était comme si elle s'était volatilisée. L'Allemande et son jeune assistant avaient bien pris possession de leur chambre d'hôtel le lundi, mais le mardi matin ils avaient disparu sans laisser de traces. Personne ne savait ce qui s'était passé, personne ne les avait vus sortir du bâtiment. Leurs valises et leurs effets personnels se trouvaient encore dans leurs chambres, mais eux demeuraient introuvables. Toutefois, à une époque comme celle-ci, cela n'étonnait ni ne troublait personne. Les gens avaient d'autres préoccupations, d'autres problèmes. L'aimable réceptionniste de l'hôtel que Paul avait eue au téléphone s'était empressée de lui donner des renseignements, avait fait quelques vagues promesses puis avait raccroché.

Cela fait deux jours que Paul essaie d'entrer en contact avec Abdul et Abdullah, mais les deux escrocs sont eux aussi introuvables et injoignables sur leurs téléphones portables, fixes ou sur Internet. La grande porte de la maison où Paul les a rencontrés est fermée par une grosse chaîne et un cadenas. Tous les stores sont baissés. Aucun des voisins ne sait quand "les deux Arabes et toute leur clique" ont disparu ni où ils sont passés. Paul devrait aller se renseigner à *La-alot*, lui explique-t-on, tôt ou tard tout finit par se savoir dans le quartier. Il faut juste qu'il patiente un peu.

– J'ai l'impression qu'on s'est encore bien fait chier dessus, dit Eva en secouant la tête. Je vais me plaindre auprès des bonnes personnes qui m'ont recommandé ces deux guignols. Autrefois, la parole des gens bien avait force de loi. Aujourd'hui, apparemment, on ne peut même plus compter sur les grands criminels ! Mais dans quel monde vit-on ? À qui peut-on encore faire confiance ?

Dehors, quelque chose clignote puis s'éteint. Paul et sa mère se précipitent à la fenêtre. En bas, dans la vieille ville – quelque part entre la cathédrale et le vieux canal, envasé depuis longtemps et désormais non navigable, qui mène du port à la partie la plus ancienne de la ville – une fumée marron s'élève. Plus elle monte, plus elle s'éclaircit, jusqu'à ce qu'elle finisse par se muer en une tête de champignon couleur de diarrhée, puis par s'effilocher.

– Vous auriez dû partir d'ici quand c'était encore possible, dit Eva.

– Et l'appartement ? Et le boulot de Flora ?

– À quoi ça sert, un appartement et un travail, quand ton gosse se prend des bombes sur la tête !

– Fiche-moi la paix, dit Paul, et il part dans la chambre, ferme la porte derrière lui et allume l'ordinateur portable. Quand il n'y a personne qui l'observe, il se force à aller consulter les sites où son nom est mentionné, lit les commentaires sur les réseaux sociaux ou les nombreuses remarques sous les vidéos postées sur *YouTube* dans lesquelles il apparaît.

"À cause de ce minable petit pisseur, il faut malheureusement balancer la chaise. Elle doit schlinguer et n'est plus bonne à rien. -:)))"

"Faut pas gaspiller sa salive avec quelqu'un comme ce Sarianidis ! Le mieux, ce serait la corde au cou, on l'accroche à un poteau de lampadaire, on tire, et hop, terminé !"

"Respect à M. Loupovitch, respect ! Ce n'était qu'un avertissement. La prochaine fois, les trolls de ce genre finiront à la poubelle."

– C'est déjà fait, connard ! marmonne Paul.

"Hé, Paul, petit pisseur, tu es déjà allé chez l'urologue ?"

"Docteur Loupovitch, je m'incline devant toi ! Tu es un vrai mec, toi ! Ce que tu as fait est juste. C'est viril. Plein de force, de dignité, de beauté ! Tu aurais pu enculer le troll avec ton pistolet, mais tu l'as épargné. Tu es un vrai généralissime !"

"Paul, tu devrais acheter de grosses quantités de vaseline, baisser ton froc, te pencher en avant et te faire appeler Paula à partir de maintenant."

Paul sent la colère monter en lui, battre à ses tempes, crisper ses poings, faire bouillir son sang. Il aimerait répondre immédiatement aux insultes, remettre ces raclures à leur place, leur cracher dessus à son tour en avançant des arguments percutants. Si les mots pouvaient tuer ! Il va leur dire…

Il ne va rien leur dire. Souvent, il a l'impression que s'il lit tous ces commentaires humiliants ce n'est que pour se prouver à lui-même qu'il est assez fort pour ne pas y répondre. De plus, répondre ne ferait que le ridiculiser davantage. Ce serait bien pitoyable de répondre d'un ton offensé à des commentaires offensants. Quel triomphe pour ces vauriens lorsqu'ils se rendront compte que leur poison a atteint leur cible. Chaque fois qu'il ferme son ordinateur, il se sent très mal mais il est fier de n'avoir rédigé aucune réplique à aucun des commentaires.

La porte s'ouvre et Lena entre, lentement, sur la pointe des pieds, sans faire de bruit, comme si elle craignait d'effrayer quelqu'un et de le faire fuir. Paul voudrait se lever et aller à sa rencontre, mais quelque chose le retient. Elle se penche vers lui, le serre dans ses bras, pose sa tête sur son épaule.

– Papa, murmure-t-elle.

– Oui ?

– Le zèbre est toujours au même endroit, dehors, devant notre immeuble. Il ne bouge pas.

– Je sais, dit Paul.

– Il a l'air si triste ; on dirait un humain.

– Les animaux peuvent être tristes ; comme les humains.

– Tu crois qu'il peut survivre ici, en ville ?

Paul réfléchit pendant un moment puis demande :

– Sais-tu par quelle bande commence un zèbre ? Par une noire ou une blanche ?

Elle lève la tête, le regarde et se met à sourire.

2

Mardi. Mercredi. Jeudi. Dans un podcast, les rebelles débattent des élections régionales prévues en juin, de l'introduction d'une nouvelle fête nationale et de la transformation de la République en État fédéral. L'université annonce la fin prématurée du semestre de printemps. Près de l'opéra, comme le rapportent tous les médias, un espion a été abattu. Sur *eBay*, on vend aux enchères des vêtements et des objets de valeur ayant appartenu à des personnes tuées lors des combats et après l'entrée des rebelles dans la ville. On apprend que, dans trois quartiers, l'eau du robinet a été contaminée par des matières fécales, que tout le système d'évacuation des eaux usées est au bord de la rupture ; et la télévision rapporte que, depuis mardi soir, la garde nationale fait la chasse aux clandestins et aux réfugiés. "La plupart des individus appréhendés sont des migrants en route vers l'Europe, mais qui n'ont pu arriver que jusqu'à chez nous", dit-on. "Ils doivent maintenant être renvoyés dans leur pays d'origine, ce qui n'est pas une mince affaire étant donné qu'aucun pays au monde ne reconnaît notre Gouvernement provisoire ou ne veut négocier avec lui sur la question des reconduites à la frontière. Certains migrants auraient été menés de l'autre côté de la ligne de front, mais ils y auraient été immédiatement arrêtés et renvoyés là d'où ils venaient. Ce jeu se serait répété à plusieurs reprises. Le fait est que cette opération de nettoyage a été très bien accueillie par la grande majorité de la population."

Pendant ce temps, des tireurs d'élite se sont placés en embuscade, ils se cachent, tels des voleurs et des brigands, dans leurs niches et leurs abris, et tirent de temps à autre sur des cibles derrière la ligne de front. En général, ce sont des soldats qui sont touchés, mais parfois aussi des civils qui se trouvent au mauvais endroit au mauvais moment. Une bande d'environ cinq cents mètres de large s'étirant tout du long de la ligne de front a été déclarée zone interdite. Cela ne change rien au fait que, toutes les deux ou trois heures, quelques projectiles ou un missile s'abattent quelque part dans la ville. Chaque jour, il y a des morts et des blessés, pas beaucoup, mais suffisamment pour semer la panique parmi les habitants. On apprend dans les médias que, chaque jour, il y a plus de personnes qui meurent des suites d'un acte de violence, d'une maladie ou d'un accident de la route que sous le feu des tirs ennemis ; même pendant la pandémie de coronavirus, il y avait chaque jour plus de morts que maintenant, mais ces données ne rassurent personne. Ceux qui ont les moyens prennent la fuite. Ligne de front d'un côté, barrage de police de l'autre, la mer derrière, les montagnes comme barrière, installations de missiles, nids de mitrailleuses, champs de mines : les gens ordinaires sont piégés dans la ville, mais pour une somme raisonnable il est possible de trouver, ou plutôt d'acheter, une échappatoire. Quand le prix est correct, ils peuvent même rejoindre directement New York, Paris, Vienne ou Berlin. Les passeurs, faussaires, receleurs, dealers, fonctionnaires corrompus, politiciens et autres criminels professionnels s'en mettent plein les poches. Les utilisateurs de téléphone portable apprécient beaucoup l'application bon marché Run-Rabbit-Run qui indique quels chemins emprunter pour traverser les champs de mines sans encombre. Le taux de réussite est tout de même de 85 pour cent.

D'autres doivent faire la queue pendant des heures pour recevoir leurs cartes de rationnement. Même les soldats sont mal approvisionnés. Les unités blindées stationnées sur le front du jardin zoologique ont mangé tous les animaux du zoo pour enfants. Les hôpitaux commencent à manquer de médicaments. Flora veille strictement à ce que les médecins, les infirmières ou les aides-soignants ne vendent pas sous le manteau les précieuses denrées rares au plus offrant. Mais elle ne peut pas surveiller l'"armoire à toxiques" vingt-quatre heures sur vingt-quatre. Le stock diminue plus vite qu'il ne devrait. Cela fait un bon moment que les opérations de routine sont pratiquées sans anesthésie ou sont tout simplement annulées.

Les gens vendent leurs objets de valeur pour se procurer au marché noir les produits de première nécessité. Les chiens errants sont plus agressifs que jamais et, depuis mercredi, les tramways et les trolleybus circulent au compte-gouttes. Ces jours-ci, ce sont les nombreux mendiants et sans-abri qui sont le plus malmenés : il y en a de plus en plus, presque plus personne ne s'occupe d'eux, et beaucoup meurent ainsi en silence et, dans la plupart des cas, sans que quiconque s'en aperçoive.

Il faut que je m'en aille d'ici, se dit Paul. Il faut que sa famille s'en aille. Il sait depuis longtemps qu'ils doivent quitter la ville. Il souhaite une autre vie pour son enfant. Ici, il le sait, elle va périr desséchée et dans d'atroces souffrances ou se fera piétiner. Il faudrait que sa fille soit coriace, coriace comme une avocate chargée de défendre un magnat de la drogue, dure comme une grande dame du show business, cool et revêche comme une hackeuse qui sème la pagaille au sein des multinationales. Parfois, Lena donne l'impression d'être forte, insouciante, invulnérable, mais il la connaît. Il sait à quel point elle est fragile. Il serait plus heureux si elle était comme sa mère.

Il faut qu'il emmène Lena loin d'ici. Mais où ? Dans la capitale, où tout le monde a succombé à une pulsion d'autodestruction ringarde que l'on prend pour du patriotisme ? Aux États-Unis, où elle trimerait le restant de ses jours pour avoir une vie aussi misérable qu'ici ? En

Allemagne, le pays de l'arrogance grossière et de l'indélicatesse, où les étrangers ne sont plus aussi bien accueillis que par le passé ? Finalement, elle aura le destin qu'il pourra lui offrir, l'avenir qu'il pourra lui acheter.

Lui-même n'a jamais voulu partir et ne veut toujours pas le faire. Il n'est allé qu'une seule fois dans la capitale et jamais à l'étranger. En revanche, il connaît chaque rue, chaque immeuble, chaque porche de sa colline natale, du côté noble, mais aussi de l'autre côté, à *La-alot*, et si quelqu'un le lui demandait, il serait capable de raconter une anecdote sur chaque escalier perdu qui mène nulle part, sur chaque nid-de-poule et chaque lampe à gaz éteinte depuis des lustres. Mais, aujourd'hui, il n'y a plus personne qui veut entendre ces histoires.

Cela fait déjà deux jours que Paul traîne à *La-alot*, même si Flora et Eva l'ont instamment prié de rester à la maison, et s'il ne le fait pas pour sa propre sécurité, qu'il le fasse au moins pour Lena et elles. Tant qu'à prendre des risques, il pourrait au moins faire un effort pour chercher du travail. Mais Paul n'a aucune chance d'en trouver dans la ville assiégée. Et il ne supporte plus non plus de rester chez lui. Il pense qu'un missile égaré pourrait aussi bien le tuer dans son appartement que dans la rue, et il n'a plus peur des bandits ni des voleurs ou des maraudeurs armés.

Bizarrement, depuis la fin du cessez-le-feu, on le laisse tranquille. Le tapage fait autour de sa personne a cessé aussi vite qu'il a commencé. Il n'y a que sur Internet qu'il continue d'être célèbre. Dans la vraie vie, en revanche, tout semble se passer comme si de rien n'était. Les rédacteurs nationaux et étrangers et les badauds se sont désintéressés de lui et ont arrêté d'assiéger sa maison. On ne lui parle plus de ce fâcheux incident, et même les habitants des immeubles voisins, des rues transversales et parallèles, qu'il croise régulièrement depuis des années, l'ignorent désormais encore plus qu'ils ne l'avaient fait auparavant. Même le journaliste autrichien, le plus acharné de tous, ne vient plus l'attendre devant la porte de son immeuble.

Abdul et Abdullah demeurent introuvables. Dans les rues de *La-alot*, on en apprend toutefois plus que sur Internet. "La rue" sait tout. Aucune technologie de pointe, aucun moyen électronique ni aucune intelligence artificielle ne peut surpasser la science de la rue. Paul découvre par le biais de personnes bien informées que la journaliste allemande aurait probablement été arrêtée. Quant aux deux Arabes, ils seraient depuis quelques jours dans la capitale. Avec l'argent qu'ils auraient volé à leurs clients, ils seraient en train de s'acheter de nouvelles identités et un visa Schengen.

– Peut-être, réfléchit tante Fania, une Russe proche de quatre-vingts ans que tout le monde connaît dans le quartier parce que toutes les informations de la ville, du pays et du monde entier convergent vers elle, peut-être qu'ils iront à Londres ou à Birmingham. La Grande-Bretagne ! Un pays en déclin, c'est exactement ce qu'il leur faut pour se faire beaucoup d'argent.

– Et mon argent à moi ? lance Paul avec une colère rentrée. Ce qu'ils ont empoché, c'est à moi, et à personne d'autre. L'argent durement gagné par ma femme et les économies de ma mère en font également partie.

Fania, qui – la pipe à la bouche, comme d'habitude – s'est confortablement installée dans un fauteuil à bascule devant l'entrée de son immeuble, se racle la gorge, redresse son corps massif avec quelque difficulté, le souffle court, crache par terre, se laisse retomber dans le fauteuil, bourre sa pipe de tabac et dit en ricanant :

– Il y a un proverbe russe qui dit : *Влёпамшись, надо сидеть.*

– Aha !

– Vous savez ce que cela signifie ?

– Non, dit Paul. Mais je vois très bien.

3

L'alimentation électrique servant à l'éclairage des escaliers est coupée de 6 heures du matin à 9 heures du soir, de début avril à mi-octobre. Pour des raisons d'économie d'énergie, cette mesure s'applique à toute la région et elle a survécu à trois changements de régime. Les jours sombres, lorsque des nuages se forment et qu'un orage éclate ou quand le brouillard enveloppe la colline dans une pénombre humide, les habitants doivent avancer à tâtons dans le noir. "On n'est pas des chats, on n'a pas les yeux qui éclairent", peste chaque fois Flora. Elle a envoyé une bonne douzaine de lettres et de mails à la municipalité à ce sujet, mais n'a toujours reçu que des réponses évasives et sans engagement, disant qu'on allait *s'en occuper et examiner la question*. Bien entendu, personne n'examine rien ni ne s'occupe de rien, et rien ne change.

Anita, le fameux brouillard qui frappe rarement la ville, mais toujours de manière impitoyable, arrive cette fois-ci un vendredi matin, comme surgi du néant, il enveloppe les deux collines, fait chuter la température de plus de 10 degrés en un rien de temps. Les vêtements, trempés, collent à la peau. La circulation cesse, les trolleybus stationnés aux arrêts attendent le souffle salvateur de la brise tiède. Les conducteurs descendent. Les briquets émettent un clic mais les cigarettes refusent de se consumer, elles se contentent de taquiner le palais et les poumons puis s'éteignent peu à peu dans la vapeur humide. Les gens montent et descendent lentement les collines, frissonnent dans leurs blousons ou leurs imperméables, se hérissent comme des moineaux en automne, tandis qu'en contrebas, au bord de la mer et dans le port, il fait toujours une chaleur étouffante et un temps radieux. Anita : la souveraine de la décrépitude, comme on dit dans le langage populaire, l'impératrice de la consomption, la princesse noire de toutes les épidémies.

Anita s'empare de la colline tandis que Paul revient du supermarché. L'offre de marchandises se réduit de jour en jour. Depuis la "Libération", les fruits et légumes frais sont une denrée rare, le lait, le pain et les pâtes sont strictement rationnés ; pour ce qui est des conserves, il existe une application mobile que l'on peut télécharger à condition de renoncer à d'autres biens. Ceux qui ont un vieux téléphone portable sur lequel les applications ne fonctionnent pas doivent faire la queue pendant des heures pour obtenir des cartes de rationnement, se rabattre sur le marché noir ou mourir de faim. Paul, lui, a un téléphone qui fonctionne, mais son butin est bien maigre : des conserves de poisson et de légumes bon marché, des cubes de bouillon, de la margarine qui sent le cambouis, du millet, des lentilles ainsi que des biscottes comme ration de secours pour les temps encore plus difficiles. Depuis hier, il n'y a plus de sucre, seulement de la saccharine.

Au moins, constate-t-il pour la énième fois avec un mélange de satisfaction et de déception des plus étranges, l'entrée de l'immeuble est vide : il n'y a plus de journalistes qui le guettent, plus de badauds, plus de foule hargneuse qui veut le passer à tabac, le filmer ou le jeter dans une poubelle.

Lentement, il met un pied devant l'autre. Pour s'orienter, il fait glisser le bout des doigts de sa main gauche sur le crépi rugueux de la façade. La rue est comme enveloppée dans du coton. Il entend les pas des passants qui viennent en sens inverse, ne les voit que lorsqu'ils émergent du brouillard juste devant lui, ne disposant que d'une poignée de secondes pour les éviter. Les gens baissent les yeux, ralentissent encore plus ou s'arrêtent : Anita oblige chacun à faire preuve de patience et de prévenance. On se tait et on attend le vent salvateur qui dissipera le brouillard.

À quelques mètres de l'entrée de son immeuble, un bruit de sabots de plus en plus fort lui fait tendre l'oreille. Une ombre fonce droit sur lui, s'approche de manière menaçante, se matérialise et se dresse soudain de toute sa hauteur, comme si elle était sortie de nulle part ou avait surgi de la terre : l'espace d'un instant, Paul voit des naseaux et une gueule aux dents blanches, des yeux grands comme des soucoupes remplis de panique, un long museau, des rayures noires et blanches qui s'étirent jusqu'à la pointe des oreilles. D'un bond, Paul va se réfugier à l'intérieur de l'immeuble, tandis que le bruit des sabots se perd dans la brume. Quelqu'un a ouvert la porte de l'intérieur juste au bon moment.

L'animal lui a effleuré l'épaule mais ne l'a pas blessé. Mais soudain, dans le hall de l'immeuble, il heurte quelqu'un qui recule en poussant un cri strident. Il sent une haleine humide et nauséabonde sur son menton et dans son cou et, aussitôt après, perçoit un bruit sourd et net, tel celui d'un sac de farine tombé du haut d'une étagère. "Aahh", entend-il gémir à ses pieds. "Ooch !" Et en russe : "*Tchort!*" Il se penche vers la vieille femme, laisse tomber son sac de courses et lui tend les mains.

– Pourquoi, mon cher, voulez-vous tuer une vieille femme qui est de toute façon déjà à moitié morte ? se lamente Mychka, la voisine, en saisissant ses mains. Ne perdez pas votre temps et votre énergie si précieux.

– Je suis infiniment navré, chère madame Katz ! Veuillez me pardonner : j'ai été bousculé par un zèbre.

– Un zèbre ? fait-elle, amusée, et sa voix semble soudain plus ferme et plus jeune. Vous êtes devenu *meschugge** ?

*Mot yiddish signifiant "fou".

– Oui. En fait : non ! Mais : si, si, c'était un zèbre.

Elle essaie de se redresser, se laisse relever par Paul et se remet sur ses jambes, mais ne parvient pas à se tenir debout sans son soutien.

– Quoi que vous fumiez, jeune homme, gémit-elle, arrêtez au plus vite. Cela vous embrume l'esprit. Un zèbre ! Laissez-moi rire. En des temps pareils ? Si vous aviez dit qu'un bandit vous avait poursuivi à travers le brouillard et vous avait tiré dessus avec un fusil d'assaut, là, je vous aurais cru. – Elle secoue la tête. – Tss... Un zèbre ! marmonne-t-elle avec mépris.

Paul aide Mychka à gravir les escaliers. C'est tellement pénible qu'il se demande comment la vieille dame a pu jusqu'à présent descendre et surtout remonter chaque jour son corps massif sans l'aide de personne et sans ascenseur.

Depuis des années, Mychka et Kotik Katz vont se promener tous les après-midis, de 15 heures à 15 h 45. Avant la guerre, ils étaient réglés comme une horloge. Depuis le début des hostilités, ils ne sortent plus que rarement de l'immeuble, mais toujours ensemble.

– Vous vous demandez sans doute pourquoi je suis descendue seule et où j'allais ? dit la vieille femme, comme si elle avait lu dans les pensées de Paul.

– Mais non, cela ne me regarde pas, madame, assure Paul, tandis que Mychka aborde chaque marche en levant d'abord péniblement son pied droit, puis en faisant suivre son pied gauche, dans un souffle haletant et rauque. Paul la soutient par le coude du bras gauche. À chaque marche, elle se repose quelques instants avant d'attaquer l'ascension de la suivante.

– Je trouve que c'est très gentil de votre part de m'aider, monsieur Sarianidis, dit-elle en fouillant d'une main tremblante dans la poche de son pantalon à la recherche de la clé de son appartement. Dans l'obscurité du couloir, Paul ne peut que distinguer sa silhouette :

les rondeurs de ses joues, son nez crochu et pointu, ses quatre bourrelets abdominaux dont trois sont plus gros que sa poitrine, son dos voûté dont la seule vue fait mal, ses jambes gonflées, pleines d'eau. Mychka ? La "petite souris" ? Son surnom peut-il encore lui convenir ? se demande Paul. L'âge est une punition de Dieu, songe-t-il. Mais qu'avons-nous fait pour qu'Il nous inflige une chose pareille ? Peut-être les guerres ont-elles pour fonction de nous épargner la misère et les désagréments de la vieillesse ?

– 38,9. C'est la température qu'il avait ce matin, raconte Mychka. Ça fait trois jours qu'il est au lit.

– La grippe ?

– Possible, dit Mychka en ouvrant enfin la porte. Depuis hier matin, j'essaie de joindre notre médecin de famille. Aujourd'hui, enfin, j'ai réussi. Il m'a dit qu'il passait maintenant : il était 13 heures ; là, il est 14 h 30. C'est pour ça que je suis descendue, histoire de m'assurer qu'avec le brouillard, il ne manquerait pas l'immeuble. Je voulais voir ce qu'il fabriquait.

– En général, ça ne sert à rien de faire ce genre de choses.

– Oui, je sais. C'était juste un prétexte. Quel est l'intérêt de faire les cent pas devant l'immeuble ? Est-ce que ça l'a fait arriver plus tôt ? Non. Je suis nerveuse, c'est tout ; et je ne supportais plus d'être dans l'appartement.

– Je peux en parler à Flora, glisse Paul. Elle est médecin…

– Pas la peine, l'interrompt Mychka. Sinon, à quoi bon verser 10 pour cent de nos retraites au docteur Bon-à-rien depuis des années ? Lorsque le coronavirus a terrassé mon Kotik, notre cher toubib lui a dit de régler rapidement ses affaires terrestres, car ses jours étaient comptés. Non seulement il présentait déjà toutes les pathologies à risques, mais il était lui-même une pathologie à risques sous forme humaine. Et de toute façon, à l'hôpital, il n'y aurait pas de lit disponible pour quelqu'un comme lui, sans assurance maladie adéquate. Alors je lui ai dit : "Docteur, avant que mon Kotik ne meure, vous aurez vous-même cassé votre pipe trois fois !"

Paul suit Mychka dans le petit vestibule sombre qui mène au salon, où il pose son sac de courses, étire ses membres endoloris et essuie la sueur sur son front. Dehors, le brouillard est si dense qu'on croirait que les vitres sont d'un verre opaque.

– Vous n'êtes pas obligé de faire ça si vous avez peur d'être contaminé, dit Mychka.

– Je n'ai pas peur, ment Paul. Il a peur, mais même s'il n'aime pas les Katz, des gens très bavards, il lui semblerait déplacé de quitter l'appartement sans au moins souhaiter un bon rétablissement au malade. Vous savez bien ce qu'on dit, ajoute-t-il. Quand Anita se lève, il faut être particulièrement aimable et serviable les uns envers les autres, sinon la Souveraine de la décrépitude vous emporte dans son royaume des ténèbres éternelles. C'est ce qu'on raconte.

– Superstition à la noix, grogne Mychka en se dirigeant de sa démarche chaloupée vers la chambre à coucher. Le brouillard, c'est du brouillard : de la vapeur d'eau, rien d'autre. Tant qu'il ne nous rend pas malades ou ne nous tue pas, il est inoffensif.

Kotik a l'air tout aussi fatigué que la chambre tout entière. De même que celle-ci est remplie de bibelots anciens, tristes, la plupart provenant de l'ex-Union soviétique, de même le visage de Kotik semble usé et marqué par la maladie, si bien que Paul se dit qu'il devrait lui prodiguer quelques mots sages et réconfortants. Mais face à ce malade aux joues creusées, au front sillonné de rides et au regard tourmenté, il ne trouve rien à dire. Il parvient tout de même à esquisser un sourire, lui souhaite un bon rétablissement et s'apprête à partir lorsque le vieil homme lui demande de lui tenir compagnie encore un instant.

– Ma mère et ma fille m'attendent, murmure Paul, mais Kotik lui prend la main.

– Juste dix minutes de votre précieux temps, dix minutes : j'ai une requête importante à vous faire ; quelque chose qui ne vous coûtera pas beaucoup d'efforts, mais qui compte infiniment pour nous, Mychka et moi.

– D'accord, concède Paul. Dix minutes. Mais après, il faut vraiment que je parte ! Cela dit, je ne vois pas comment je pourrais vous aider d'une quelconque manière.

– Vous devez remettre quelque chose. Remettre. Quand le moment sera venu. Probablement bientôt.

– Quoi donc ?

– Mychka, ma chérie, tu peux aller chercher le coffret magique ?

– Tu es sûr ? demande Mychka.

– Nous en avons déjà parlé.

– Je ne pensais pas que tu étais sérieux.

– *Dawáj, nesí náschu walschébnuju karóbotschku !* dit-il en russe d'un ton impatient.

Le coffret est en réalité une grande boîte en fer-blanc brillant, un cube aux coins arrondis que Mychka prend sur l'étagère de l'armoire et pose sur le lit de Kotik.

– Ouvrez, dit celui-ci.

Le couvercle est difficile à ouvrir. Paul met un certain temps avant de réussir à passer ses ongles sous le bord, à le détacher et à le soulever. Il a l'impression que la boîte n'a pas été ouverte depuis longtemps et qu'à présent, elle refuse de dévoiler son contenu. Au premier abord, celui-ci est décevant, puisqu'il se résume à une pile de vieilles photographies, à un livret à la couverture rouge et rigide, visiblement une ancienne carte d'identité, à une mèche de cheveux enveloppée de cellophane, à un écrin à bijoux dans lequel ont été conservées deux dents de lait d'enfant, à des lettres écrites en russe et à de vieux certificats. Mais en dessous apparaissent des billets de banque verts : des dollars américains, comme le constate Paul, une somme rondelette, pas astronomique, certes, mais suffisante pour assurer la survie du couple Katz pendant six mois, peut-être même plus s'ils ne percevaient plus leur retraite.

– Vous devriez être plus prudents, dit Paul. Par les temps qui courent, il est plus que déraisonnable d'avoir autant d'argent chez soi. Des gens ont déjà été tués pour beaucoup moins que ça.

– Je sais, murmure Kotik. Nous deux, ce ne serait pas une grosse perte, deux vieux Juifs de moins, mais l'argent…

– Cet argent appartient à notre fille, coupe Mychka. Elle vit à Milwaukee depuis de nombreuses années déjà.

– Mil… ?

– États-Unis. Le Midwest. Un désert intellectuel. Et un climat comme à Novossibirsk.

– Cela fait trois ans que nous n'avons pas vu notre fille, raconte Kotik. La dernière fois qu'elle nous a rendu visite, elle a voulu littéralement nous imposer cet argent. Nous avons refusé, bien sûr. Nous n'acceptons pas d'argent de notre fille, elle en a plus besoin que nous.

– Après son départ, nous l'avons trouvé dans une enveloppe à côté de la cafetière sur la table de la cuisine, soupire Mychka.

– Quelle idiote ! s'emporte Kotik. Têtue comme sa mère. Elle a une famille, pourtant. Ses deux enfants sont charmants, mais son crétin de mari, lui, je ne lui fais pas trop confiance, surtout pas pour lui assurer une vie confortable. Et voilà qu'elle nous offre trois mille dollars ?!

– Zac n'est pas une flèche, mais il vient d'une bonne famille juive.

– Et alors ? Ce n'est pas parce qu'il est bien éduqué, qu'il sait réciter le *Shema Israël* et qu'il n'a pas de prépuce qu'il est mieux que tout le monde.

– Mais il a une belle voix, dit Mychka.

– Qu'on aime entendre tant qu'il parle une langue qu'on ne comprend pas, grogne Kotik en toussant.

– Moi, je ne comprends pas ce qu'il dit, fait remarquer Mychka. Quelle que soit la langue qu'il parle, ça a toujours l'accent de Milwaukee.

– Je vois, intervient Paul. Et maintenant, quel est mon rôle à jouer dans tout ça ?

De sa main légèrement tremblante, Kotik pousse vers lui la boîte et son contenu étalé sur la couverture du lit et lui dit :

– Prenez ! Vous allez garder tout cela et le faire parvenir à notre fille, quand on...

Il s'interrompt.

– Quand on viendra nous chercher, complète Mychka.

– Quand nous ne serons plus là, parce qu'on nous... dit Kotik en faisant glisser son index de l'oreille gauche à l'oreille droite, le long de son cou.

– Quand on nous aura emmenés et que nous ne reviendrons plus, dit Mychka.

– Que nous ne reviendrons plus, ce qui est fort probable, observe Kotik.

– Les vieilles photos, les documents et les lettres ont eux aussi une valeur.

– Une valeur sentimentale.

– Mais seulement pour notre fille.

– Nous ne voulons pas que tout cela finisse à la poubelle.

– Ni que des bandits, des assassins et des antisémites dilapident l'argent de notre fille en achetant des armes, de la coke et des prostituées.

– Mais pourquoi moi ? demande Paul, abasourdi. Il se sent tout à coup mal à l'aise mais, au fond de lui, il est fier que les Katz se soient adressés à lui et à personne d'autre pour régler cette affaire.

– Nous avons confiance en vous, vous êtes un homme honnête, dit Mychka.

– Il y a trois cents dollars qui vous reviennent, explique Kotik. En guise d'indemnité.

– Nous ne connaissons personne d'autre en qui nous pourrions avoir confiance, dit Mychka à voix basse. Voici le nom, l'adresse, l'adresse e-mail, le numéro de téléphone de notre fille : tout ce dont vous avez besoin.

Elle lui tend une petite feuille de papier lignée, visiblement arrachée d'un calepin, sur laquelle elle a noté les informations au stylo plume à encre bleue, d'une écriture très nette, démodée.

– N'hésitez pas à réclamer un peu plus de trois cents dollars, dit Kotik.

– Vous et votre famille êtes les seuls gens bien à des kilomètres à la ronde, déclare Mychka. Entre nous soit dit, n'auriez-vous pas des racines juives ? Quand je vous regarde, je parierais...

– Qu'est-ce qui vous fait croire qu'on va venir vous chercher ? l'interrompt Paul.

– Mon neveu a été abattu par ces ordures, dit Kotik tout bas. Mychka et moi sommes sous le choc et désemparés ! Quelle chance que ses parents n'aient pas eu à endurer ça. C'était pourtant quelqu'un d'adorable, sensible, prévenant, et un partisan si fervent de ces bandits. Un rebelle de la première heure. Pendant ses études, il a joué dans la même équipe de volley-ball que Loupovitch. Vous voyez le résultat.

– La révolution dévore ses enfants, dit Mychka. Mais les enfants juifs toujours avant les autres.

– Nous, les Juifs, nous sommes par nature des gens très passionnés, précise Kotik. Nous sommes pour avec passion, contre avec passion et, naturellement, nous nous engageons aussi avec passion contre toute forme de jugement à l'emporte-pièce. Et quand tout échoue, car, avec le temps, tout ce que les gens entreprennent avec trop de passion finit par échouer, on dit qu'être pour, c'est typiquement juif, qu'être contre, c'est aussi typiquement juif, et qu'être au milieu, c'est pareil, parce que les Juifs, en tant que compagnons sans patrie, ne peuvent de toute façon jamais prendre position pour ou contre avec passion.

– Mais je ne suis pas juif, moi ! déclare Paul.

– Quelle chance dans votre malheur ! s'exclame Kotik. Vous, une fois qu'on vous a humilié, on vous fiche la paix. C'est d'ailleurs l'une des raisons pour lesquelles c'est à vous que nous confions notre argent et tout le reste. Si, jusqu'à récemment encore, notre jeune voisin simple d'esprit surveillait l'entrée de l'immeuble, c'est parce qu'on craignait pour votre sécurité. Nous, les Juifs, n'avons pas de tels privilèges. Quand les gens nous humilient et en ont des remords après coup, là encore, on dit que c'est notre faute. – Il a un rire amer, mais celui-ci se mue aussitôt en quinte de toux. – Mais où est donc notre docteur Bon-à-rien ? gémit-il. On ne peut plus compter sur ce petit bonhomme décrépit.

– Il a dû se perdre dans le brouillard, marmonne Mychka.

Paul remet l'argent, les papiers et les vieilles photographies dans la boîte en fer. Ce faisant, son regard tombe sur une photo de Mychka et Kotik qui paraît plus ancienne qu'elle ne l'est probablement : elle a le grain épais, les couleurs sombres ont une teinte brune et les maisons en bois à un étage, l'église aux clochers à bulbe et la rivière ressemblent à un décor dans un studio de photographe. Paul se souvient que les deux Katz ont grandi près de Rostov-sur-le-Don, mais il ne se rappelle plus le nom de la ville dont ils sont originaires.

Sur le cliché, Kotik et Mychka ont entre vingt et vingt-cinq ans tout au plus : elle – mince, très belle, l'air hardi, des sourcils broussailleux, des yeux bruns expressifs dans lesquels on pourrait se perdre et une lourde tresse qui lui tombe jusqu'à la taille ; lui – plein d'énergie, le regard moqueur et le cou tendu en avant : une pose prétentieuse qui ne le rend pas pour autant antipathique, mais plutôt charmant et touchant. Cette photo a quelque chose de téméraire et d'envoûtant à la fois, mais elle attriste aussi Paul lorsqu'il regarde le visage cireux et ridé de Kotik, ses yeux ternes et ses mains tremblantes, et le corps massif de Mychka. *Sic transit*... songe-t-il.

– Vous pouvez la prendre, dit Kotik.

– Quoi donc ?

– Cette photo qui semble tant vous plaire. À l'époque, en 1970, peu après notre mariage, nous avions fait toute une série de photos : des vues de la ville. Notre fille en a quelques-unes, notre neveu en avait une aussi. Ah ! Le pauvre !

– Oui, ce serait en effet un joli souvenir pour vous, s'exclame Mychka, enjouée. En tout cas, c'est mieux qu'un souvenir de ce que nous sommes aujourd'hui. Aujourd'hui, notre apparence est de l'ordre de l'insoutenable.

– Non, pas du tout, marmonne Paul, qui a soudain mauvaise conscience d'avoir toujours trouvé les deux vieux agaçants et fatigants et, pour cette raison, de les avoir évités autant que possible. Cette pensée le rend mélancolique. Il repense à la pauvre casserole de bouillie qu'il a vue dans leur kitchenette lorsqu'il a suivi Mychka jusqu'au salon, il repense à l'odeur de beurre rance et de fromage bon marché, et il regrette de ne jamais leur avoir proposé son aide, ni ces derniers jours et dernières semaines, ni pendant la crise du coronavirus, ni pendant tout autre période difficile. Il aurait au moins pu leur faire leurs courses ou s'enquérir de temps en temps de leur état de santé lorsqu'il les croisait par hasard dans l'escalier. Quant à leur fille, qui vit depuis vingt ans aux États-Unis, il l'avait certes rencontrée à plusieurs reprises avant qu'elle émigre puis après, lorsqu'elle rendait visite à ses parents, mais, entre-temps, il avait complètement oublié qu'elle existait.

– Nous avions vingt-trois ans lorsque nous nous sommes mariés, raconte Mychka en caressant la tête de Kotik. Nous sommes nés le même mois et presque le même jour. Mais ce n'est pas tout : nous nous appelons tous les deux Katz. En effet, mon nom de jeune fille était également Katz, bien que nous n'ayons aucun lien de parenté ou d'alliance.

Ses doigts effleurent tendrement la joue et le cou de Kotik. Elle le regarde et son regard exprime l'amour, l'inquiétude et le dévouement. Paul aimerait que Flora le regarde ainsi, au moins de temps en temps, juste une fois par an ou même une fois tous les dix ans.

– Prenez-la ! répète Kotik.

– Merci, murmure Paul en glissant la photographie dans la poche intérieure de son veston.

– Et la boîte aussi, s'il vous plaît ! Rendez-nous ce petit service. Nous ne voyons pas qui d'autre pourrait nous aider !

Paul sait que, s'il arrive effectivement quelque chose aux Katz, il sera difficile de faire parvenir l'argent et le contenu de la boîte à leur fille en Amérique. On ne peut pas compter sur la poste. Pour un transfert officiel à l'étranger, il faudrait payer des frais élevés, être prêt à accepter un taux de change défavorable et verser des pots-de-vin conséquents pour que l'argent arrive à bon port. Dans l'idéal, il faudrait que Paul se mette en contact avec quelqu'un qui se rendrait à l'étranger, accepterait de prendre sur soi de l'argent et des objets et serait sûr de ne pas être fouillé à la frontière. Mais qui ? En pleine guerre ? Sur qui peut-on compter, à qui peut-on encore faire confiance dans une période comme celle-ci ?

– Moi, je pense que vous ne serez pas arrêtés, dit Paul en coinçant la boîte sous son bras gauche. Est-ce que je peux vous aider autrement ? Par exemple, la prochaine fois que j'irai faire des courses au supermarché, je pourrai utiliser vos cartes d'alimentation et...

– Nous n'avons besoin de rien ! l'interrompt aussitôt Mychka.

– Nous sommes capables de nous débrouiller, répond Kotik, le quotidien n'est pas un problème pour nous. Ce n'est pas de nous qu'il est question.

– Si vous faites parvenir la boîte à notre fille, nous vous en serons éternellement reconnaissants, dit Mychka.

– Éternellement ! répète Kotik en allongeant la dernière syllabe. Éternellement ! De l'autre côté, c'est-à-dire dans l'au-delà, j'intercéderai en votre faveur et celle de votre famille auprès de tous les diables et de tous les anges. – Il se met à rire. – Eh, pourquoi me regardez-vous comme ça ? Vous pensez que là-haut, ou même ici-bas, où rôtissent les pécheurs, on n'a pas besoin d'intercesseurs et de bonnes relations ?

Maintenant, ils rient tous les deux, et avec une décontraction telle et une chaleur si désarmante que Paul ne peut s'empêcher de sourire à son tour.

– Quand la situation se sera apaisée, je vous rapporterai tout, murmure Paul. En fait, je pense que votre fille sera contente si vous gardez l'argent et le dépensez pour vous-mêmes.

Kotik ne répond rien, mais il tend les bras vers Paul, saisit sa main droite des deux mains, la serre et la secoue en disant d'une voix haut perchée, tremblante :

– Faites attention à vous, jeune homme ! Vous êtes quelqu'un de bien. Peu importe les bêtises que vous avez écrites sur Internet, qui ne le fait pas de nos jours, peu importe ce que les autres disent ou ce que le soi-disant monde pense de qui ou de ce que vous êtes. Ressaisissez-vous, extériorisez ce que vous avez au fond de vous, faites ce qui est juste et devenez la personne que vous êtes vraiment. – Paul pousse un soupir et commence à trépigner d'impatience. – Attendez et faites confiance au temps, dit Kotik. Le temps est notre ami. À la longue, il finit par nous tuer, certes, mais il remet aussi chaque chose à sa place. À la longue, vous pouvez me croire, la vérité se fait jour même lorsqu'elle se cache derrière un mensonge.

Paul n'en croit pas un mot, et il se souvient que Flora avait dit un jour que le couple Katz était complètement hors du temps. Mais plutôt que de se pencher sur cette question, il regarde sa montre, souhaite une nouvelle fois un bon rétablissement à Kotik, s'incline et retourne dans le salon où il a laissé son sac de courses.

Le brouillard ne s'est pas encore dissipé, d'épais nuages semblent s'être formés, rendant l'obscurité encore plus dense, tant à l'extérieur qu'à l'intérieur de l'appartement. Mychka allume, raccompagne Paul jusqu'à la porte et s'arrête net devant la commode qui se trouve dans l'entrée.

Sur celle-ci trône une figurine de chat stylisée en porcelaine d'une vingtaine de centimètres. Le chat sourit, il a de grands yeux verts, des papillotes noires et porte une kippa bleue avec une étoile de David blanche ainsi qu'un *talit*, le châle de prière traditionnel juif. Mychka prend la figurine et la tend à Paul.

– Prenez ça aussi, dit-elle. – Paul l'interroge du regard. – C'est ce que notre fille nous a rapporté d'Israël il y a de nombreuses années. Le *cadeau idéal pour des Juifs qui s'appellent Katz**, avait-elle dit. Qu'est-ce qu'on avait ri à l'époque !

– Que voulez-vous que j'en fasse ? demande Paul. Je ne suis pas juif, moi, et je ne suis même pas un chat.

– Je vous en fais cadeau. Il sera mieux chez vous. Offrez-le à quelqu'un d'autre, si vous voulez. Quand ils viendront nous chercher, cette figurine sera certainement la première chose qu'ils casseront. Ce n'est qu'après qu'ils nous gifleront, fouilleront dans nos

* *Katz* signifie "chat" en yiddish.

affaires, renverseront la télévision et l'ordinateur, se mettront à beugler en nous menaçant de nous abattre, puis ils nous emmèneront.

Paul les regarde d'un air horrifié et secoue la tête.

– J'aimerais bien, dit Mychka, vous donner aussi le violon de Kotik. Mais il est musicien, ce violon l'accompagne depuis sa jeunesse, il en joue presque tous les jours et ne s'en séparera jamais. Pour un musicien, son instrument est aussi précieux que sa femme. Ça fait un peu cliché, mais c'est vrai ! Son violon, bien sûr, les brutes qui nous arrêteront le mettront aussi en pièces, en le balançant contre le mur ou par la fenêtre.

– Vous avez l'air de savoir exactement comment tout va se passer, observe Paul en mettant le chat en porcelaine et la boîte en fer-blanc à côté des aliments dans son sac de courses.

– Je ne suis pas née de la dernière pluie, et je sais à qui j'ai affaire.

Paul fait un pas vers la sortie et a déjà la main posée sur la poignée lorsque Mychka le retient par la manche.

– C'était le 4 mars 1953, je n'avais que cinq ans et demi. – Elle parle vite, indistinctement, de manière précipitée. – Ils ont arrêté tous les Juifs de la ville qui travaillaient dans le domaine médical. Ma mère était médecin, mon père avait péri dans un camp où il était depuis 1948. Ce soir-là, ils sont venus chez nous, ils ont retourné l'appartement, ils ont lancé des cris, des insultes, ils ont tout cassé, ils ont traité ma mère de *sale sioniste*, de *traîtresse* et d'*ennemie du peuple* et ils l'ont emmenée. Ma sœur et moi, ils nous ont conduites dans un foyer pour enfants. Nous avons eu de la chance, Staline est mort le lendemain. Quelques semaines plus tard, ma mère a été réhabilitée et j'étais de retour à la maison, mais ma sœur, dans ce terrible foyer, elle, malheureusement…

– Je suis vraiment désolé, il faut que j'y aille, l'interrompt Paul.

– Oui, bien sûr. Veuillez m'excuser… Je suis une vieille femme bavarde. Pardonnez-moi ! Et merci !

– Merci pour quoi ? demande Paul, ressentant de nouveau cet étrange mélange de mélancolie et de mauvaise conscience qui ne le quitte plus depuis qu'il est entré dans l'appartement des Katz. Il ouvre la porte et, à peine a-t-il fait deux pas qu'il manque d'entrer en collision avec un homme corpulent et âgé avec des joues rebondies, un gros nez rouge, des yeux d'un bleu délavé, un chapeau à larges bords, un trench-coat beige et un sac en cuir noir élimé.

– Oh ! Enfin ! Entrez, je vous prie, docteur ! crie Mychka dans son dos. J'avais peur qu'un missile ne vous soit tombé sur la tête !

– Mes hommages, chère madame, dit le médecin d'une voix rauque et haletante. – Il est visiblement à bout de souffle. Il salue Paul rapidement, en soulevant son chapeau et esquissant un signe de tête dans sa direction. – Veuillez excuser mon retard, madame. Je viens d'avoir un étrange accident dans votre rue, heureusement sans gravité. Vous ne me croirez pas, mais un zèbre est passé tout près de moi au galop et m'a renversé.

– Sur ce, passez une bonne journée, chuchote Paul – et il part en courant.

4

Les loyalistes et les rebelles, la gauche et la droite, les islamistes et les fascistes sont d'accord sur un point : le pays part à la dérive. Depuis la nuit des temps, cette ville mais aussi le pays tout entier sont frappés d'un terrible fléau : les chiens. Au croisement de la rue de la Victoire et du vénérable boulevard Catherine, où Paul se rend l'un des jours suivants pour échanger dans une arrière-cour des bijoux et des cuillères en argent contre des cartes de rationnement supplémentaires, rôdent de hideux bâtards galeux aux oreilles tombantes et à la queue quasiment dégarnie. Certains se prélassent au soleil sur l'herbe du terre-plein central du boulevard, endroit autrefois apprécié comme promenade mais qui baigne dans la crasse depuis un bon moment, d'autres se courent après dans cette zone. La guerre n'y a rien changé. Si la misère s'intensifie et qu'une véritable famine éclate, les chiens errants seront de nouveau mangés par les habitants de la ville, se dit Paul, comme cela avait été le cas lors de la dernière grande guerre. Mais, après la guerre, les bêtes s'étaient multipliées encore plus rapidement qu'avant et, en temps de paix, personne ne parvient à les maîtriser.

– Saloperies de clébards ! peste la femme qui se tient devant Paul dans la file d'attente, comme si elle avait lu dans ses pensées. Vous aussi, elles vous tapent sur les nerfs, ces sales bêtes, pas vrai ?

Paul acquiesce.

La femme porte un foulard transparent en nylon et une robe de couleur marron, elle a un bleu sous l'œil droit, la joue gauche enflée et une verrue sur le nez.

Quand elle ouvre la bouche, on voit qu'il lui manque les incisives.

– Qu'ils fassent enfin ce qu'ils ont promis ! déclare-t-elle d'un ton catégorique.

– Qui ça ? demande Paul.

– À votre avis ? Je me fiche qu'ils soient dirigés par un généralissime ou un adjudant-chef, un président, un grand président, un roi ou un empereur. Qu'il nous apporte des résultats, à la fin ! Qu'il mette un terme à cette guerre, fasse en sorte que tout aille mieux pour nous tous. Mais, surtout, qu'il gaze ces satanés cabots. C'est par ça qu'il devrait commencer. Sales bêtes ! C'est la troisième fois de l'année que je me fais mordre. Tenez, regardez. – Elle soulève sa jupe et montre la trace de morsure à peine cicatrisée sur sa cuisse gauche. – Au lieu de ça, les nouveaux dirigeants font la chasse aux clandestins à *La-alot* et organisent des élections régionales. C'est vrai que je n'ai pas beaucoup de sympathie pour les sans-papiers, mais – pour être honnête – ces chiens me dérangent davantage. Et puis moi, je n'ai pas besoin d'élections. De toute façon, ce sont toujours les mêmes bandits qui obtiennent les postes et les missions les plus rémunérateurs.

– Vous croyez donc que rien ne va changer avec le nouveau régime ? demande Paul.

– Je ne crois plus rien du tout. Jamais de ma vie je n'ai vu autant de soldats que ces jours-ci. Et que font-ils ? Ils s'entretuent au lieu de s'allier pour faire la chasse à ces bêtes.

Soudain, on entend des aboiements à l'arrière-plan et, juste après, un homme qui pousse des jurons de colère.

– Saloperies de clébards ! grogne la femme. Faut les gazer ! Les gazer, je vous dis. Sinon, tôt ou tard, c'est nous qui allons être malades comme des chiens.

D'autres personnes dans la file se mêlent maintenant à la conversation. Un vieux monsieur raconte que ces chiens ne sont plus un problème pour lui. Il porte toujours un revolver sur lui, avec lequel il a tué au moins deux douzaines de cabots ces dernières années. Par contre, tous les clandestins et les étrangers, les voleurs, les assassins, les psychopathes, les gangsters, les clans libanais et autres musulmans de la ville lui donnent beaucoup de fil à retordre. Malheureusement, ceux-là, il ne peut pas les abattre aussi facilement que les chiens.

Paul se détourne, dégoûté, tandis que d'autres voix lui parviennent de la file d'attente.

Voix masculine : – Moi, je n'ai rien contre les migrants, mais nous sommes en guerre et nous devons penser à nous en priorité.

Voix féminine : – De toute façon, ce sont tous des parasites et des escrocs… Qu'ils dégagent !... Pour aller où ? Je m'en fiche. Et les chiens aussi, il faut qu'ils dégagent. Le mieux, ce serait de s'en débarrasser avec les migrants !

Une autre voix masculine : – Ils voulaient aller en Allemagne parce que le système social est excellent là-bas, mais au lieu de ça, c'est nous qui les avons chez nous maintenant. Pourquoi ? Pourquoi nous ? Toujours nous ! Pour l'Europe, nous sommes les chiottes, pour le reste du monde, le trou du cul de l'Europe, dans lequel tout le monde peut s'introduire pour ensuite gagner l'intérieur du continent. À quel moment l'Europe et le monde ont-ils fait quelque chose pour nous ?

La voix féminine précédente : – Ça fait des années que j'attends que cela arrive enfin. Ma fille avait une relation avec un Somalien, et maintenant il est parti. Comme je suis contente ! En principe, je n'ai rien contre les nègres, mais… bon, vous voyez ce que je veux dire !

Une autre voix de femme : – Nous devrions continuer à les faire tous passer en Europe. Ce serait un bon filon pour la ville si nous nous en chargions nous-mêmes. Pourquoi laisserions-nous ce business à la mafia alors que nous pourrions tous en tirer profit ?

Devant l'entrée de la cave, l'un des deux vigiles annonce soudain que "la marchandise" est malheureusement épuisée. Il faut revenir demain à 14 heures. Paul a du mal à échapper au tumulte qui s'ensuit. Lorsqu'il quitte enfin l'arrière-cour poussiéreuse, il a les yeux qui piquent et un goût amer sur la langue, et alors qu'il éternue pour la troisième fois consécutive, son regard est attiré par une affiche plus grande que nature qui domine la façade de l'immeuble d'angle situé de l'autre côté de la chaussée. On y voit une jeune femme au visage grave, avec des lunettes, de grands yeux bruns et des cheveux noirs coiffés en arrière. Elle frappe du poing sur une table – son poing, représenté au tout premier plan, semble aussi grand que son visage resté un peu en retrait. Sous la photo, on peut lire, en gros caractères : *Féline Kiska : une femme qui en a.*

Elle est maintenant connue dans toute la ville : Féline Kiska, ingénieure en génie civil – tête de liste de l'Union sociale patriote, candidate favorite au poste de Premier Serviteur du Peuple, appelé encore récemment Gouverneur.

– Une femme qui en a, marmonne Paul, l'air ahuri, puis, épuisé et frustré, il s'adosse au mur de l'immeuble et allume une cigarette. Des élections ! murmure-t-il d'un ton acerbe en secouant la tête. Comme si nous n'avions pas d'autres problèmes.

Il est clair pour tout le monde que c'est Boris Loupouvitch qui restera l'homme fort. Peu importe ce que les politiciens élus décideront, sans la signature du généralissime, on ne peut rien faire dans cette ville, même pas installer des toilettes publiques.

Des cris insupportables font sursauter Paul.

– Fumier ! Assassin ! Égorgeur ! Fils de chien ! – À côté de lui, la femme qui a réclamé à l'instant le gazage de tous les chiens errants tape des pieds en hurlant. – Je vais le tuer ! Je vais lui tordre le cou de mes propres mains, à ce fils de chien en rut et de chienne en chaleur !

– À qui ? demande Paul. Pourquoi ?

– À ce vieil enfoiré qui était à côté de moi dans la file d'attente. Ce connard m'a piqué mon portefeuille.

Elle éclate en sanglots.

– Vous ne parlez quand même pas de l'homme à la casquette à carreaux, il était vieux comme Hérode, voyons ! s'exclame Paul, incrédule, et aussitôt il se met à douter de ses propres paroles. Pourquoi quelqu'un qui qualifie son propre pays de "trou du cul de l'Europe" ne pourrait-il pas être aussi un voleur ?

– Il avait une odeur répugnante ! crie la femme. Je l'ai su tout de suite. Je le sentais. Il avait une odeur de, de...

– Chien ? tente Paul.

– Saloperies de clébards ! marmonne la femme en baissant la tête, l'air abattu. Qu'est-ce que je vais faire maintenant ? lâche-t-elle dans un sanglot, puis elle essuie ses larmes avec sa manche, la respiration difficile.

Paul hausse les épaules, regarde autour de lui et, soudain, il aperçoit, sur la bande de verdure du boulevard, le vieil homme à la casquette à carreaux qui s'éloigne d'un pas rapide du lieu de l'incident. Une chemise sale, autrefois blanche, colle à son torse en sueur.

– Regardez ! Le voilà ! crie Paul en pointant l'homme du doigt. Celui-ci s'arrête, jette un bref coup d'œil dans sa direction, se retourne rapidement, accélère le pas, puis se met à courir.

– Au voleur ! hurle la femme en s'élançant à sa poursuite.

Paul et les autres passants la suivent des yeux, observent la scène sans intervenir ni entreprendre quoi que ce soit. Même les nombreux chiens réagissent avec flegme et ne bougent pas. Paul s'étonne que la dame soit encore si agile malgré sa corpulence et son âge. Mais bientôt, le vieil homme et sa poursuivante disparaissent de son champ de vision. Leurs cris s'atténuent pour finir complètement engloutis par le bruit de la circulation.

Un concert de klaxons attire l'attention de Paul vers le carrefour, et c'est là qu'il le voit de nouveau : le zèbre. Il se tient au milieu de la chaussée, bloque la circulation, figé sur place malgré la sonnerie insistante d'un tramway, les aboiements furieux des chiens et les innombrables jurons qu'on lui lance. Bizarrement, tout le monde a beau crier sur le zèbre, klaxonner ou frapper dans les mains, personne, pas même un chien, ne s'approche de lui, comme si cet animal était intouchable.

Dans un monde en noir et blanc, un zèbre devient un fétiche, se dit Paul, qui regarde patiemment la scène. Une minute interminable s'écoule. Puis une autre. Enfin, le zèbre libère le passage, s'avance d'un pas nonchalant jusqu'au trottoir, s'arrête et observe la circulation redevenue fluide avec de grands yeux indifférents, comme clignotant au ralenti.

5

Paul porte le papier à son nez. Enfant déjà, il aimait l'odeur des journaux fraîchement imprimés. Enfin, pour la première fois depuis le changement de régime, *L'Œil de lynx*, le premier quotidien de la région, paraît de nouveau. Paul aspire avec un plaisir manifeste l'odeur de l'encre d'imprimerie bon marché. Le journal s'appelle désormais *L'Œil de lynx libéré*, il a changé de typographie et est passé à un petit format. Le papier est fin et fragile, les lettres floues, les photos pas nettes. Le journal ne compte plus que huit pages. Rien d'étonnant à cela : depuis longtemps, tout le monde s'informe par la télévision, mais surtout par Internet.

Le titre de la une est écrit de travers et un peu trop grand : *Tragédie au parc municipal : un correspondant de la télévision autrichienne dévoré par un crocodile.*

– Oh, mon Dieu ! C'est fou, non ? dit Eva, horrifiée. Mais que faisait-il dans le parc municipal ?

– Le journaliste ou le crocodile ? demande Paul.

– Bon appétit, dit Flora.

– Lena ! s'écrie Paul, inquiet. Tu ne vas pas te promener dans le parc municipal, j'espère ?

– Me promener !? dit la voix de Lena, d'un ton méprisant. Je ne vais quand même pas aller me promener dans le parc municipal. Que veux-tu que j'aille faire là-bas ? Et puis d'abord, se promener, c'est un truc naze.

– Werner Schulz (59 ans), correspondant de renom originaire de Vienne, se promenait près du grand étang central du parc municipal en compagnie de deux femmes – Olga N. (33 ans) et Olga M. (36 ans), lit Paul. Selon les informations fournies par la journaliste suédoise Astrid Sörensen, qui se trouvait également dans le parc au même moment, l'attention de l'Autrichien et de ses deux accompagnatrices a été attirée par quelque chose qui bougeait dans l'eau. Tous trois se sont approchés du bord de l'étang puis penchés en avant pour en observer la surface lorsque, selon Mme Sörensen, un énorme lézard vert a jailli de l'eau, ouvert grand la gueule et happé le journaliste qui se trouvait entre les deux femmes mais était penché encore plus en avant, et il l'a aussitôt entraîné sous la surface de l'eau.

– Je suis allée au parc municipal hier, fait remarquer Eva. Maintenant, je comprends pourquoi il n'y a plus de canards dans l'étang.

– Le journaliste autrichien avait rencontré les deux femmes à des fins de recherches…

– À des fins de recherches… c'est comme ça qu'on dit de nos jours, ricane Flora.

– Elles sont en état de choc.

– Et le crocodile ?

– Il n'aura sûrement plus faim pendant plusieurs jours, dit Paul. L'Autrichien était bien nourri. Pour le dire de façon élégante. Il est venu traîner ici il y a une semaine, devant notre immeuble, il a voulu m'interviewer. Il m'a couru après, mais au bout de quelques pas à peine, il était déjà essoufflé… Eh oui, il faut le temps de le digérer, celui-là.

– Les crocodiles sont des êtres vivants intelligents. Ils savent qui ils doivent manger.

– Tu veux dire que notre crocodile est un patriote. Il a dévoré l'Autrichien, mais épargné les femmes autochtones ?

Rires.

– Pour nous autres, la vie est déjà assez difficile dans des moments comme ceux-ci.

– Je vais vous décevoir, fait remarquer Paul. Le crocodile est en réalité un alligator originaire du delta du Mississippi. C'est notre ville jumelle, Bâton Rouge, en Louisiane, qui l'a offert il y a quelques années à notre zoo – en tout cas, c'est ce qui est écrit dans l'article. Un alligator qui, en faisant des détours rocambolesques, a réussi à quitter la zone du front située dans le jardin zoologique pour rejoindre le parc municipal.

– Un Américain, donc.

– Oui, c'est pour ça qu'on l'a appelé Donald. En référence à Donald Trump, qui était président à l'époque.

– En fait, c'est parfaitement cohérent que Donald dévore un journaliste. N'est-ce pas ?

Nouveaux rires.

– Il faut qu'on parte d'ici !

– Pardon ?

– Il faut qu'on parte d'ici, répète Flora, et le plus vite possible. Je viens d'en prendre pleinement conscience. Fini, les paroles en l'air. Fini, les excuses. Je suis sérieuse. Il faut partir ! Loin de ce cauchemar ! Sortir de cette folie !

Et Paul de répondre :

– Les barils d'explosifs. Les missiles. Les projectiles. Les descentes de police. La terreur. Tout ça, tu peux l'encaisser facilement, mais...

– Mais les crocodiles me donnent la nausée, dit Flora d'un ton grave. Quand j'étais petite, ma grand-mère me disait qu'un crocodile viendrait me manger si je n'étais pas sage.

– Tu ne m'as pas raconté que c'était le grand méchant loup ? demande Eva.

– Quand on se fait dévorer, ça ne fait pas une grande différence, répond Flora. Grand-mère disait toujours que les petites filles avaient un goût de caramel. C'est pourquoi je n'ai jamais mangé de caramels. Jusqu'à aujourd'hui.

– Vous saviez que les alligators vivent cent ans ? Des animaux archaïques...

– Dans un monde archaïque, l'interrompt Flora. Exactement. C'est pour ça que nous devons partir d'ici, et le plus vite possible ! Je veux une autre vie. Une autre vie pour moi et pour ma famille.

– Bah, la vie, c'est nul, et à la fin on meurt.

– Merci. Voilà le genre de phrases qui me donnent de la force !

– C'est une citation classique.

– De qui ? Adolf Hitler ?

– Non, de notre président.

– Depuis quand notre président a-t-il quelque chose de classique ?

Quelques heures plus tard, le journal – découpé en carrés faciles à manipuler – est suspendu à un crochet sur le mur des toilettes. Bizarrement, le papier toilette fait partie des rares produits de consommation courante qui ne sont pas rationnés, il a donc disparu des magasins en très peu de temps. Dehors, la nuit est tombée. Le couvre-feu a été prolongé et dure désormais de 18 heures à 7 heures du matin. Le personnel des hôpitaux en est exempté, mais Flora a fait une longue garde et ne travaille pas ce soir-là.

Lena est assise à côté de Paul sur le canapé. Flora a allumé le téléviseur, Eva, elle, a installé la planche à repasser dans le séjour pour pouvoir regarder la télévision tout en faisant le repassage.

En ce moment, il y a la retransmission d'un procès. Trois hommes ont été reconnus coupables de viols sur mineurs. L'un d'eux est le voisin, le "baiseur d'enfants" que Lena avait autrefois insulté. Il est maintenant assis sur le banc des accusés, en pleurs et implorant sa grâce. La télévision montre son visage en grand format. "Pendez-le ! hurle le public dans la salle. Abattez-le comme un chien enragé !"

Le juge annonce que les téléspectateurs ont, dès à présent, la possibilité de statuer sur la peine depuis chez eux : Numéro 0600-60-60-1 pour la peine de mort, 0600-60-60-2 pour la réclusion à perpétuité, 0600-60-60-3 pour dix ans de prison avec castration chimique. Appel téléphonique, WhatsApp, Signal, SMS…

– Je vais téléphoner ! dit Eva.

– Maman ! s'indigne Paul.

– Quoi ? Il n'aura que ce qu'il mérite.

– Mais tout ça devant l'enfant !

Mais l'enfant rit et refuse de quitter la pièce.

– Quel numéro vas-tu composer ? demande Flora.

– Le 3. Après la castration, il ne sourira sans doute plus aussi bêtement.

– Génial ! dit Lena. Moi aussi, je choisirais le 3.

Paul se prend la tête dans les mains, se précipite vers la télévision et l'éteint.

– Vous êtes toutes devenues folles ! marmonne-t-il.

Dans l'appartement de la famille Dimansch, juste à côté, une violente dispute éclate de nouveau. On entend les hurlements stridents de M. Dimansch, les cris de Mme Dimansch qui transpercent les murs et les pleurs déchirants du petit Samuel Dimansch. Tout le monde dans l'immeuble soupçonne M. Dimansch de battre sa femme. Mais il le fait de manière si habile que l'on ne lui voit jamais de plaies ni de bleus. Lorsque Mme Dimansch croise des voisins, elle sourit, ne dit jamais un mot et passe rapidement son chemin.

Depuis le début de la guerre, il n'y avait plus eu de dispute chez les Dimansch. Le vacarme de cette soirée rappelle de près ce qui se passait autrefois et montre qu'une sorte de normalité commence à revenir. On pourrait avoir l'illusion que la paix est rétablie et que les événements des dernières semaines n'étaient rien d'autre qu'un cauchemar particulièrement pénible.

Flora allume la radio. Une émission spéciale est prévue à 19 heures.

– Encore, grogne Eva. Chaque jour, une nouvelle qui, dit-on, vaut la peine d'être communiquée. Le crocodile a-t-il encore dévoré quelqu'un ?

– J'espère qu'il va bientôt manger notre prof principale, répond Lena.

– Qu'est-ce qu'elle a, elle ? demande Flora. Je croyais que tu l'aimais bien.

– C'est ce que je croyais aussi, dit Lena. Mais c'est une menteuse.

– Comment ça ? demande Eva.

– Maintenant, elle prétend que tout ce qu'elle disait il y a encore dix jours sur notre président et le gouvernement n'était que des mensonges. En réalité, elle aurait soutenu les insurgés depuis le début et n'aurait encensé le président que pour se protéger.

– Et lorsque les troupes gouvernementales reviendront, elle dira que tout ce qu'elle dit aujourd'hui n'était que mensonge et qu'elle n'a menti que pour se protéger, observe Paul.

– Si tant est qu'elle puisse encore dire quelque chose..., estime Eva.

– On a été obligés de découper les pages 12, 38, 101 de notre livre d'histoire, et tout le chapitre sur la déclaration d'indépendance, des pages 116 à 121, pour coller d'autres feuilles à la place, raconte Lena.

– J'espère que vous n'aurez pas à faire la même chose en mathématiques ou en géographie, dit sa grand-mère.

– Notre prof est une menteuse et les autres enfants sont méchants avec moi, dit Lena d'une voix larmoyante. À part Tania, plus aucune fille ne me parle.

– Je suis vraiment désolé ! soupire Paul.

– C'est pas grave, chuchote Lena en baissant la tête. Je t'aime bien, papa, mais j'aimerais tellement aussi être fière de toi. – Elle marque une courte pause, attend, mais les autres ne disent rien. – Comme Mimi : elle, son papa est chef des pompiers du district. Avant-hier, il a sauvé cinq enfants d'un immeuble en flammes. C'est un héros.

– Ta mère est médecin et sauve des vies tous les jours : tu peux être plus que fière d'elle, dit Paul. Si elle n'est pas une héroïne, alors qui l'est ?

– Un père et une mère, ce n'est pas la même chose, chuchote Lena. Le père de Mimi, c'est un homme, lui, un vrai ! – Elle rougit et sort de la pièce en courant.

Paul regarde à la dérobée les visages de sa femme et de sa mère, perçoit de la moquerie dans leurs yeux et se détourne rapidement. De loin, des montagnes, parviennent des bruits d'impact, un bam, bam, bam monotone et sourd, presque doux vu la distance, suivi du vacarme assourdissant d'un intercepteur. Peu après, une violente détonation – le franchissement du mur du son – et puis, soudain, un silence de mort, comme si le monde retenait son souffle.

6

Sur la table de nuit beige, à côté du lit conjugal, il y a une figurine en marbre d'une dizaine de centimètres. Elle appartient à la famille de Flora depuis des générations. Personne ne sait d'où elle vient ni de quelle époque, ni si elle a de la valeur, ni comment l'arrière-arrière-arrière-arrière-arrière-grand-mère de Flora était entrée en sa possession. Flora prétend qu'il existait autrefois une légende familiale à ce sujet, mais sa grand-mère ne la connaissait déjà plus. Chaque mère transmet la statuette à sa fille aînée lorsque celle-ci se marie ; et aucune d'entre elles n'a eu jusqu'à présent l'idée de la vendre ou de s'en séparer.

Il s'agit d'une statuette représentant une jeune femme avec de longues tresses et une robe serrée qui lui va du cou jusqu'aux chevilles. L'expression de son visage est mystérieuse, ses traits sont figés, artificiels. Son sourire rappelle celui, inexpressif, des statues grecques de l'époque archaïque. En regardant de plus près, on peut encore voir des restes de peinture sur ses sandales. Autrefois, la statuette devait avoir des couleurs vives. Aujourd'hui, elle est blanche et fixe le monde de ses yeux aveugles.

Souvent, le soir, lorsqu'elle était plus jeune, Lena se glissait dans le lit de ses parents, prenait la statuette dans sa main, la serrait de ses petits doigts et demandait à ses parents de lui raconter une histoire dans laquelle cette statuette jouait le rôle principal. C'était un jeu que tout le monde appréciait, et c'est ainsi que le personnage était tantôt Cendrillon, tantôt une bonne fée, une fille venue d'une autre planète, Fifi Brindacier, Alice au pays des merveilles, une chanteuse célèbre ou la souveraine du royaume de Gominaland, un pays où tous les gens avaient une banane sur la tête et se faisaient constamment des compliments attendrissants.

Lena est maintenant une grande fille, mais cette nuit elle entre de nouveau dans la chambre de ses parents, saisit, comme autrefois, la figurine, se glisse dans la fente étroite et chaude qui s'est formée entre les corps de ses parents et, comme si elle leur demandait quelque chose à la fois de magique et de complètement interdit, chuchote doucement :

– Vous me racontez une histoire sur la figurine et ses aventures ?

– Quel âge as-tu ? interroge Flora en riant.

– Je sais, marmonne l'enfant en détournant la tête d'un air coupable.

Au loin, on entend le bruit sourd des impacts, qui se rapproche lentement. Il est différent de d'habitude. Depuis que la ville a été conquise, aucune nuit ne ressemble à une autre.

Paul caresse la tête de sa fille en disant : "Je te comprends, moi aussi j'ai peur." Il cherche la main de Lena à tâtons, la trouve sous la couverture quelque part près de son nombril, touche délicatement les doigts chauds et légèrement tremblants de l'enfant, caresse le visage de la statuette et commence à raconter :

– Il y a très, très, très longtemps, vivait dans la belle Sodome, cité légendaire et louée en tous lieux, un homme nommé Loth. C'était un artisan laborieux, un maréchal-ferrant réputé, qui travaillait à la sueur de son front et de ses mains pour assurer sa subsistance et celle de sa famille, au lieu de jouer aux échecs et de faire du marchandage comme la plupart de ses concitoyens, qui ne pensaient qu'à l'argent et au profit. Il menait ainsi une vie modeste et vertueuse, prenant soin de sa femme et de ses sept enfants. Sa parole avait du poids. Ce qu'il promettait, il le tenait, ce qu'il disait avait force de loi, et personne n'avait le souvenir qu'il eût menti dans sa vie. Il était donc respecté, mais pas aimé. Sa femme, elle…

– Était la femme de Loth, l'interrompt Lena. Je la connais déjà, cette histoire. On l'a étudiée en cours de religion. La femme de Loth s'est transformée en statue de sel parce qu'elle était beaucoup trop curieuse. *Comme toutes les femmes*, dit notre prof de religion. Et les villes de Sodome et de Gomorrhe ont été détruites.

– Aux temps bibliques, il n'y avait pas encore de fers à cheval, observe Flora, et donc pas de maréchaux-ferrants.

– À Sodome, si, objecte Paul. Sodome était différente, à Sodome il y avait non seulement un roi, un maire et un conseiller municipal chargé des finances, mais aussi un tramway… Mais si vous n'avez pas envie d'écouter l'histoire, je me tais…

– Non, s'il te plaît, continue, supplie Lena. Je veux l'entendre !

– Sodome, c'était la ville de la grande bamboche sans fin, du carnaval éternel, la ville des lupanars, des casinos, des tripots en tout genre, des beuveries et des overdoses. Tout était permis, et tout était cool ! Jour et nuit, une épaisse fumée de cigares et de cannabis s'échappait des rues et des places et flottait vers le désert. Les oiseaux migrateurs évitaient cet endroit. C'était à Sodome que l'on venait gagner et dépenser son argent. Sodome était le pôle du commerce préhistorique de la chair. Ceux qui n'avaient pas d'argent pouvaient hypothéquer une chèvre, un mouton, leur fille, leur fils ou, à la rigueur, s'hypothéquer eux-mêmes. Les Sodomites étaient connus dans le monde entier pour leurs extravagances, leur humour vulgaire et pour avoir l'esprit mal tourné.

– Paul, mais qu'est-ce que tu racontes à cette enfant ! lâche Flora avec colère.

– Je ne suis plus une enfant, proteste celle-ci. Vous croyez que je n'ai pas l'esprit mal tourné, moi ?

– Nous préférons ne pas le savoir, dit sa mère.

– Et pendant qu'ils s'amusaient, les Sodomites faisaient trimer pour leur compte des travailleurs immigrés. Ceux-ci étaient tous originaires de la ville voisine, Gomorrhe, qui était l'exact opposé de Sodome. Laide, sale et sombre, Gomorrhe était la ville des épidémies, du mal et du crime, de la peur et de la misère. Des bandes de gangsters se battaient entre elles et dépouillaient les habitants, des cabots affamés tiraient les petits enfants de leurs lits pendant la nuit et les charognards tournaient autour de la place principale de la ville, repus et satisfaits. Ceux qui étaient encore jeunes et vigoureux prenaient la fuite pour aller à Sodome. Il n'y avait pas un Gomorrhéen qui n'eût pas de parents à Sodome, et pas un Sodomite dont la famille n'eût pas de racines à Gomorrhe.

Lena bâille, tandis que Flora secoue la tête.

– Or, par une belle journée de printemps, poursuit Paul, il arriva que Loth, qui rentrait chez lui, rencontrât dans une ruelle isolée un homme planté en travers de son chemin et, lorsqu'il regarda son visage, il eut un frisson d'effroi, car cet homme était son portrait craché. Il avait son visage, sa barbe, sa coiffure et, en plus, il portait les mêmes vêtements que lui. Mais ses yeux brillaient comme des lanternes et sa peau était blanche comme un linceul.

– Le diable ? demande Flora.

– *Qui es-tu ?* demanda Loth, horrifié, et l'homme répondit d'une voix si familière à l'oreille de Loth que celui-ci en eut le souffle coupé : *Je suis Dieu ! Dieu, le Tout-Puissant, l'alpha et l'oméga et, bien sûr, toutes les lettres et tous les caractères spéciaux qu'il y a entre les deux !* Loth éclata de rire. *C'est une blague ?* fit-il. Mais l'homme répondit d'un ton sérieux et amer qu'il n'avait nullement l'intention de plaisanter. Au nom de la virginité de sa mère, il jura qu'il était vraiment Dieu ! *Je vois*, dit Loth, et il donna à Dieu un coup de poing en pleine figure. *Tiens, prends ça*, cria-t-il. *Misérable chien, pourquoi nous as-TU créés, espèce de sadique ? Pourquoi ne fais-TU rien pour empêcher les riches de s'enrichir et les pauvres de s'appauvrir ? Pourquoi les femmes et les enfants doivent-ils souffrir pendant que les criminels et les profiteurs mènent la belle vie ? Pourquoi mourons-nous de faim et nous massacrons-nous les uns les autres ? Pourquoi as-TU instillé le poison de la haine et de la colère dans notre âme ? Et puis pourquoi devons-nous mourir, et pourquoi savons-nous que nous allons mourir et en avons-nous peur ?* Tout en parlant, Loth frappa Dieu jusqu'à ce qu'il se retrouve à bout de souffle et que Dieu se torde par terre en gémissant. *Pourquoi ?* demanda-t-il, hors d'haleine, puis il saisit Dieu par sa longue barbe blanche et se mit à le traîner sur la chaussée. *Pourquoi les gens sont-ils torturés, humiliés, volés, battus à mort ? Pourquoi les garçons de dix-huit ans crient-ils "maman !" sur les champs de bataille ? Pourquoi...*

– Paul ! Tu vas lui faire peur ! l'interrompt Flora. Tu as perdu la tête ? Arrête tout de suite ces bêtises. Ce n'est qu'une enfant !

– Mais je n'ai pas du tout peur, marmonne Lena d'une voix ensommeillée en bâillant de nouveau.

– *Ça y est, tu t'es calmé ?* demanda Dieu en tapotant ses vêtements pour enlever la poussière. *Tu te sens mieux maintenant ?* Loth hocha la tête. *Bon*, répondit Dieu, *alors écoute-moi, j'ai quelque chose d'important à te dire : je vais détruire Sodome et Gomorrhe. Ces deux villes sont habitées par des gens corrompus jusqu'à la moelle, j'en ai assez de ces lieux de péché, alors j'ai condamné tout le monde à mort. Tout le monde, enfin presque ! Tu es le seul juste dans cette région maudite. Toi et ta famille êtes donc exemptés de mon courroux divin. La destruction commencera mercredi prochain, à 9 heures du matin. À ce moment-là, il faudra que toi et tes proches soyez déjà partis. Fuyez, fuyez, fuyez, mais ne vous retournez pas lorsque vous aurez quitté la ville.*

– Pourquoi précisément à 9 heures ? demande Flora.

– Je ne sais pas, répond Paul. Demandez à Dieu ! Loth, quant à lui, se récria : *C'est bien TOI tout craché, ça ! Depuis que TU nous as créés, nous les humains, TU inventes méchanceté sur méchanceté : d'abord l'histoire du serpent et de la pomme, puis celle du frère jaloux qui tue son cadet, ensuite le déluge, maintenant la destruction de villes entières, et bientôt TU nous enverras des prophètes, une bande de casse-pieds sans humour qui ne se mouchent pas du coude. Ne pourrais-TU pas, pour une fois, trouver une idée sympathique ? TU ne penses qu'à TOI, espèce d'égoïste. Épargne notre ville et laisse les imbéciles être des imbéciles. Après tout, TU nous as créés à TON image. Si Dieu est doux envers les hommes, les hommes le seront aussi envers Dieu. Sans quoi, ce sont les psychopathes et les fanatiques qui vont venir tourner autour de LUI, donc autour de TOI, comme des mouches autour d'un étron frais.*

– Paul, voyons ! s'indigne Flora.

– Dieu réfléchit et donna raison à Loth. Si Loth venait à trouver à Sodome ou Gomorrhe un seul autre juste comme lui, IL épargnerait les deux villes et personne ne mourrait. Lui, Loth, avait jusqu'au mercredi pour faire ses recherches…

– Je crois qu'elle s'est endormie, chuchote Flora.

– Non, continue, s'il te plaît, marmonne Lena d'une voix à peine audible. Ses yeux sont fermés depuis longtemps, sa respiration est de plus en plus calme et régulière.

– Loth rentra chez lui, poursuit Paul, en baissant la voix jusqu'à ce qu'elle ne soit plus qu'un murmure. Mais, dans la maison de Loth, c'était sa femme qui portait la culotte. C'est elle que tu tiens dans ta main, chère Lena. Même si elle était déjà mère de sept enfants, elle était encore jeune et séduisante et avait un sourire enchanteur qui faisait penser à celui d'un chat, alors qu'il est bien connu que les chats ne sourient jamais.

– Les chats… ne sourient… jamais, dit Lena dans un demi-sommeil mais, quelques instants plus tard, d'une voix bien audible : Continue, s'il te plaît !

– La femme de Loth commandait ses enfants d'une voix ferme, *Silence, vermines !* s'exclama-t-elle tandis qu'elle se tenait près du poêle et préparait le déjeuner. *Celui qui continue à crier ou à faire des bêtises aura un coup de louche sur la tête !* Quand elle vit Loth, elle se mit à crier : *Où étais-tu passé ? Mon Dieu, mais dans quel état tu t'es mis ?* Irritée, elle remit d'un geste brusque la louche en bois dans la marmite. *Je me suis battu, femme*, expliqua Loth, tout penaud. *Avec qui ?* demanda sa femme en faisant un pas vers lui tandis qu'il reculait. *Avec Dieu*, répondit-il. *Oh, mon Dieu !* s'écria-t-elle. *Ne t'ai-je pas dit des milliers de fois de ne pas te frotter à cette crapule ? Nous vivons à Sodome, enfin.* Loth ne pouvait que lui donner raison, mais Dieu, c'était Dieu. Mais avant qu'il n'ait le temps de lui raconter ce qui lui était arrivé et, surtout, ce qu'il avait appris, elle lui demanda : *Tu les as rapportés ?* Il demanda : *Quoi donc ?*, et aussitôt, il se rendit compte qu'il les avait oubliés : les sacs pour aspirateur que sa femme l'avait envoyé chercher au magasin à l'autre bout de la rue.

– Elle s'est endormie, dit doucement Flora, mais Paul poursuit : *Je suis désolé*, balbutia Loth.

Il savait que sa femme pouvait très vite se mettre en colère, et quand c'était le cas, lui non plus n'était pas à l'abri d'un coup de louche sur la tête. Il prit néanmoins son courage à deux mains et riposta : *Tu as vraiment besoin d'un aspirateur ? Après tout, nous vivons encore aux temps bibliques.* La femme de Loth se mit effectivement en colère : *Et c'est parce que nous vivons aux temps bibliques que je dois me traîner à genoux avec une serpillière à la main ? Je veux bien que tu te battes bibliquement avec Dieu. Mais moi, j'ai besoin de sacs neufs pour mon aspirateur et bientôt d'une nouvelle gazinière !*

– Là, tu exagères ! chuchote Flora. Accorde une pause à Dieu, à Loth, à sa femme et à Sodome, veux-tu ?

Paul regarde sa fille mais, dans l'obscurité, il ne distingue que sa silhouette.

– Chut, elle dort, lui murmure Flora à l'oreille. Il perçoit son souffle sur sa joue et se sent soudain attiré par elle d'une manière et avec une intensité qu'il n'avait pas éprouvées depuis longtemps. Il se penche prudemment vers elle jusqu'à ce qu'il sente le duvet sur ses joues, puis les courbes et les creux de son oreille gauche contre ses lèvres. Lena ouvre les yeux.

– Papa ?!

– Oui ?

– C'est quoi la suite de l'histoire ? Tu me la racontes ?

– Plus tard, ma chérie, je suis fatigué et il faut que j'aille me coucher.

– Et la femme de Loth ? demande Lena.

Paul soupire. Après une courte pause, il récite un poème :

– *Je me retourne et je vois les ruelles, la maison. Les murs qui protégeaient soigneusement ma vie, auxquels elle s'accrochait*; *et ce que je quittais, c'était une poupée avec mon visage.*

Lena tend le bras droit. Sa main serre toujours la statuette, qu'elle repose à présent avec précaution sur la table de chevet.

– *Il nous est interdit de nous retourner. Je me suis retournée.*

– Demain, tu me racontes la fin de l'histoire. D'accord ?

Tout à coup, la voix de Lena paraît plus jeune – aiguë, frêle et timide, comme si elle était redevenue la petite fille de sept ou huit ans qui faisait un cauchemar une nuit sur deux et allait se glisser dans le lit de ses parents en sanglotant.

– *Je me suis retournée et j'ai vu la ville en flammes, et là, la poupée s'est dissoute en larmes, puis mes larmes salées se sont figées, et je suis devenue statue.*

Lena enroule ses bras autour du cou de Paul et pose sa tête sur son épaule.

– *Le châtiment est doux, facile à expier : je me tiens, tel un signal d'avertissement, sur le bord du chemin, que je n'ai pas à emprunter.*

– Bonne nuit, murmure Lena.

– Bonne nuit, ma chérie.

7

Attendre. Attendre. Attendre que la peur disparaisse. Elle ne disparaît pas, mais on s'y habitue. Paul a oublié quel jour on est. À 20 h 30, le crépuscule commence à tomber, mais il ne fait pas encore nuit. Il regarde par la fenêtre, voit les docks, les grues rouillées du port, les entrepôts miteux, les cabanes en tôle ondulée et les bâtiments en briques noirs de suie aux toits effondrés. Soudain, il se rappelle qu'il n'est que 19 h 30 de l'autre côté du front.

La veille, lors de la *Quatrième bataille du grand rond-point* (c'est le titre de l'article correspondant publié sur Wikipédia), les troupes gouvernementales ont pris le contrôle de deux routes en périphérie de la ville. Le général rebelle Pets a alors dû faire son autocritique en public sur la chaîne de télévision municipale et s'est rétrogradé lui-même au rang de lieutenant-colonel en arrachant de ses propres mains ses galons de général cousus sur ses épaulettes pour ensuite les jeter par terre.

Paul pense qu'il s'agit là d'une victoire non seulement sur les rebelles, mais aussi d'une victoire sur le temps. Dans les deux rues conquises, on a "récupéré" une heure.

La nuit est tombée. Selon les instructions, tous les rideaux de la ville sont censés être maintenant tirés, mais Paul attend encore. Dehors, le soleil couchant baigne d'une teinte rouge sang les montagnes et les collines, les toits de la ville et l'horizon lointain, là où se touchent la mer et le ciel. Cela est considéré comme un mauvais présage. Une lumière dorée le soir est synonyme de chance, une lumière rouge indique une catastrophe imminente. Un bruit de moteur s'échappe de l'ombre des rues étroites de la vieille ville, se propage, rampant vers le sommet de la colline : il s'agit probablement d'une unité de chars en route vers le front.

Malgré le couvre-feu, un petit garçon de même pas dix ans traverse la rue avec un drapeau vert, bleu et rouge sur lequel est brodée une tête de licorne blanche et crie : "Quatre à zéro, quatre à zéro, quatre à zéro, olé !" Une ribambelle d'enfants et adolescents le suivent en applaudissant et en poussant des huées. On entend des sifflets, des tambourinements et un épouvantable *"We are the Champions !"*

Pour la première fois depuis de nombreuses semaines, on a rejoué au football. Malgré la "situation tendue en matière de sécurité", le stade a affiché complet.

Tout à coup, un bruit violent retentit : une explosion à proximité. Les vitres tremblent. Paul entend quelque chose tomber par terre dans la cuisine et se briser.

– Merde ! peste Eva. Je vais finir par attraper la mort avec cette guerre.

Lena passe la nuit chez sa meilleure amie Tania. L'expression "meilleure amie" n'est pas vraiment appropriée, vu que Tania est la seule amie qui reste à Lena.

– J'ai du mal à supporter qu'elle ne soit pas à la maison dans des moments comme ceux-là, dit Flora. À chaque bombardement, je suis morte de peur.

– Estime-toi heureuse, rétorque Eva. Ça permet de répartir le risque. Si un missile tombe chez nous et que nous sommes tous à la maison, nous mourrons tous ensemble. Au moins, si Lena se trouve ailleurs, elle survivra, elle.

– Ou bien c'est elle qui mourra et nous qui survivrons parce que le missile se sera écrasé là où elle se trouvait et pas chez nous, dit Flora. Je ne pourrais pas supporter ça.

– Moi non plus, dit Paul. Mais il faut bien qu'elle sorte d'ici de temps en temps, sinon elle va craquer. Si j'étais un enfant, je n'aimerais pas rester tout le temps dans un appartement avec nous deux et avec ma mère. Quelle horreur !

– Pendant le confinement, ce n'était pas un si gros problème.

– Elle était alors bien plus jeune, mais c'était déjà difficile. Tu as la mémoire courte ! Et maintenant, c'est une ado.

– Vous auriez dû émigrer pendant qu'il était encore temps, conclut Eva.

– Et si mes pieds avaient des roulettes, j'aurais plus besoin de bicyclette, marmonne Flora.

– Nous sommes pris dans un piège à rats, et ce n'est pas un vélo qui nous aidera à en sortir, dit Eva. Mais vous connaissez le vieux dicton : *Accepte ce que tu ne peux pas changer, change ce qui peut être changé, mais, le plus important : aie suffisamment de sagesse pour faire la distinction entre les deux.* Chaque être humain a son propre destin, Lena comme tous les autres.

– Maman ! siffle Paul.

– Quoi ?

– Si tu ne la boucles pas tout de suite, je fais un malheur !

– Eh bien, fais un malheur, ça ne te fera pas de mal de faire un malheur de temps en temps !

Elle fait le tour de la table puis va dans le vestibule, revient à la fenêtre, va dans la cuisine, dans la salle de bains, jusqu'à la porte de la chambre, revient dans le salon et refait le tour de la table.

Flora la suit du regard. Son visage, blême il y a quelques instants, devient soudain rouge, puis elle hurle à Eva :

– Assieds-toi, à la fin, et reste tranquille ! Cette façon stupide de tourner en rond, il y a de quoi sortir de ses gonds !

Vexée, Eva se laisse tomber dans le grand fauteuil du salon. Paul s'assoit à côté de sa femme sur le canapé, lui prend la main, la serre dans ses bras. Elle le laisse faire, passivement, sans réagir à une seule de ses caresses.

Pour détendre un peu l'atmosphère, mais surtout parce qu'il n'a pas trouvé de meilleure idée, Paul allume la télévision. Certains jours, la réception est mauvaise, parfois il n'y a pas de programmes, ou bien c'est le courant qui est coupé. Mais, ce soir-là, tout fonctionne parfaitement. Dans le studio de la nouvelle chaîne municipale *Plus et Moins* a lieu en ce moment un débat entre les deux principales candidates aux élections régionales prévues en juin : Féline Kiska, présidente de l'Union social-patriotique, discute avec Rosmarie Trussik, présidente du Parti national populaire.

Dans la vie réelle, Féline Kiska paraît beaucoup moins déterminée que sur les affiches qui, à chaque coin de rue, la présentent comme la femme *qui en a*. C'est une personne d'une trentaine d'années, menue et sobrement vêtue, qui ne cesse de regarder une feuille de papier qu'elle déplie d'un geste nerveux et replie aussitôt qu'elle a trouvé le mot-clé salvateur. Rosmarie Trussik semble avoir quelques années de plus et est, à première vue, l'exact opposé de Kiska : grande, forte, très agile, agressive ; une Walkyrie aux yeux bleus et aux cheveux blonds crêpés, avec une robe bouffante rose bonbon, une écharpe Burberry qu'elle porte bien qu'il fasse chaud, et une voix aiguë et perçante qui pénètre douloureusement dans les conduits auditifs de Paul avec une rage destructrice qui lui fait froid dans le dos. Les deux femmes sont séparées par une table ronde et un présentateur, un petit homme chauve complètement dépassé par la situation.

– Ce qui me tient particulièrement à cœur, déclare Féline Kiska, c'est notre honneur national ! – Dans sa bouche, ces mots ont des accents d'hésitation, et non de pathos, on dirait presque des excuses. – Les Européens de l'Ouest n'ont de nous qu'une vision stéréotypée, ils nous perçoivent comme les ombres de leurs préjugés minables, mais ils vont apprendre à nous connaître vraiment !

Oh, mon Dieu, se dit Paul, pourquoi Tu me fais ça !

– Ce qui nous fait défaut, poursuit Kiska, c'est le respect des autres, mais plus encore le respect de nous-mêmes, car...

Le respect de nous-mêmes ?!! l'interrompt Rosmarie Trussik. C'est toi qui parles de respect et d'honneur national ? Toi, ma chère ?! Une ex-lesbienne qui, il y a quelques années encore, manifestait pour le climat et signait les pétitions du mouvement #MeToo ?

Elle éclate d'un rire sonore, mais un peu forcé.

– Foutaises ! proteste vivement Féline Kiska en prenant un air offusqué. J'étais déjà antiféministe quand tu venais d'obtenir ton diplôme universitaire et un poste d'assistante grâce aux quotas réservés aux femmes.

– Je ne tolérerai pas ce genre d'insinuations mesquines ! crie Rosmarie Trussik. Lorsque j'ai terminé mes études, j'étais déjà enceinte pour la deuxième fois. Malgré cela, j'ai non seulement fini mes études, rédigé ma thèse, élevé mes enfants, tout en étant heureuse en ménage, mais j'ai aussi réussi à percer en tant que jeune entrepreneuse. Je n'ai pas besoin de quotas, moi. Les quotas accordés aux femmes dévalorisent les femmes compétentes. Ils ne sont pas une aide, mais une honte pour nous, une humiliation ! Une femme-quota a beau faire, elle est et restera une femme-quota : personne ne les prend au sérieux et, tant qu'il y en aura, personne ne respectera non plus les femmes qui font ou auraient pu faire carrière sans quotas.

– Je n'ai jamais profité des quotas de ma vie ! proteste Kiska.

– Oui, bien sûr, tu t'es payé du bon temps quand tu vivais comme réfugiée à Rotterdam, dans ce pays d'homos que sont les Pays-Bas. La *Gayrope* t'a accueillie à bras ouverts, t'a fourni les aides sociales et transmis l'idéologie de la gauche écolo, et maintenant tu veux souiller notre belle patrie de ton aura de lesbienne ! D'ailleurs, nulle personne sensée ne croit encore que tout cela n'arrive que par hasard, tout le monde sait que derrière les organisations gays se cachent les mêmes puissances hostiles qui ont toujours voulu dépecer notre pays et le vendre au plus offrant. Pour quoi nos hommes jeunes meurent-ils dans cette guerre ? Pour le drapeau arc-en-ciel ? Ou même pour l'étoile de David ? En tout cas, moi je me battrai jusqu'à mon dernier souffle contre l'homosexualisation de notre pays !

– Mesdames ! tente d'intervenir le modérateur. Mesdames, s'il vous plaît, nous devrions peut-être revenir à la politique locale ! – Mais les deux candidates l'ignorent totalement. – Depuis quand tu es divorcée, toi, la femme modèle ? demande Kiska à son adversaire d'un ton suffisant. D'après ce que j'ai entendu, ton nouveau compagnon a lui aussi pris la poudre d'escampette. J'en suis vraiment navrée pour toi, mais maintenant, au moins, tu peux te consacrer entièrement à tes enfants.

– Tu as perdu la tête, Paul ? Tu veux vraiment t'infliger ça ? demande Flora, horrifiée. Pourquoi tu n'éteins pas la télé ?

– Je ne sais pas, murmure Paul, sentant la résignation et l'abattement s'emparer de lui. S'il s'écoutait, il fondrait en larmes ou irait immédiatement se coucher.

– Eh bien, moi, ça m'amuse, ce crêpage de chignons, dit Eva. Tout régime de terreur a ses côtés comiques. Il en a toujours été ainsi, et tous les prophètes et dictateurs ont eu leurs femmes. De Moïse et Jésus à Mahomet, des empereurs romains aux papes qui baisent à droite et à gauche ou aux psychopathes comme Napoléon, Hitler, Staline, Mao, Erdoğan...

– Maman !!! lâche Paul avec colère, tandis que Flora se met à rire.

– Il y a une chose que je souhaiterais clarifier, intervient Féline Kiska et, tout à coup, elle est comme métamorphosée, elle parle avec ardeur et n'a plus besoin de sa liste de mots-clés. Si j'ai été chassée, c'est parce que j'ai mené une lutte contre notre président, et ce, à une époque où presque tous ceux qui s'opposent aujourd'hui à lui lui léchaient encore les bottes, et tout ce qu'ils pouvaient lui lécher, devant comme derrière. L'année où j'étais lesbienne se résume à une phase expérimentale de courte durée. La communauté LGBTQ, ce n'était pas trop ma tasse de thé. Et ce n'est que pur mensonge de dire que j'ai signé quoi que ce soit pour le mouvement #MeToo, et même dans ma brève relation lesbienne, j'ai toujours assumé mon rôle de femme à tous les niveaux.

– Bon, nous n'allons pas entrer dans les détails, intervient de nouveau le modérateur, d'une voix timide, mais cette fois encore on l'ignore.

Malgré le couvre-feu, quelqu'un chante dehors *O sole mio!* à tue-tête et, en regardant par la fenêtre, on voit que la circulation est toujours aussi dense dans la ville. Bientôt, une espèce de nouvelle normalité s'installera, se dit Paul. Mais qu'en sera-t-il lorsque les combats cesseront et que l'un des deux camps aura remporté la victoire? Les politiques viennent et repartent, mais le peuple, lui, reste. Les politiques modifient les règles générales et la façade. Mais derrière la façade, le peuple continue de vivre comme il l'a toujours fait. Personne n'a jamais pu changer les lois non écrites. Aucune génération n'a jamais engendré de meilleurs individus que la précédente. Les mentalités et les idées évoluent, mais pas les gens. Tant que l'on ne meurt pas assassiné ou de faim, la vie reste acceptable. On fait sa vie, on la range et pour peu qu'on soit malin, on prend celle des autres. Avant de glisser dans le cloaque profond de sa propre âme, on préfère vite refermer le couvercle et mettre un masque. Mais, tôt ou tard, nos démons récupéreront ce qui leur revient de droit.

Sa mère l'arrache à ses pensées :

– Tu es au courant que les Katz ont été arrêtés ?

– Quoi ? s'exclame Paul, horrifié. Quand ? Pourquoi ? Nom d'un chien !

– Aujourd'hui. Tôt ce matin.

– Comment tu le sais ? Qui te l'a dit ?

– Qu'est-ce qui se passe ? demande Flora avec surprise. Moi aussi, j'ai de la peine pour ces personnes âgées, mais je croyais que tu ne les aimais pas. Pourquoi, tout à coup, tu es si choqué ?

Paul ne lui donne pas de réponse. Certes, il craignait que les choses se passent ainsi, mais il ne pensait pas que cela arriverait aussi vite. Ni à sa femme, ni à sa fille et encore moins à sa mère, il n'avait parlé de la visite qu'il avait rendue au vieux couple. La boîte en fer-blanc et le chat juif en porcelaine, il les avait enveloppés dans de vieux chiffons puis cachés dans le débarras, derrière des cartons, des bouteilles et des décorations de Noël. Il va alors lui falloir se montrer tout aussi discret pour sortir la boîte de sa cachette.

– L'Europe nous méprise ! hurle le téléviseur. – Rosmarie prononce sa conclusion et très vite on perçoit dans sa voix une douleur sèche, grinçante. – Le monde des puissants, des nantis et des repus effectue une rotation matérialiste sur lui-même. Nous, nous sommes différents ! Nous sommes des êtres spirituels et, avant tout, des semblables. Les autres ont des montagnes d'or, des marchandises de toutes sortes, des médicaments, des vaccins, des déchets et des smartphones, mais nous, nous avons de la profondeur, nous avons de l'ampleur, nous avons de la grandeur.

– Toi, ma chère, c'est surtout de la largeur que tu as, fait remarquer Féline.

– C'est Kira qui m'a raconté, rapporte Eva.

– Kira ? La cruche du numéro 12 ? demande Flora.

– Exactement, répond Eva. Elle les a vus tous les deux se faire embarquer par des brutes de la garde nationale. Des types costauds avec des armes lourdes. Des armoires à glace qui suivent la ligne dure. Il paraît qu'ils ont retourné l'appartement des Katz, l'ont à moitié dévasté, jeté le violon de Kotik par la fenêtre et emporté les quelques objets de valeur qu'ils possédaient.

– Le violon avait plus de valeur que tout le reste, observe Paul.

– Oui, mais ça, les armoires à glace ne le savaient pas.

– Au fait, pourquoi les a-t-on arrêtés ? demande Flora.

– Pourquoi ? D'après ce que m'a dit Kira, probablement parce que leur neveu, ce Jacob ou Yacha, a été abattu par les nouveaux dirigeants. Tu sais comment ça se passe dans notre pays : quand on attache un type à une meule et qu'on le pousse dans l'eau, il faut que toute la famille coule avec lui parce qu'ils sont tous accrochés à la même corde. La famille, c'est tout, dans les bons comme dans les mauvais moments.

– Kira raconte tout et n'importe quoi, fait remarquer Flora.

– Bon sang, gémit Paul en se laissant retomber sur le canapé duquel il s'était levé d'un bond quelques instants plus tôt.

La voix excitée de Rosmarie dans le téléviseur couvre de nouveau les paroles d'Eva et de Flora.

– Est-ce que je peux enfin éteindre la télé ? s'exaspère Flora, mais Paul se contente de murmurer : "Ils savaient, ils savaient très bien. Ils sont marqués au fer rouge ! Des Juifs soviétiques."

– Qui ça ? demande Flora.

– Les Katz.

– Que savaient-ils ? demande Eva.

– Oui, éteins la télé, s'il te plaît ! marmonne Paul. De toute façon, je ne voterai pour aucune de ces deux gourdes.

8

À 1 heure du matin, le portable de Paul sonne. Flora pousse un gémissement et se tourne de l'autre côté, mais de toute façon Paul ne dort pas, il saisit l'appareil, voit le numéro des parents de Tania affiché sur l'écran et décroche.

– Papa?! dit la voix faible de Lena, et là, le cœur de Paul s'accélère.

– Oui.

– Je n'arrive pas à dormir.

– Moi non plus, ma puce.

Il se réjouit que ce soit lui et non Flora que Lena appelle, qu'elle lui fasse confiance, qu'elle lui ait visiblement pardonné sa fâcheuse humiliation, il ressent un mélange de fierté, d'euphorie et de soulagement. Pour la première fois depuis des heures, sa tension intérieure se relâche un peu.

– Tu veux bien me raconter la suite de l'histoire? demande-t-elle.

– Quelle histoire?

– Celle de la femme de Loth.

– Quoi? Maintenant? Au téléphone? Au milieu de la nuit?

– Oui.

– Pourquoi?

– Comme ça.

– Si je commence à te raconter des histoires, je vais réveiller tout le monde, et toi aussi, chuchote-t-il.

– Je suis allongée toute seule sur un matelas dans la salle de bains et je tiens le combiné dans la main. Ici, ils ont un très vieux téléphone sans fil. Il mériterait depuis longtemps d'être au musée des Techniques. J'en ai marre de ne pas avoir de portable, et Tania, cette peste, ne veut pas me prêter le sien.

– Ça, je peux comprendre.

– Tu vas me raconter la suite de l'histoire ?

– Je t'avais pourtant lu un poème. Tu ne te souviens pas ?

– Si, mais ce n'est pas assez pour moi. Je ne veux pas seulement savoir comment l'histoire se termine, mais aussi ce qui s'est passé entre le début et la fin.

Paul pousse un soupir, se glisse hors du lit en faisant des gestes lents et prudents afin de ne pas réveiller Flora et se faufile sur la pointe des pieds dans le vestibule jusqu'à la cuisine.

– Tu es toujours là ? demande Lena tout bas. Sa voix est lointaine, et mystérieuse comme si elle tramait un complot. Paul a l'impression qu'elle couvre simultanément sa bouche et le combiné avec sa main.

– Je suis toujours là, dit Paul.

– Je sais que j'ai passé l'âge pour ce genre de contes, mais aujourd'hui je veux redevenir une toute petite fille, dit Lena. Je suis déjà en pleine puberté, tu sais, déclare-t-elle avec gravité. Et les phases comme ça, ça en fait partie.

– Je vois, dit Paul en riant.

– Ne ris pas ! dit-elle sèchement. La puberté, ce n'est pas drôle du tout !

– La femme de Loth, donc.

– Oui !

– Comme elle ne pouvait pas compter sur Loth, sa femme envoya son fils aîné lui chercher des sacs pour aspirateur au magasin au bout de la rue et, à son retour, elle prit un sac, l'inséra dans l'appareil à l'endroit prévu à cet effet et commença à passer l'aspirateur dans le salon.

– Il y avait déjà l'électricité à Sodome ?

– Bien sûr ! Sodome et Gomorrhe étaient constamment sous tension.

– Je comprends, dit-elle avec gravité. Continue.

– La femme de Loth avait envoyé son mari et les enfants dehors, dans la cour, car elle ne voulait pas être dérangée lorsqu'elle faisait le ménage dans l'appartement, et, en plus, elle était toujours de mauvaise humeur et très irritable.

– Ça aussi, je comprends.

– Mais soudain, l'aspirateur se tut, le soleil prit une teinte rouge feu, la lune apparut à l'horizon, quelque part au loin un coq chanta trois fois, un chien poussa un long hurlement déchirant et tellement sinistre que la femme de Loth sentit son sang se figer dans ses veines, et l'aspirateur prit feu. Elle poussa un cri d'horreur, jeta une couverture sur l'appareil puis aussitôt une autre, mais cela ne servit à rien ; elle se précipita dans la cuisine pour y chercher un seau d'eau, lorsque dans son dos une voix d'homme grave retentit dans les flammes : *Écoute-moi, femme !* dit la voix tout haut et avec solennité. *Je suis Dieu, le Tout-Puissant, le créateur du ciel et de la terre, des animaux et des hommes, du temps, de l'infini, de la vie et de la mort et de tous les autres bidules et machins ! Je m'adresse à toi depuis un aspirateur en feu pour t'annoncer ton destin !*

– Attends une seconde ! l'interrompt Lena, et Paul a l'impression qu'elle couvre le combiné avec sa main. Il parvient néanmoins à distinguer sa voix étouffée ainsi que celle d'une femme adulte. La voix adulte est mécontente, insistante, celle de Lena d'abord contrite, puis insolente.

– Lena ?

– Papa, je dois raccrocher ! Je me suis fait pincer par la mère de Tania. Elle va me prendre le téléphone. Mais demain, c'est-à-dire aujourd'hui, à l'aube, quand je serai de retour à la maison, tu me raconteras la fin de l'histoire. D'accord ?

– D'accord.
– Bonne nuit, papa.
– Bonne nuit, ma chérie, je t'aime!
Il n'a pas le temps de terminer sa phrase qu'elle a déjà raccroché.

Paul retourne dans le salon sur la pointe des pieds, se glisse doucement dans le lit à côté de Flora, l'enlace par-derrière, lui caresse le cou du bout des doigts, se frotte contre son dos.

Elle repousse son bras vers l'arrière.

– Laisse-moi, murmure-t-elle. Je n'ai vraiment pas envie de… – Elle semble contrariée, mais aussi nerveuse et soucieuse. – Tu m'as réveillée, et maintenant j'ai envie de pisser, dit-elle avec une pointe étrange de mélancolie. Je faisais pourtant un si beau rêve.

– Je peux imaginer de qui tu as rêvé, dit Paul à voix basse. J'espère qu'il a clamsé, ce type.

– Ne dis pas de bêtises, dit-elle avec tristesse. Ça fait longtemps que je ne rêve plus de lui. C'est toi qui ressasses sans arrêt ces vieilles histoires. Je l'aimais, il m'a quittée, et c'est toi que j'ai choisi. Point final. Les neiges d'antan ont fondu et sont depuis longtemps oubliées.

– Et se sont changées en un brouillard qui, manifestement, ne s'est pas encore tout à fait dissipé.

Paul tente de prendre la voix de quelqu'un qui s'efforce de réprimer sa colère. En réalité, il a envie de pleurer, il aimerait serrer Flora dans ses bras en pressant son visage contre son épaule. Il tend les bras vers elle. Mais, à ce moment précis, elle se redresse et sort du lit.

– C'était un rêve tout à fait inoffensif et agréable, précise-t-elle. Pas du tout ce que tu crois! Il y était question d'animaux qui s'étaient échappés de notre zoo. Des zèbres. Et des lions, je crois. Oui, des lions avec de grandes et majestueuses crinières. Ou bien des chats? En une seconde, j'ai presque tout oublié. Le rêve a disparu.

– Va pisser ! dit Paul.

Tandis que Flora se rend aux toilettes, Paul se tourne sur le dos et ferme les yeux, mais lors des nuits précédentes il n'a jamais été aussi en forme que maintenant. Il plisse les yeux, se retourne sur le côté droit, puis sur le côté gauche, fredonne l'air d'une vieille chanson, soupire et commence à chanter doucement : *Viens à moi, et je te bercerai, je te bercerai jusqu'à ce que tu t'endormes. Viens vers moi et ne pleure pas, ferme les yeux. Mes yeux seront pour toi des jouets clignotants. Je te fais cadeau de mes lèvres – immerge-toi en elles.*

Flora revient, s'allonge dans le lit à côté de Paul, lui prend la main.

– Pardonne-moi, murmure-t-elle. – Il lui semble que ses yeux brillent dans l'obscurité. Il la serre contre lui, l'embrasse sur la joue, le front, puis sur la bouche. Elle se laisse faire, mais relâche son corps jusqu'à ce qu'il devienne comme un poids mort entre ses bras. Puis elle se détache de lui et murmure de nouveau : – Pardonne-moi ! Je vous aime, Lena et toi, plus que quiconque au monde. Mais ce n'est pas possible. Pas cette nuit. Plus tard. Mais…

Elle se tait.

– Pas maintenant, achève-t-il. Elle lui tourne le dos.

Une demi-heure plus tard, Paul est toujours éveillé. Il faut que je m'endorme, songe-t-il. Il le faut ! Sinon, il sera épuisé toute la journée, il fumera plus de cigarettes qu'il ne le devrait et, le soir, il toussera à rendre l'âme.

Une autre chanson lui vient à l'esprit : elle s'appelle *Le chat noir* et parle d'un chat qui vit dans l'obscurité d'une cage d'escalier et vole le sommeil et les âmes des habitants de l'immeuble. *Devant notre porte, on entend les plaintes d'un chat. La grande ville fait le tour de mon quartier. Dans les rues chatoyant sous la pluie, il y a…*

Oui, qu'y a-t-il dans ces rues ? Il a oublié. La grande ville. Les rues. La pluie. Il repense aux Katz et se souvient que, pendant le confinement du printemps 2020, Kotik ouvrait la fenêtre de son salon tous les soirs à 18 heures et jouait du violon pour ses voisins et les quelques passants dans la rue, généralement de brefs morceaux de Rachmaninov, mais aussi des vieilleries soviétiques, des mélodies des Beatles et d'Abba ou des chansons connues de sa jeunesse. Les gens applaudissaient et, s'il arrivait qu'il soit en retard et ne commence pas à jouer à 18 heures précises, on se demandait avec inquiétude s'il ne lui était pas arrivé quelque chose, s'il n'était pas – Dieu nous en préserve – tombé gravement malade. Pendant une courte période, les étrangers et même les voisins avaient fait preuve de sympathie les uns envers les autres. Cela n'avait pas tardé à changer.

Depuis, quelques années se sont écoulées, c'est de nouveau le printemps et les temps sont durs, mais le sort de Kotik et de sa femme ne semble intéresser personne, à part Paul. Il est probable que leur fille vivant aux États-Unis ne soit même pas au courant de leur arrestation. Paul se demande s'il doit lui envoyer un mail ou l'appeler, mais il chasse rapidement cette idée. Que pourra-t-elle faire depuis Milwaukee, si ce n'est se rendre malade d'inquiétude et avoir mauvaise conscience ? Pourquoi n'a-t-elle pas fait venir ses parents chez elle ? N'en avait-elle pas envie ? Ou ne voulaient-ils pas partir d'ici ?

L'alcool est une denrée rare. Les calmants et les somnifères sont des denrées rares, et cette fichue musique dans sa tête le tient éveillé. Les chansons s'enchaînent dans son esprit : *un crocodile échappé du zoo, file sur l'eau trouble du Limpopo, croco par-ci, croco par-là, tout droit sur le continent d'Afrique, fric, fric, pour, dévorer dix petits nègres, couic, couic, couic !*

Peut-être les nouveaux dirigeants ont-ils mis des micros dans l'appartement pour écouter tout ce qu'il dit, peut-être arrivent-ils à localiser, sentir et évaluer sa peur, à lire dans ses pensées, à prendre son pouls et la température de son souffle. Il est pourtant ingénieur, un homme de logique. *Un crocodile échappé du zoo !* On sait que des gens ont été arrêtés ou sont morts sous les bombes et les missiles. D'autres sortent de chez eux et ne reviennent jamais : il n'y a personne pour dire ce qui leur est arrivé et tout le monde s'en moque, car chacun est avant tout préoccupé de lui-même. Cela pourrait aussi lui arriver s'il se mêlait de ce qui ne le regardait pas et mettait vraiment à exécution l'idée qui lui est passée par la tête pendant la soirée. Si lui, Paul, disparaît, ce ne sera pas une grande perte pour le monde. *Voici la chose la plus difficile : se donner volontairement et savoir que l'on est inutile. Se donner entièrement et penser que l'on va s'évanouir comme de la fumée dans le néant.* Ce n'est pas grave.

Quand tu te réveilles la nuit, tu sens l'acidité de la peur...

Un jour, par une belle et chaude soirée de printemps d'avril 2020, l'un des voisins s'était penché par la fenêtre et avait lancé à Kotik qu'il devrait jouer autre chose que "ces trucs classiques barbants" ou "ces chansons poussiéreuses datant de l'époque de nos grands-mères". Le vieux musicien avait demandé ce qu'il devait jouer à la place. Le voisin avait réfléchi un instant et réclamé d'un ton suffisant la mélodie de la chanson *Girl on Fire* d'Alicia Keys. Il était convaincu que Kotik ne connaissait pas cette chanson.

Paul s'évertue à refouler les images qui lui traversent l'esprit, des images très variées : des fantasmes et des souvenirs étranges, apparemment sans aucun lien entre eux, qui se superposent.

Depuis le début de la guerre, Flora et lui n'ont plus de relations sexuelles. Ils ne se sont pas disputés et le besoin physique n'a pas disparu. Non, cela leur aurait semblé tout simplement inconvenant au vu de tous les drames qui se passaient autour d'eux. Mais pourquoi, au fond ? Il n'y a jamais eu de guerre sans quotidien, se dit Paul, pas une seule guerre où des gens ne sont pas tombés amoureux et n'ont pas mis d'enfants au monde : dans les villes assiégées, dans les abris antiaériens, en temps de fuite, d'épidémies et de massacres, dans les prisons, les baraques et les bidonvilles, dans les forêts, dans des champs ou sur les collines enneigées. Des enfants ont même vu le jour dans des camps pénitentiaires et des camps de concentration. D'ailleurs, certains d'entre eux ont survécu.

Flora et Paul avaient prévu d'avoir un deuxième enfant. Flora aurait aimé avoir un fils, Paul une deuxième fille. Puis la guerre est arrivée.

En effet, Kotik ne connaissait pas *Girl on Fire* d'Alicia Keys. "Chantez-la-moi, avait-il demandé à son voisin. Mais ça me suffit si vous me la fredonnez un peu, monsieur Sabbia." Le voisin n'avait fait ni l'un ni l'autre, mais il avait fait écouter à Kotik des extraits de la chanson sur son téléphone portable, en téléchargeant la chanson sur YouTube puis en tendant son bras avec le téléphone par la fenêtre. Les autres voisins l'avaient sifflé, mais s'étaient aussitôt tus lorsque Kotik avait repris son violon.

Jusqu'à cette soirée d'avril 2020, Paul considérait *Girl on Fire* comme une chanson banale avec une mélodie banale. Mais ce que Kotik avait réussi à improviser au violon les avait transportés d'enthousiasme, lui et tous les habitants de l'immeuble, mais aussi ceux des immeubles voisins. Il avait été salué par des acclamations tellement bruyantes et nourries que trois voitures de police avaient fini par débarquer pour vérifier ce qui se passait.

Pendant les jours suivants, Kotik avait ennobli les mélodies de *Halo* de Beyoncé, *Set Fire to the Rain* d'Adele, *Shallow* de Lady Gaga et Bradley Cooper, *Chandelier* de Sia et *Tears of Gold* de Faouzia, et ce, d'une manière qui avait épaté et ravi tout le quartier. Les voisins et les passants avaient filmé les performances de Kotik avec leurs téléphones, envoyé les vidéos à d'autres personnes ou les avaient mises en ligne. Est-il vraiment possible, se demande Paul, que personne aujourd'hui ne se soucie du sort de Kotik et de celui de sa femme ? D'un autre côté, lui-même, comme tous les autres, n'avait-il pas trouvé, peu après la fin du confinement, que le vieux musicien était toujours aussi agaçant, envahissant et pathétique qu'auparavant ? Pendant une courte période, les vidéos des airs joués par Kotik avaient certes déclenché un engouement au-delà des frontières, mais elles étaient vite tombées dans l'oubli, de même que les concerts donnés chaque jour à 18 heures, si populaires fin mars 2020 et considérés comme un symbole de solidarité et de persévérance, étaient passés complètement de mode à la mi-mai et n'avaient pas été reconduits lors des confinements suivants. Toujours est-il que Kotik ne semblait pas s'être rendu compte de sa célébrité passagère.

Soudain, Paul constate avec consternation qu'il se rappelle avec joie les airs de violon de Kotik, mais qu'il a complètement oublié le métier qu'exerçait Mychka. La seule chose dont il se souvient, c'est qu'elle avait travaillé deux ans de plus que Kotik et qu'elle quittait toujours l'immeuble de bonne heure. Quand lui était du matin, ils se croisaient dans l'escalier et se souhaitaient poliment une bonne journée. Mais où allait-elle et que faisait-elle ? Comment avait-il pu l'oublier ?

9

La barque dans laquelle il est assis tourne en rond. Sa fille s'accroche à lui. Il essaie de la retenir. La barque se brise en deux. Sa fille lui échappe. Rassemblant ses dernières forces, il tente de la maintenir à la surface de l'eau, mais en vain. Elle sombre. "Réveille-toi !" crie quelqu'un depuis les profondeurs de la mer. "Réveille-toi, réveille-toi !" hurle la mer déchaînée.

– Réveille-toi !

Flora tire Paul par la main.

– Aaaah ! gémit-il. Paradis, enfer, cureton dodu et mille diablesses hirsutes ! On se noie !

– Mais de quoi as-tu rêvé ? demande Flora, horrifiée.

– De rien de spécial, marmonne-t-il et il se met à sourire. Juste d'animaux. De zèbres et de lionnes. Ou peut-être que c'étaient des chats.

– Bon, peu importe, dit-elle, agacée.

– Et toi, de quoi as-tu rêvé ? demande-t-il en bâillant. Tu as gémi et crié dans ton sommeil. C'était épouvantable !

– J'ai rêvé de ma sœur.

– De Clara ? Mais c'est un cauchemar, ÇA.

– Je ne te le fais pas dire, marmonne-t-elle. Si tu savais le nombre de fois que j'ai rêvé, enfant, qu'elle m'étouffait avec un oreiller ou qu'elle me mettait dans le four.

– Ah, les sœurs !

Il bâille de nouveau et ferme les yeux.

– Lève-toi ! dit Flora. On n'a plus d'eau, tu te rends compte ?

– Qu'est-ce que ça veut dire ? – Paul écarquille les yeux.

– Ça veut dire que les nouveaux crétins qui nous gouvernent sont encore plus crétins que ceux qui nous gouvernaient avant, dit la voix de sa mère.

Il sort du lit et s'habille, tandis qu'Eva, debout à côté de lui, se met à ronchonner. Elle raconte que la ville n'est plus approvisionnée en eau et que personne ne sait pourquoi. Qu'il n'y a plus d'eau minérale en vente dans les magasins, et pratiquement plus de réserves dans toute la région. Que l'on s'est déjà mis à vendre de l'eau de drainage sale au marché noir. Que certains vont même puiser l'eau saumâtre de l'étang qui se trouve dans le parc municipal pour ensuite la mettre en bouteille et la vendre.

– Mais ta mère, elle, est intelligente, mon Paulo, déclare fièrement Eva. Depuis le début des combats, j'ai toujours trois bouteilles d'un litre et demi dans le réfrigérateur.

– Et nous avons encore un litre de lait, dit Flora.

– Il est acide, observe Eva.

– En plus, ça fait une demi-heure que nous n'avons plus d'Internet, dit Eva.

– Zut ! Qu'est-ce qu'on va faire ?

– Pas d'eau, c'est grave. Très grave ! Mais pas d'Internet ? Comment allons-nous survivre ? réfléchit Paul.

– Le téléphone fixe fonctionne encore, dit Flora. Ou peut-être pas non plus ?

Paul va dans le vestibule, décroche le combiné, entend la tonalité.

– Si, ça fonctionne !

– Dommage que de nos jours, on ne puisse plus envoyer de pigeons voyageurs, dit Eva. Si nous avions encore des pigeons voyageurs au lieu d'Internet et des fontaines au lieu de l'eau courante, nous aurions beaucoup moins de problèmes.

– Où est Lena ? demande Paul.

– Elle est déjà partie à l'école.

– Sans prendre son petit-déjeuner ? s'étonne Paul.

– Elle n'avait pas faim, elle ne va pas bien et puis, de toute façon, nous n'avons presque plus rien à la maison pour faire un vrai petit-déjeuner. Nos rations alimentaires pour cette semaine sont épuisées et tu n'as pas réussi à obtenir des cartes d'alimentation supplémentaires.

– Qu'est-ce qu'elle a ? s'enquiert Paul.

– Les hormones, dit Flora en soupirant. Elle a douze ans et passe de l'enfance à l'adolescence. Son corps se transforme complètement, son esprit fait des cabrioles et son moral est au plus bas.

– Je vois, marmonne Paul.

– Non, tu ne vois pas, observe sèchement Eva. Jamais tu ne pourras imaginer ce que c'est.

– D'ailleurs, dit Flora, qui va bien aujourd'hui ? À peine Lena s'est-elle un peu remise des terribles confinements et de toutes ses angoisses et tous ses moments de déprime que la guerre est arrivée. Et, maintenant, elle souffre de harcèlement à l'école. Elle est seule. Seule. Toujours seule. Personne ne lui parle, à part Tania, depuis que…

– Je sais, l'interrompt Paul. Je m'en voudrai toute ma vie, et elle en souffrira toute sa vie. Tu devrais aller à l'école et parler à ses professeurs. Si c'est moi qui me présente, les gosses vont sûrement m'asperger d'urine pour amuser la galerie, et les profs applaudiront.

– Je n'irai pas, déclare Flora, ça fait un bon moment qu'il ne sert plus à rien de se plaindre.

– Et puis il faut que Lena apprenne à se faire respecter, estime Eva. La rude école de la vie !

– Bon sang, maman, elle n'a que douze ans, s'indigne Paul.

– Et alors ? À onze ans, j'ai cassé le nez à un type qui commençait à se faire insistant.

– Oui, un modèle à suivre, sans aucun doute, marmonne Paul.

– Comment peut-elle réussir à s'imposer face à ces bonnes femmes ? demande Flora. Ces enseignantes sont pour la plupart atteintes d'une atrophie émotionnelle, et ces filles sont des petites pestes stupides et pourries gâtées qui déversent leur agressivité sur Lena. À la maison, on les éduque de façon à en faire des créatures angéliques qui caressent les adultes dans le sens du poil. Mais, en réalité, ce sont des monstres. Des suppôts de l'enfer !

– Des sorcières dans un monde de petites filles, observe Paul.

– On aurait dû mettre Lena dans une école mixte, dit Flora.

– Avec des garçons ? Oh non, pas ça ! s'exclame Paul, outré. Ils sont bien pires ! Des petites frappes et des sadiques. Surtout quand ils ont treize ans !!!

– Attendez de voir ce qui se passe, dit Eva. Croyez-moi, un jour ou l'autre, le réveil sera brutal, y compris pour ces enquiquineuses. Peut-être que c'est MOI qui devrais passer à l'école pour toucher deux mots à ces petites pestes et à ces sans-gêne qui se disent pédagogues. Moi, quand je parle, je suis franche et directe, j'appelle un chat un chat…

– Hors de question ! s'écrie Paul horrifié, tandis qu'il met son chapeau de paille, avale une gorgée d'eau assortie d'une bouchée de pain et se précipite vers la porte.

– Où vas-tu ? demande Flora.

– J'ai une course à faire.

– Là, tout de suite ? Quoi donc ?

– Je reviens dans pas longtemps, dit Paul en sortant précipitamment de l'appartement.

Une heure et demie plus tard, après avoir franchi cinq barrages routiers, Paul arrive près de l'ancien palais du gouverneur, un bâtiment qui abrite les services administratifs de la ville et de la région. Avant-hier, il a envoyé un e-mail au service de sécurité de l'administration régionale pour se plaindre de *l'arrestation cruelle et injustifiée des Katz, un couple de personnes âgées.* Il exigeait que ces derniers soient immédiatement libérés, faute de quoi il profiterait de sa notoriété croissante sur Internet et au-delà en tant que "pisseur" (cette fois-ci, il avait pris un grand plaisir à écrire ce terme) pour dénoncer *la persécution scandaleuse des personnes juives par les nouveaux dirigeants de la ville. Ces honorables révolutionnaires ne voudraient certainement pas être considérés comme des antisémites et des persécuteurs de Juifs par la communauté internationale de l'Internet,* c'est-à-dire par le monde entier. Lui, le "pisseur", s'était résigné à son sort et ne cherchait nullement à se venger. Il demandait simplement la libération de deux personnes âgées qui, de toute leur vie, n'avaient jamais fait de mal à personne. Il était disponible à tout moment pour un entretien individuel avec un représentant des autorités de sécurité ou du gouvernement révolutionnaire, que ce soit le généralissime Boris Loupovitch en personne ou quelqu'un d'autre.

Avant qu'il n'ait eu le temps de traverser la rue, une compagnie entière de uhlans à cheval, en costume de l'époque des guerres napoléoniennes, lui barre le chemin.

Il faut attendre un bon moment pour que tous les chevaux soient passés.

– Encore une reconstitution historique débile, peste un homme. On les croirait sortis d'un vieux livre pour enfants.

– Ou échappés d'une troupe de cabotins internés dans un hôpital psychiatrique, renchérit une femme qui tente elle aussi de traverser la rue. Hier, j'ai vu un groupe de templiers armés d'épées, de lances et de cottes de mailles rouillées – mais avec des mitraillettes. Mais où trouvent-ils l'argent pour tout ça ?

– Ça vous étonne? Aujourd'hui, tous les fous du monde sont les bienvenus chez nous. Ils viennent tous ici pour mener leur combat personnel. Si vous voulez tuer des gens en vous mettant dans la peau d'un croisé, d'un djihadiste, d'un cosaque ou d'un lansquenet : venez chez nous ! *Donnez-moi vos fous, vos pervers, vos masses déjantées qui désirent respirer librement ici !*

Un homme avec un saxophone, vêtu d'un costume original bleu évoquant de loin une redingote du XVIIIe siècle, coiffé d'un tricorne noir et d'une perruque blanche poudrée et tressée, est perché sur le toit d'une voiture et, dans une pose théâtrale, improvise avec ardeur une version jazz de l'hymne national. Ses oreilles et son visage sont rouge vif, ses yeux fermés ; il semble se fondre totalement dans son rôle.

– *Quod erat demonstrandum !* grogne l'homme.

– Désolée, je ne parle pas l'espagnol, répond la femme.

À sa plus grande surprise, Paul reçoit le lendemain une réponse à son mail. Il ne s'y attendait pas, et surtout pas aussi rapidement.

Monsieur Sarianidis !

Nous vous remercions pour votre message et votre demande, et espérons pouvoir résoudre le plus rapidement possible le problème que vous avez décrit, à votre satisfaction et à la nôtre. C'est avec plaisir que nous répondons à votre demande d'entretien personnel. Nous vous prions de vous présenter demain matin entre 9 et 11 heures à la réception, dans le hall de l'ancien palais du gouverneur.

Veuillez agréer, Monsieur, l'expression de mes sentiments distingués,

Préfet et commissaire révolutionnaire en chef
Gabriel R. Aslan, OARK8, division XI/6/d

P-S: Veuillez vous munir d'une pièce d'identité officielle avec photo, de votre certificat de résidence et de votre acte de naissance.

L'ancien palais du gouverneur est un bâtiment de style classique datant du début du XIXe siècle. Il a été entièrement détruit par un incendie lors de la dernière grande guerre. La façade a toutefois été en grande partie conservée et restaurée, tandis que l'intérieur et les murs de la cour ont été entièrement reconstruits dans le style de la fin des années 1940 du siècle dernier. Cela, ainsi que les bureaux et les couloirs mal éclairés, lui confère une atmosphère lugubre, même si son gigantesque patio, avec ses quatre étages et ses fenêtres tout aussi gigantesques, est très lumineux et classé monument historique depuis longtemps. Les vitraux montrent le "peuple travailleur" tel qu'on l'idéalisait en 1949 : une paysanne, un sidérurgiste, un conducteur de locomotive à vapeur, un ingénieur et un médecin au travail, tous vêtus de couleurs vives, heureux, bien nourris, hauts de dix mètres, rayonnants, stylisés dans un kitsch extravagant. Au milieu de la pièce, là où trônait autrefois la statue plus grande que nature du "Grand Leader" d'une époque depuis longtemps révolue, se trouve aujourd'hui un point d'information avec des écrans, des brochures publicitaires et des chaises pivotantes rembourrées de couleur marron.

Les appareils ne fonctionnent pas, les brochures publicitaires sont épuisées, les sièges éventrés. Devant une petite table en demi-lune se tient un jeune homme, presque encore un adolescent, en costume-cravate, qui étudie attentivement les documents de Paul, lui délivre un laissez-passer puis lui dit avec un sourire visiblement artificiel :

– Bienvenue, monsieur ! Vous êtes attendu.

– Ah bon ? s'étonne Paul. Ça a été vraiment rapide.

– Bureau 595, c'est tout en haut, au sixième étage. C'est facile à trouver : Prenez le deuxième couloir à gauche, puis tournez dans le deuxième couloir transversal à droite, puis dans le troisième couloir à gauche ; montez ensuite le deuxième escalier sur la droite, jusqu'au sixième étage (les ascenseurs ne fonctionnent pas, bien sûr), puis tournez à gauche… Non, pardon, à droite. À droite ! Ou bien. Attendez. À gauche ? Non, à droite ! C'est bon ?

Il rend les documents à Paul.

– Je crois que oui, marmonne Paul. Bureau 595 au sixième étage. Qui nous attend là-bas ?

– Je ne sais pas, hélas. – Le jeune homme hausse les épaules, ouvre un classeur et commence à le feuilleter. – Moi, je ne suis là que pour relayer les informations, montrer et expliquer le chemin, et quand nous avons du réseau, je me sers aussi des ordinateurs… D'ailleurs, comme vous le savez, nous n'avons malheureusement ni eau, ni Internet, ni réseau de téléphone mobile. Et, si possible, évitez les toilettes.

– D'accord, merci, dit Paul.

– Ah oui, encore une chose ! lance le garçon à Paul, qui s'est déjà éloigné de quelques pas. Faites attention aux chiens !

– Quoi ?

Paul se retourne, étonné.

– Hier, une douzaine de cabots errants ont été repérés dans le bâtiment. Ces bêtes sont affamées et agressives. Le chef comptable, un employé du service des impôts et la responsable du service d'audit ont déjà été mordus. Ces cabots sont donc vraiment dangereux, faites attention à vous, mais un employé de la fourrière est en route et devrait arriver d'un moment à l'autre. Si vous croisez ces chiens, veuillez vous réfugier dans un bureau, fermer rapidement la porte derrière vous et attendre, ou bien, si vous n'y arrivez pas, vous allonger à plat ventre sur le sol…

10

Le bâtiment semble en grande partie vide. En tout cas, Paul a le souvenir que, les dernières fois où il est venu ici, il y avait plus d'agitation. Les fonctionnaires ont probablement été nombreux à fuir la ville, se dit-il. À moins qu'ils ne viennent tout simplement plus travailler. Une bande de fainéants, ces prétendus serviteurs de l'État, aucun changement de régime n'y fera jamais rien.

Mais ce qui est étonnant, c'est que les quelques personnes que Paul croise dans les couloirs et les escaliers sourient aimablement, certaines lui disant même "Bonjour!".

Des fonctionnaires qui disent bonjour dans un bâtiment administratif! Cela ne se faisait pas avant l'arrivée des rebelles, ni avant la Révolution rose, ni avant le putsch du Nouvel An, ni même sous l'*Ancien Régime**. Des fonctionnaires polis, cela fait peur à Paul. Il y a quelque chose qui ne tourne pas rond, il a presque envie de se faire enguirlander comme il se doit et, soudain, il trouve que ces individus affables qui passent devant lui ont quelque chose de lugubre et d'irréel, on dirait des zombies souriants ou des démons qui pourraient à tout moment se transformer en bêtes féroces. Peut-être que les chiens errant dans le bâtiment ne sont pas de vrais chiens, se dit-il, mais des adjoints administratifs, des secrétaires, des chefs de service et des stagiaires qui, par la magie du destin, ont été transformés en ce qu'ils devaient de toute façon être, étant donné leur nature d'employés du service public.

* En français dans le texte.

Le couloir du sixième étage a un sol en faux marbre, avec, entre les portes des bureaux également en faux marbre, des demi-colonnes dans lesquelles sont incorporées des lanternes à néon et de lourdes portes en bois marron foncé garnies de plaques en fer-blanc ovales gravées de numéros. Le lieu est lugubre – lugubre, triste et froid. Tous les numéros des bureaux du sixième étage sont à trois chiffres et commencent par six.

Peut-être parlait-il du cinquième étage, se dit Paul. Ou du n° 695 ? Il décide d'aller vérifier.

Le bureau n° 695 se trouve au bout du couloir, à côté d'un étroit escalier de secours dont l'accès est bloqué par une chaîne. Les coups frappés à la porte se perdent immédiatement dans l'immensité du bâtiment. De plus, la porte est tellement épaisse que, de l'intérieur, on ne doit rien entendre quand quelqu'un toque. Paul hésite un instant et entre.

Le bureau correspond aux normes habituelles : il s'agit d'une pièce tout en longueur avec deux hautes fenêtres sur la droite et une armoire à classeurs sur la gauche. Au milieu de la pièce trône un bureau imposant derrière lequel est assise une petite femme gracile qui parle au téléphone. La première chose que Paul remarque, c'est son blazer d'un jaune citron criard, ses cheveux d'un noir profond et deux roses rouges dans un vase posé sur la table : un contraste bienfaisant avec le décor plutôt sinistre du lieu. Les murs, autrefois blancs, ont pris au fil des ans une teinte gris souris. La table et l'armoire à classeurs sont d'un marron discret, tandis que le sol beige, fait d'un matériau indéfinissable, présente des rayures et des taches noires. Sur le mur, derrière la femme, on voit encore le renfoncement où se trouvait, il y a soixante-dix ans, comme dans tous les bureaux, le relief représentant le "Grand Leader" et, plus tard, les tableaux et les portraits photos de ses successeurs. Aujourd'hui, il y a une affiche accrochée avec des punaises montrant le chanteur de pop américain John Legend assis devant un piano. Mais ce qui frappe le plus Paul, c'est le lustre en cristal accroché juste au-dessus. Celui-ci fait partie des derniers vestiges de la décoration autrefois somptueuse de certains bureaux de ce bâtiment. Il domine tout. À peine entré, Paul fixe, fasciné, ce lustre gigantesque, suspendu exactement à mi-hauteur entre le plafond et le sol et, de surcroît, juste au centre de la pièce.

La femme derrière le bureau ne semble pas du tout troublée par l'apparition soudaine d'un étranger. Elle couvre le combiné avec sa main, lève la tête, sourit et dit gentiment :

– Trente secondes, s'il vous plaît ! Prenez place. – Puis elle baisse de nouveau la tête et poursuit sa conversation. – Tu as déjà regardé sous le réfrigérateur, mon ourson ?

Paul jette un regard circulaire, mais ne trouve ni chaise ni aucun autre siège dans la pièce. Il reste donc debout et attend.

– Comment pourrais-je savoir où se trouve ton portefeuille, mon ourson ? En plus, il n'est pas du tout sûr que ce fichu papier soit à l'intérieur. Ce serait trop facile si tu mettais toujours les choses au même endroit, n'est-ce pas ?… mon ourson ?!

Le regard de Paul glisse du visage de la fonctionnaire vers le lustre, puis vers John Legend. Le chanteur américain s'intègre dans le décor de cette pièce comme un poisson dans le désert.

– Mon ourson !!! crie pendant ce temps la femme dans le combiné, exaspérée. Sans carte d'alimentation, tu ne peux pas faire les courses. Nous aurions dû télécharger l'application.

Soudain, Paul a le terrible pressentiment qu'un séisme va bientôt se déclencher et que le lustre va tomber droit sur la tête de la fonctionnaire.

– Oui, mon ourson, je sais qu'il n'y a actuellement ni Internet ni réseau de téléphonie mobile et qu'une application ne nous serait donc pas d'une grande utilité. – Le ton de sa voix devient de plus en plus impatient, pressant, sarcastique. – Bien sûr que je sais que tu es le plus grand et le plus intelligent, et que tu es capable de tout prévoir. Mais si tu as oublié où tu as mis nos cartes d'alimentation, ça ne nous servira pas à grand-chose.

Non, le lustre ne tomberait pas sur la tête de la fonctionnaire, mais en plein sur la table, les perles de cristal éclateraient et voleraient dans toutes les directions comme du shrapnel.

– Oh, mon ourson ! Tu n'es pas sérieux ! Quel âge as-tu ? C'est quand même incroyable qu'un homme de trente-neuf ans... – Elle s'interrompt, couvre de nouveau l'écouteur avec sa main, relève la tête, sourit et dit : – Veuillez m'excuser. Nous avons un petit problème. Un impondérable privé, si l'on peut dire.

– Pas de souci ! dit Paul.

– Mais asseyez-vous donc ! dit la femme. Asseyez-vous !

Paul scrute une nouvelle fois la pièce, mais ne découvre qu'une toute petite table à roulettes, sur laquelle sont posés un pichet d'eau et un verre, et son regard s'arrête de nouveau sur le lustre.

– Mon ourson, j'ai du travail ; tu dois résoudre ce problème toi-même, d'une manière ou d'une autre. Si tu n'y arrives pas, appelle ta mère, dit la fonctionnaire en raccrochant. Quel crétin ! marmonne-t-elle en secouant la tête, puis elle pousse un soupir, se redresse, sourit de nouveau et demande : En quoi puis-je vous être utile ?

Paul présente sa requête et tend à la dame tous les documents et le laissez-passer.

Celle-ci s'appelle Angelina Soos, travaille dans le domaine de la logistique urbaine, du contrôle de gestion et des échanges internes de données et se déclare "incompétente en la matière", mais lui promet d'appeler la réception. Malheureusement, dit-elle, toute l'administration s'est barrée à la capitale, mais "le bâtiment est resté ici". Depuis, il y a des erreurs et des choses étranges se produisent régulièrement dans cette maison. Courts-circuits. Pannes de courant. Dysfonctionnements des ascenseurs. Des chiens féroces et autres bêtes féroces, bipèdes y compris. Heureusement, le téléphone fixe fonctionne encore.

Tandis qu'elle parle au téléphone, Paul remarque qu'elle a un joli visage avec de grands yeux verts et que sur la table, en plus du vase, du téléphone et de l'ordinateur portable, il y a une photo encadrée. De dos, il n'arrive pas à voir ce qu'elle représente.

– C'est bien sûr le n° 559 et non le n° 695, explique Angelina Soos après avoir raccroché. Les numéros ne montent pas si haut au cinquième étage. Seulement jusqu'à 588. Et un numéro qui commence par 5 ne peut jamais être au sixième étage, seulement au cinquième. Le gamin a encore une fois fait n'importe quoi.

– Je vous remercie ! dit Paul.

– Descendez l'escalier et prenez à droite. Vous devrez malheureusement aller assez loin, le 559 est plutôt à l'autre bout du couloir.

– Merci. Pas de problème.

– Puis-je faire autre chose pour vous ?

Elle sourit si gentiment que Paul en a des frissons dans le dos. Il serait presque tenté de demander ce qui se passe ici, mais au lieu de cela il louche de nouveau en direction du lustre, qui exerce sur lui une attraction irrésistible.

– Il serait intéressant de savoir… murmure-t-il, puis il s'arrête.

– Oui ? demande la fonctionnaire.

– J'aimerais savoir…

Il fait une nouvelle pause.

– Oui ?

– Je me demande quel bruit peuvent faire ces fantastiques billes de verre quand elles s'entrechoquent au-dessus de votre tête. Quel son, enfin… quel tintement ça émet ? – Le sourire se fige sur les lèvres d'Angelina Soos. – Quelle musique entend-on quand il y a de l'orage et que vous ouvrez la fenêtre ? Quand le vent s'engouffre dans ce lustre, qu'est-ce qu'il nous chante ? Chaque objet a sa musique.

Tout à coup, le sourire d'Angelina Soos s'élargit de nouveau.

– Veuillez m'excuser, lui dit Paul – et il presse ses deux mains contre sa poitrine, relève ses épaules et fait une petite révérence en inclinant le buste.

– J'ouvre rarement la fenêtre, explique Angelina Soos, et il n'y a jamais de vent dans notre cour intérieure. Mais vous allez rire : moi aussi, lorsque j'ai pris mes quartiers dans ce bureau il y a trois ans, je me suis demandé quelle mélodie pouvait sortir de ce lustre.

Sur quoi, elle retire brusquement ses chaussures, grimpe sur la chaise, puis sur la table.

– Je vais devenir fou, chuchote Paul, si doucement que la fonctionnaire ne l'entend pas.

– Attention, prenez garde ! déclare solennellement Angelina Soos en levant le regard et en tendant le cou et le bras droit en l'air, ce qui fait tomber la manche de son blazer et dévoile un poignet très fin et d'apparence fragile ; elle fait glisser son index et son majeur de gauche à droite sur les perles du lustre, puis dans l'autre sens. Le son clair et cristallin évoque à Paul un temple bouddhiste, de l'eau qui coule, le temps en sursis ainsi qu'un jardin japonais.

– Fantastique, murmure-t-il et, soudain, il se sent bien, libre et ému comme il ne l'avait pas été depuis longtemps. Comme c'est délicat et joyeux ! Mon Dieu, que le monde est beau ! s'exclame-t-il. Tant de petites beautés dans toute cette grande misère qui nous entoure !

– Oui, en effet, fait remarquer Angelina Soos, dont le visage, tout à coup, devient grave. Elle baisse son regard sur Paul, pensive, et dit : À votre avis, qu'est-ce qui me donne la force de survivre dans cet endroit ?! De survivre tout court. De vivre, tout simplement. Malgré tout, en dépit de tout.

11

Le bureau n° 559 est précédé d'une petite antichambre et, dans celle-ci, trois chiens morts sont étendus sur une table, tels des trophées de chasse. Leur pelage est couvert de sang, leurs langues pendent de leurs gueules : de grands corniauds hirsutes que l'on préfère voir morts plutôt que vivants dans ses parages. Au-dessus des cadavres, un néon diffuse une lumière artificielle crue qui fait penser à un bloc opératoire.

Un homme, visiblement fier, nettoie son pistolet en déclarant qu'il a abattu les bêtes à l'entrée des toilettes des femmes.

– Et dire que deux d'entre eux sont des mâles, ces espèces de voyeurs, dit-il en riant. Ils étaient deux à courser la fille, mais moi je suis arrivé et : bam, bam... bam ! – Il fait des gestes sans équivoque avec l'index et le pouce de la main droite.

– Félicitations, dit Paul avec une pointe de moquerie dans la voix.

– C'est ça, allez-y de vos commentaires mesquins, répond l'homme, un grand type athlétique avec un costume noir, une coupe à la brosse et une boucle d'oreille en or à l'oreille droite. Nous vivons dans un pays de sales chiens, mais tout ça va bientôt changer.

– Combien de fois ai-je entendu ça, observe Paul.

– Mais maintenant, c'est vrai ! – L'homme range le pistolet dans son étui et bombe le torse. – Vous allez voir.

– Ou alors, c'est moi qui, un jour ou l'autre, me retrouverai sur cette table comme un sale cabot, tandis que d'autres poseront fièrement à côté de moi, dit Paul.

L'homme prend une grande inspiration mais n'a pas le temps de répliquer, car à cet instant la porte s'ouvre et une femme entre d'un pas décidé dans l'antichambre. Paul la reconnaît immédiatement.

– Ah, mon cher, je suis tellement heureuse de vous voir ! Soyez le bienvenu !

Bien qu'il trouve cet accueil bizarre et déplacé, Paul sourit et – ce qui n'est pas du tout conforme à l'étiquette – tend la main en premier à la femme.

– Paul Sarianidis.

– Enchantée. Féline Kiska.

– Oui, je sais, dit Paul. La femme qui en...

– Stop ! l'interrompt aussitôt Féline Kiska. Je déteste ce slogan débile. Mais que puis-je y faire : ce sont nos spécialistes en marketing qui décident de ce genre de choses, pas moi.

– Je comprends.

– Monsieur Sarianidis ! Quelle joie ! Vous êtes devenu une vraie célébrité.

– Oui, hélas.

– Puis-je vous appeler Paul ?

– D'accord, marmonne Paul, étonné. Quelle maison de fous ! se dit-il, et, dans la foulée, il décide d'exposer sa requête, mais Féline Kiska le devance.

– Suivez-moi dans mon bureau, je vous prie. Là-bas, nous pourrons discuter de tout tranquillement. Régler toutes les questions. Ah, mon cher Paul, je trouve votre présence ici tellement captivante ! – Elle se tourne vers l'homme en costume noir et déclare : – Manuel, je vous remercie de votre engagement dans la chasse aux bêtes féroces, vous êtes une perle, que ferais-je sans vous, mais, s'il vous plaît, débarrassez-nous au plus vite de ces cadavres. Ils me sapent le moral.

– Très bien, madame, dit Manuel.

– Quand donc ce Ramsès, le gars de la fourrière, va-t-il enfin arriver ? demande Kiska. La situation dans cette maison est intenable ! Sans vous, cher Manuel, je n'oserais même pas aller aux toilettes.

– Ramón, madame ! Il s'appelle Ramón et vient de la ville espagnole de Ceúta, en Afrique du Nord.

– Peu importe.

– On dit que c'est le meilleur chasseur au monde. Il paraît que même la chancelière allemande Angela Merkel l'a engagé il y a dix ans. On l'appelle *El Cadáver*, vous imaginez bien pourquoi.

– Je me fiche du nom qu'on lui donne. *El Padre*, *El Niño* ou *Jesús*, aucune importance. L'essentiel est qu'il soit bientôt là et qu'il fasse son travail !

– Il devrait arriver d'un moment à l'autre, madame. On vous appellera.

– Eh bien, espérons-le ! – Kiska soupire. Puis elle saisit Paul par la main, l'entraîne dans le bureau et, d'un mouvement agile du pied droit, referme la porte derrière elle.

Contrairement à la plupart des autres bureaux du bâtiment, celui-ci a conservé l'intégralité du néo-baroque boursouflé des années de l'immédiat après-guerre. Sur le mur derrière la table, au-dessus de l'endroit où se trouvait autrefois le relief du "Grand Leader", on peut encore lire *1949*. Le palais du gouverneur avait été reconstruit juste à temps pour le soixante-dixième anniversaire du dictateur, et agrémenté de décorations à la hauteur de l'événement : marbre, or, cristal, acajou, mosaïques, inscriptions dans les principales langues du grand pays sur lequel le "Grand Leader" avait régné. Téléviseur, ordinateur fixe, ordinateur portable, imprimante, box wi-fi et autres traces de modernité s'insèrent plutôt discrètement dans ce décor, tout comme Féline Kiska, avec sa silhouette gracile, sa robe noire moulante, son collier de perles, ses talons aiguilles noirs et ses cheveux attachés.

Kiska demande à Paul de s'asseoir à une petite table surmontée d'un plateau rond en marbre bordeaux.

Café ? Thé ? Eau minérale ? Paul ne dit pas non au café ni à l'eau minérale. Kiska fait glisser sur le côté, telle une cloison coulissante, une peinture à l'huile de plusieurs mètres de haut représentant des paysans radieux en train de rentrer leur récolte : derrière le mur se cachent un bar, une petite cuisinière, une machine à café et un réfrigérateur – bref, une kitchenette entièrement équipée. Une lumière blanche, terne, s'allume et le bourdonnement du réfrigérateur se fait entendre dans toute la pièce.

Paul regarde Féline Kiska s'affairer à la machine à café.

– Je préférerais tellement demander à mon assistante de nous préparer un café, mais malheureusement elle s'est fait mordre ce matin et est à l'hôpital. Avant-hier le coronavirus, hier la guerre, aujourd'hui les chiens, demain les puces. Satanés cabots !

– Je suis vraiment navré, dit Paul à voix basse.

– Moi aussi, grogne Kiska, exaspérée. J'espère que cet El Caviar va vraiment bientôt arriver.

– Cadavre, corrige Paul.

– Avec du lait et du sucre, ou seulement avec du lait ou seulement du sucre ?

– Noir, s'il vous plaît, sans sucre.

– Je sais ce que vous êtes en train de vous dire !

Il sursaute d'effroi, rentre la tête et murmure :

– Vraiment ?

– Oui, vous devez vous demander : pourquoi cette dame, et pourquoi d'ailleurs tous les gens dans ce bâtiment sont-ils soudain si aimables et serviables ?

– C'est ce que je me demande, en effet. Je sais dans quel pays je vis.

– Et c'est justement là le problème, dit Kiska en posant une bouteille d'eau minérale et deux verres sur la table. Nous voulons construire une société et un pays dans lesquels tout le monde ne part pas automatiquement du principe que les gens se traitent les uns les autres comme des cabots sauvages et hargneux.

– Un projet louable, murmure Paul. Mais totalement irréaliste, pense-t-il.

– Les politiques et les fonctionnaires seront tenus de mettre en avant le sens du service qui sous-tend leurs actions. Nous ne serons pas des dirigeants, nous ne serons pas des profiteurs, nous ne serons pas des dieux à qui l'on demande humblement quelque chose, nous serons peut-être un peu corrompus parce que cela dérouterait et effraierait les gens si, tout à coup, nous ne l'étions plus, mais nous resterons malgré tout des serviteurs du peuple. Ce que nous percevrons d'une main auprès de celui-ci, nous le rendrons généreusement de l'autre. La modestie et la bonté seront notre marque de fabrique.

Quelque part dans le couloir, un coup de feu retentit, suivi immédiatement d'un autre. L'écho se perd dans l'immensité des couloirs et des escaliers. Puis on entend un hurlement qui se transforme en gémissement.

– Nous allons les éliminer ! annonce Kiska avec une colère perceptible dans la voix. Maudits quadrupèdes ! Autrefois, ils étaient gazés dans les refuges pour animaux. C'était une bonne chose. Direction la chambre à gaz !... Qu'est-ce que je disais, déjà ?

– Servir au lieu de dominer, répond Paul. Modestie et bonté.

– Exactement ! Aujourd'hui, nos troupes, dirigées par les maréchaux Ka et Pets, ont lancé l'offensive finale contre la capitale. Les troupes du président abandonnent leurs engins et équipements, et s'enfuient en gloussant de manière hystérique comme des poules effarouchées. La fin de la guerre est proche. Ce sera le début d'une nouvelle ère.

– Ka et Pets n'ont-ils pas été rétrogradés récemment pour incompétence ? s'enquiert Paul. Je me souviens d'avoir vu l'un d'eux à la télévision, en train d'arracher lui-même devant la caméra ses galons de général cousus sur ses épaulettes, puis les jeter par terre en faisant son autocritique les larmes aux yeux.

– On leur a pardonné, explique Kiska. Ils ont été réhabilités. L'offensive Ka-Pets a été, comme je l'ai dit, un succès total : un chef-d'œuvre sur le plan tactique et stratégique.

– La grand-mère de toutes les batailles, en quelque sorte, plaisante Paul en riant, mais Kiska ne sourit même pas, elle lui lance un regard plein de gravité et de reproches, et change de sujet.

– Vous pouvez fumer si vous le souhaitez, dit-elle (cela résonne comme un ordre) en désignant un grand cendrier en marbre noir posé au milieu de la table.

– Merci, c'est très gentil, dit Paul en prenant son paquet de cigarettes.

– Attendez, j'ai quelque chose spécialement pour vous, dit Kiska, qui ouvre un tiroir du bureau et en sort un objet qui plonge Paul dans un étonnement et un émoi tels qu'il en a presque le souffle coupé : c'est un paquet d'*Ours des bois*. Cette marque de cigarettes locale est légendaire, mais elle n'est plus produite depuis près de quarante ans. Le paquet est en carton grossier et muni d'un rabat qui s'ouvre vers le haut. Le logo représente un ours stylisé souriant avec délectation, la gueule grand ouverte dévoilant des dents pointues, une cigarette allumée dans la patte droite et un briquet dans la patte gauche, une forêt en arrière-plan. Dans son enfance, Paul adorait le chocolat *Petit Ourson* dont l'emballage présentait un ours similaire – mais sans feu ni cigarette. Il est probable, se dit-il, que les deux – paquets de cigarettes et emballages de chocolat – étaient fabriqués dans la même usine. Sous l'ancien régime, ce genre de chose était tout à fait possible.

– Nos reliquats secrets, explique Kiska en souriant avec fierté. Avant que la production ne s'arrête, les dirigeants de l'époque en ont détourné et stocké une partie pour eux-mêmes et leurs amis. Et c'est nous qui en avons en quelque sorte hérité : servez-vous !

Le tabac n'est ni sec ni moisi. Après la première bouffée, Paul prend conscience que tout ce que les personnes âgées lui ont raconté sur cette marque de cigarettes est vrai. Tandis que Kiska prend un appel téléphonique, répond à son interlocuteur invisible par quelques "oui" et quelques "non" puis raccroche, Paul commence à voir la pièce tourner devant lui, sa respiration se fige, il ne sent plus ses jambes et a l'impression de basculer en arrière. Puis, même si ce n'est que pendant quelques secondes, il est envahi par un sentiment de bonheur indescriptible. Il s'envole, plane, glisse sur un arc-en-ciel, se noie dans de la ouate au goût de framboise et de curry, s'étouffe dans un brouillard sucré et éblouissant, et finit par s'immerger dans une mer d'indifférence revigorante. Ils ont raison, se dit-il. Oh oui, comme ils ont raison : tous ces gens qui peuvent s'adonner à ce bel instant de sensualité qui rend heureux, ne serait-ce que le plaisir éphémère d'écouter le jeu merveilleux des perles de cristal d'un lustre énorme. C'est pour cela que nous vivons ! Pour ces quelques instants, pour les pauses entre ces instants, pour l'apogée et le déclin non moins réjouissant qui fait suite à celui-ci, le glissement et la disparition. La dissolution. Après ça, que le monde aille au diable s'il le veut, s'il le faut, ou s'il ne peut pas en être autrement. Qu'importe, rien à foutre, et on rabat le couvercle : de toute façon, tôt ou tard, nous allons tous crever et tomber dans l'oubli !

– Génial, n'est-ce pas ? Ce n'est plus une torpille pour les poumons, observe Kiska en prenant place à côté de Paul à la table et en allumant également une cigarette. C'est un tapis de bombes. Peut-être même une *katioucha**.

---

* Surnom donné par les Soviétiques à un lance-roquette multiple de la Seconde Guerre mondiale.

– WS-1B, dit Paul. Bref, les missiles chinois avec lesquels vous avez bombardé puis envahi notre ville. Restons dans l'air du temps !

– Mon père a fumé des *Ours des bois* dès l'âge de treize ans, dit Kiska.

– Et il est probablement mort d'un cancer du poumon, plaisante Paul, qui regrette aussitôt ses propos.

– C'est malheureusement ça, dit tristement Kiska, il n'avait que trente-huit ans. Ce n'est pas un âge pour mourir. Cancer du poumon ! – Elle tire une profonde bouffée, regarde la cigarette d'un air concentré et rejette la fumée par le nez. – Le décès de mon père a été mon pire traumatisme d'enfance, même si ce n'est évidemment pas le seul.

– Je suis désolé, marmonne Paul, qui éteint sa cigarette et saisit la bouteille d'eau.

– Quand je fume des *Ours des bois*, je me sens très proche de mon père, précise Kiska, qui prend la bouteille des mains de Paul, lui sert un verre ainsi qu'à elle-même, se tait quelques instants avant de poursuivre : C'est donc pour ces deux Juifs que vous êtes ici, et voulez que nous les libérions.

– Oui, c'est ça. Ils s'appellent Konstantin et Moira Katz. Lui est violoniste et jouait jusqu'à il y a quelques années dans l'orchestre de la ville, elle était… euh… – À son grand désarroi, il ne se souvient toujours pas de ce que Mychka faisait dans la vie.

– Elle était ingénieur civil, comme moi, raconte Kiska.

– Mais oui, bien sûr, le bureau de chantier ! marmonne Paul. Elle s'y rendait tous les matins.

– Pourquoi ces deux-là ont-ils autant d'importance pour vous ? s'enquiert Kiska.

– Ce sont des personnes âgées qui n'ont jamais fait de mal à personne.

– Vous croyez ? Et même si c'était le cas, oui et alors ? Pourquoi vous investissez-vous autant dans cette cause ?

D'après ce que je sais, vous n'avez jamais eu de liens étroits avec ces voisins.

– Comment pouvez-vous le savoir ? s'étonne Paul.

– Nous savons tout. – Le visage de Kiska perd de sa sympathie. – Quand nous voulons savoir quelque chose, nous arrivons à le savoir. – Tout à coup, elle paraît faire une tête de plus. – Vous avez oublié où vous êtes et à qui vous parlez ? – Son ton est dur.

– Je pensais que tout allait changer maintenant, dit-il. – Sa voix est plus aiguë et plus frêle qu'il ne le souhaiterait. – Le sens du service rendu, les serviteurs du peuple, les gentils fonctionnaires et tout ça.

– On n'en est pas encore là, observe sèchement Kiska mais, soudain, elle se remet à sourire, passe le bras autour de l'épaule de Paul en disant : Paul Sarianidis, Paul, on se connaît depuis longtemps. Tu ne me reconnais pas, petit bousier ?

– No... Non, balbutie Paul. Ou bien si ? – Il se creuse les méninges : *What the fff...* ?

– Là, tu me déçois ! – Elle retire son bras.

– Je suis désolée. Je ne vois pas de quoi vous parlez.

– Hé ! Le collège d'enseignement artistique, en 2001. Alors ? Ça te revient ?

– Aaah, lâche-t-il d'un ton désespéré. Tu étais, tu es...

– Féline Kiska. Déjà à l'époque, Kiska la Féline. La petite grosse de la classe C, deux niveaux au-dessus de toi ? Alors ? Le boudin beuglant, c'est comme ça qu'ils m'appelaient, ceux de la chorale dans laquelle tu chantais aussi !? Le fameux Chœur Puccini de l'école avec le non moins fameux professeur Jacob Spirono – un soporifique sur pattes.

– Aaah ! s'exclame Paul en se frappant le front avec la paume de la main, comme si cela lui revenait, bien qu'il n'ait aucun souvenir d'avoir connu une Féline Kiska du temps où il fréquentait cette école. Bien sûr. Féline Kiska, le boudin chantant. Les filles n'étaient pas tendres avec toi. Mais, maintenant, tu as perdu beaucoup de poids et tu as fait des choses dans la vie. Contrairement à elles.

– Beuglant, pas chantant, le corrige Kiska. J'ai perdu du poids dès l'âge de dix-huit ans. Et puis, il n'y a pas que les filles qui m'ont fait du mal, les garçons aussi. Ils vont me le payer !

– Oui, j'imagine, marmonne Paul.

– Ne prends pas cet air effrayé ! ricane Kiska. Toi, je te réserve autre chose.

Paul sort de son paquet de cigarettes une autre *Ours des bois* et s'empresse de l'allumer.

– Bon, explique-moi : pourquoi tu te mets en quatre pour aider ces Juifs ? Je veux une réponse rapide et honnête.

– Parce que je veux, une fois dans ma vie, faire ce qui est juste ! dit Paul.

Kiska le regarde d'abord avec stupeur, bouche ouverte, puis elle pouffe de rire, prend une gorgée d'eau, avale de travers, tousse, tente de reprendre sa respiration, tousse de nouveau, incapable de s'arrêter de rire.

– Oui, je sais. Mais c'est aussi banal que ça en a l'air ! assure Paul. Une fois dans ma vie, j'ai envie de faire ce qui est juste. Ni plus, ni moins.

– Les Juifs sont un peuple puissant, dit Kiska. Je déteste les théories du complot, mais, dans le cas des Juifs, il est évident qu'il existe de puissantes institutions qui marquent le monde de leur empreinte, qui protègent leur propre peuple tout en exploitant les autres, en Israël et en dehors, aux États-Unis, en Europe et, bien sûr, chez nous aussi. Si tu t'opposes à eux, ils t'envoient des soi-disant investisseurs, des ONG, des réfugiés ou un virus. Ou tout en même temps… Et toi ? – Elle interroge Paul du regard. – Qu'est-ce que tu y gagnes ? Pour le compte de qui es-tu ici ? En fait, nous espérions qu'Israël, le Congrès juif mondial ou une autre institution juive rachèterait les prisonniers juifs de nos prisons. Tu es impliqué dans tout ça, toi ?

– Je ne vois pas de quoi tu parles.

– Qu'est-ce que tu veux vraiment ? demande Kiska.

– Je veux, une fois dans ma vie, faire ce qui est juste, répète Paul en essayant de paraître aussi calme que possible.

– Tu devrais plutôt te demander comment sera ta vie dans le futur.

– Ce n'est pas une question, c'est un devoir.

– J'ai quelque chose à te montrer, suis-moi, dit-elle, puis elle regagne son bureau, tape quelque chose sur le clavier de son ordinateur portable, regarde avec concentration, fronce les sourcils. – Ses yeux errent dans la pièce avant de se fixer sur un point dans le lointain fictif de l'image figurant sur l'écran. – Heureusement que j'ai téléchargé ça avant qu'Internet ne tombe en panne, observe-t-elle à voix basse.

Paul pose sa cigarette, la rejoint derrière le bureau, examine lui aussi l'écran, sursaute, se mord les lèvres.

– Ciel et enfer ! Qui diable… ? s'exclame-t-il.

– Le diable n'a rien à voir là-dedans, l'interrompt Kiska en souriant. Le ciel et l'enfer encore moins. Le diable, ce sont les riches Européens qui en ont besoin, ces homos de Hollandais, ces nigauds d'Italiens, ces petits-bourgeois d'Allemands… Nous, par contre, nous passons notre vie sur la voie du diable et, quand nous arrivons chez lui, il n'est rien d'autre qu'un vieil ami.

12

Le néon au plafond clignote, faisant penser à une enseigne lumineuse. Le visage cireux de la femme, que l'on voit toutes les deux secondes, n'a pourtant pas l'air de faire la publicité de quoi que ce soit. On l'imaginerait plutôt dans la bande-annonce d'un film d'horreur ou dans un classique du cinéma muet du même genre. La pièce dans laquelle se trouve la femme ne fait que quelques mètres carrés, est dépourvue de fenêtres, a des murs en béton gris, un sol en béton et un plafond en béton. Un matelas gris fait office de couchette, un trou percé dans le sol sert visiblement de toilettes, dans un coin sont posés une écuelle en fer-blanc et un pichet d'eau, sans doute également en fer-blanc. Dans un autre coin, il y a quelques journaux.

– Voici l'une de nos salles d'éducation. Nous y enfermons des gens à qui nous faisons comprendre qu'ils ne doivent pas fourrer leur nez dans ce qui ne les regarde pas.

– Et ça marche ? demande Paul.

– Bien sûr que oui.

– Tu cherches à me faire peur ?

– Parce que tu n'as pas peur ?

– Qu'attends-tu vraiment de moi ?

– Cela ne t'intéresse pas de savoir qui est la femme qui est enfermée ici ?

– En quoi cela devrait-il me concerner ? s'enquiert Paul en examinant la femme de plus près. Il s'agit d'une jeune personne corpulente proche de la trentaine, vêtue d'une sorte de pyjama gris, accroupie sur le sol, l'air apathique, qui jette de temps à autre des regards intimidés et inquiets à la caméra probablement installée au-dessus de la porte de la cellule. Par moments, ses lèvres bougent, mais Paul ne peut ni entendre ni déchiffrer ce qu'elle dit.

– C'est Wiebke Schlager, déclare Kiska. La journaliste allemande qui est venue exprès chez nous pour t'interviewer. Nous avons pris la liberté d'annuler cette interview à la dernière minute.

– Aha, chuchote Paul en s'efforçant obstinément de donner l'impression que cette affaire ne l'intéresse pas ou peu. Je ne la connais pas, je ne l'ai eue qu'une fois brièvement au téléphone. C'est de l'histoire ancienne.

– Combien de mails as-tu envoyés aux deux escrocs arabes, combien de fois les as-tu appelés pour leur demander pourquoi cette Wiebke Schlager n'était jamais arrivée chez toi ? Maintenant, tu sais où elle est.

Paul hausse les épaules et garde le silence.

– Nous la libérerons le moment venu, explique Kiska.

– Ce serait bête de votre part et de celle de votre gouvernement révolutionnaire de vous mettre l'Allemagne à dos.

Kiska éclate de rire.

– Tu crois vraiment que les Allemands vont se fâcher avec nous à cause de cette journaliste de rien du tout ? demande-t-elle. Nous avons des matières premières précieuses. Dès que nous aurons pris la capitale, tous les pays du monde feront la course à qui sera le premier à nous reconnaître. La seule chose qui donne de la valeur à cette journaliste, c'est son passeport allemand, même celui-ci n'a plus autant de valeur qu'avant.

– Oui, je sais, observe Paul d'un ton amer. Sans son passeport allemand, cette femme ne serait rien d'autre qu'un déchet biodégradable vivant.

– Elle maîtrise d'ailleurs parfaitement notre langue, précise Kiska. Sa mère est originaire d'ici, de notre ville. Dans les années 1990, celle-ci a mis le grappin sur un homme d'affaires allemand, un de ces typiques vautours de capitalistes qui nous ont rendus encore plus misérables que nous ne l'étions déjà en temps de misère, et elle s'est tirée avec lui en Allemagne.

– Tiens, tiens, marmonne Paul.

– Maman a su parfaitement user de sa beauté et ses talents au lit pour s'assurer une existence décente, à elle et aux enfants qu'elle a ensuite donnés à ce monsieur.

– Est-ce la raison pour laquelle vous avez arrêté et enfermé sa fille ? Par fair-play envers les enfants de ces mères qui n'avaient pas de talent au lit ou qui ne savaient pas s'en servir correctement ? Pour que cette enfant privilégiée souffre au moins une fois ?

– Non. – Kiska secoue la tête en riant. – Tu as de ces idées, toi !

– Pourquoi, alors ?

– Parce que nous te voulons pour nous seuls et que nous ne voulons pas te partager avec une journaliste étrangère.

– Pardon ? Qu'est-ce que j'ai de si spécial ?

– Rien du tout. Justement.

– Qu'est-ce que vous me voulez, alors ?

– Pourquoi crois-tu que tu peux te promener en ville sans être inquiété et continuer à vivre ta vie normalement et impudemment ?

– Parce que je suis totalement insignifiant ?

– Après une vidéo pareille ? Foutaises ! Tous les psychopathes, patriotes, terroristes, moralistes ou fanatiques bigots de cette ville t'auraient déjà fracassé le crâne ou coupé les couilles si nous ne te protégions pas constamment. C'est juste que tu ne t'en rends pas compte.

– Et la poubelle dans laquelle on m'a jeté ?

– Il faut parfois laisser la plèbe s'amuser. Tu n'imagines pas à quel point tu aurais souffert si nous n'avions pas été vigilants.

– Mais dans quel but, tout ça ?

– Parce que notre révolution, nous la faisons justement pour des gens comme toi ! Nous vivons avec notre temps. Regarde tout ce qui se passe dans le monde.

– Le temps des pisseurs ? s'enquiert Paul d'un ton acerbe.

Kiska ignore cette remarque et poursuit :

– Nous préférons faire de toi notre mascotte plutôt que de te livrer à ton sort et donc à tes assassins. Nous sommes à la fois miséricordieux et malins.

Paul ne sait quoi répondre. Il baisse les yeux.

– Je vais te montrer une autre vidéo, dit Kiska.

– Est-ce vraiment nécessaire ?

– Oui, il le faut, dit-elle en tapant quelque chose sur son ordinateur. L'image disparaît, une autre apparaît. Paul tressaille de nouveau. Ce qu'il voit est encore plus horrible.

– Tu reconnais ce jeune homme, n'est-ce pas ?

– Oui, c'est le fils de notre concierge, murmure Paul. Il est membre de votre garde nationale, il a surveillé l'immeuble pendant quelques jours et m'a gentiment protégé des journalistes quand j'ai…

– Était ! l'interrompt Kiska. Était ! Il était membre de la garde nationale.

Sur la vidéo, le jeune homme ne porte plus d'uniforme. Il est d'ailleurs complètement nu, agenouillé sur le sol en béton d'une pièce sombre et sans fenêtre, tandis que trois gardes lui crient dessus, d'une voix puissante, excitée et si furieuse que Paul n'arrive pas à comprendre ce qu'ils profèrent.

Il détourne la tête.

– Regarde ! ordonne Kiska, et Paul obéit.

L'un des gardes donne un coup de pied dans les côtes du jeune homme avec ses lourdes bottes, un autre le frappe au visage. L'ancien soldat de la garde nationale hurle et implore pitié. Du sang, de la bave et des larmes dégoulinent sur son visage et tombent sur le sol. Le troisième garde pointe son revolver sur la tête du supplicié, tend le bras…

– Pourquoi ? s'écrie Paul. Pourquoi ?

D'un simple effleurement de l'écran tactile, Kiska met la vidéo sur pause et dit :

– Il paraît qu'il nous aurait menti et trahis. Il figurait sur la liste des agents rémunérés par nos ennemis. Nous avons beaucoup d'ennemis. Mais les détails n'ont aucune importance.

Le jeune homme fixe Paul, le visage déformé et les yeux grand ouverts, remplis d'horreur, tandis que son tortionnaire, arme au poing, est figé au milieu de son geste, un peu flou.

Un coup de feu retentit, Paul pousse un cri aigu et s'accroupit, se relève rapidement – mais sur l'écran, rien ne bouge.

– Sale cabot ! gronde Kiska. – Et, de fait, on entend de nouveau un grognement, un aboiement, puis un gémissement déchirant en provenance du couloir, qui, soudain, cesse après un autre coup de feu. – Je viens de recevoir un appel téléphonique. On m'a dit que nous devions éviter les couloirs, les toilettes et les escaliers pendant au moins une demi-heure, voire un peu plus si nécessaire, aussi longtemps qu'*El Cadáver* et ses deux collaboratrices ne seraient pas encore arrivés, explique-t-elle avec un sourire en touchant l'écran. Le tortionnaire sort de sa torpeur et se remet en mouvement. Les contours vagues de son corps s'affinent de nouveau et retrouvent leur netteté anguleuse. La victime pousse un hurlement qui rappelle presque les plaintes du chien que l'on vient d'entendre…

– Mais quel genre de personnes êtes-vous pour faire ça ! crie Paul en saisissant des deux mains l'ordinateur qu'il referme d'un geste violent.

– Comment oses-tu ! proteste Kiska. C'est mon appareil ! Bas les pattes !

– Des monstres ! siffle Paul, soudain indifférent à ce qui va lui arriver. Les chiens dehors sont plus humains que vous ! crie-t-il.

– Quel dommage que tu aies raté la chute, observe Kiska avec une pointe de déception dans la voix. Il n'a pas été abattu. Non ! Le revolver était chargé à blanc.

– Comme c'est noble !

– Mais il en rêvera encore souvent. Cette nuit et des milliers d'autres, aujourd'hui, demain et à l'heure de sa mort !

– Qu'avez-vous fait de lui ? demande Paul.

– D'après ce que je sais, les poursuites engagées contre lui ont été abandonnées. On n'a pas réussi à apporter la moindre preuve de trahison, on lui a présenté des excuses, le directeur de la prison et le surveillant en chef lui ont serré la main, donné cinquante euros et l'ont laissé rentrer chez lui, chez sa maman. Mais sa carrière dans la garde nationale est terminée.

– Cinquante euros ! siffle Paul avec mépris.

– En cas de décès, il y a cent euros pour les survivants, précise Kiska. Moi, je trouve ça généreux… dans un pays comme le nôtre et dans une période comme celle-ci.

– Pourquoi m'as-tu montré cette vidéo ?

– Pourquoi es-tu ici ?

– Je te l'ai déjà dit : je veux, une fois dans ma vie, faire ce qui est juste.

– Mais ce que tu peux être têtu, toi ! – Kiska lève les yeux au ciel. – N'importe qui d'autre, après les bassesses que tu as commises et la sévère humiliation que tu as ensuite subie à juste titre, se serait terré quelque part et aurait attendu que les choses se tassent. Autrefois, à l'époque où les hommes avaient encore de l'honneur, tu te serais déjà fait justice. Toi, en revanche, tu fais alliance avec ces deux escrocs arabes et tu défends des Juifs quelconques. Ça ne t'a pas suffi qu'on te jette dans une poubelle ? Ta femme est médecin, elle aide tous les jours d'autres personnes. Chaque jour, tu aurais l'occasion de te rendre utile et de te coucher le soir la conscience tranquille. Engage-toi comme bénévole au service des urgences, comme infirmier dans un foyer pour enfants, va travailler à la fourrière ou à la Croix-Rouge, au lieu de t'occuper de voisins juifs. Arrête de fourrer ton nez dans ce qui ne te regarde pas.

Paul retourne à la table ronde, s'assoit, prend sa cigarette, désormais éteinte, dans le cendrier, la rallume et dit :

– Ne devrais-je pas plutôt faire de la politique, comme toi ?

– On pourrait t'emmener dans la cour et te fusiller. Ton intelligente journaliste venue d'Europe et son assistant, nous les abattrons peut-être aussi et nous ferons disparaître leurs corps.

– C'est ce que tu attends de moi ? Que je me laisse abattre sans opposer de résistance ?

Féline Kiska se lève et se met à faire les cent pas, visiblement troublée. Quel est vraiment le sens de tout cela ? se demande Paul.

– Qu'est-ce que tu veux vraiment ? s'enquiert Kiska, comme si elle avait lu dans ses pensées et les avait aussitôt retournées contre lui.

– Je veux, une fois dans ma vie, faire ce qui est juste ! répète Paul.

Kiska sourit, s'assoit à côté de lui et dit :

– Tu mens !

– Je ne mens pas !

– Si !

– J'ai beaucoup de défauts, mais je ne suis pas un menteur.

– Tu mens ! Qui ne ment pas de nos jours ? Nous vivons à l'ère du mensonge.

– Vraiment ? demande Paul. Tu penses que pour ça aussi, je ferais une bonne mascotte ?

– Bien sûr. Nous vivons à une époque où le pardon et l'oubli n'existent pas. Tout ce que tu fais, tout ce qui t'arrive, est capturé et livré à l'éternité. Quoi que tu cherches à cacher, tôt ou tard, cela sera dévoilé au grand jour. Si c'est la mauvaise chose au mauvais moment, tant pis pour toi. Internet, qui se souvient de tout, est aussi implacable que les humains, et les humains sont aussi implacables qu'Internet : tu seras mis au pilori, traîné jusqu'au bûcher et brûlé vif, écartelé, et ton corps sera jeté en pâture aux chiens.

– Quelle horreur ! fait remarquer Paul.

– Évidemment. Pourquoi, à ton avis, me suis-je lancée dans la politique ? – Kiska rit, prend une gorgée d'eau et poursuit : – Mais nous vivons à l'ère du mensonge, c'est le bon côté des choses, et nous devons voir cela comme une aubaine. Autrefois, le mensonge était un péché, celui qui était convaincu de mensonge était stigmatisé. Aujourd'hui, nous brandissons fièrement et sans vergogne le mensonge et montrons à tous à quel point nous sommes malins. Nous ne pouvons plus cacher la vérité, mais nous pouvons la modifier en notre faveur, et les gens l'acceptent. Plus nous mentons, plus ils désirent nous croire. C'est génial, non ?

– Moi, je crois qu'il y a des choses plus belles, marmonne Paul.

– Non, tu te trompes, le mensonge est quelque chose de magnifique et, d'ailleurs, le plus bel amour est celui qui n'est qu'illusion ! assure Féline Kiska. Si tu te pisses dessus devant la caméra parce que tu as la trouille, c'est la honte. Mais si tu expliques que tu pisses pour la paix ou contre la guerre, contre la terreur, pour la justice sociale ou contre le réchauffement climatique… Ou si tu dis que tout ça n'est pas vrai, que tout ça n'a pas eu lieu. C'est là que tu deviens vraiment intéressant, car les gens cessent de parler de ton échec pour plutôt se demander si tu t'es bien pissé dessus.

– Mais que je me sois pissé dessus, c'est l'évidence même ! objecte Paul.

– Et alors ? On s'en fiche ! s'exclame Kiska en reposant le verre d'eau sur la table avec fracas. Dans ce monde où tout est visible et manifeste, c'est le mensonge qui fait de nous des êtres complets, individuels et spéciaux. N'est-ce pas ?

– Je ne mens pas, affirme Paul.

– Si, on peut aussi mentir avec la vérité. Mon adversaire politique, cette chère Rosmarie Trussik, par exemple, croit toujours ce qu'elle dit, même quand elle ment. C'est étonnant, pas vrai ?

– Au fait, c'est quoi ton mensonge, à toi ? demande Paul.

– Je crois en Dieu, répond Kiska.

– Vraiment ? Mais ce mensonge, tu le partages avec la moitié de l'humanité, dit Paul en riant. À ton avis, combien y a-t-il de personnes qui prient tous les jours et vont régulièrement à la mosquée, à l'église ou dans n'importe quel autre temple sans révéler à qui que ce soit qu'elles ne croient plus à ces conneries depuis longtemps...

– Tu m'as mal comprise, l'interrompt Kiska. Je crois vraiment en Dieu ! Mon mensonge consiste à me faire passer pour une pragmatique cynique, alors qu'en réalité je suis toujours la petite fille que j'étais autrefois, romantique et sensible, qui croit en Dieu. Si ce n'avait pas été le cas, aujourd'hui on t'aurait abattu dans la cour de l'immeuble.

– C'est donc grâce à toi et à ton Dieu que je suis encore en vie, dit Paul calmement, s'étonnant du peu d'émotion que cela lui procure.

– Tu n'as pas peur ?

– Non, plus maintenant.

– Personnellement, je ne supporterais pas de vivre dans la peur, révèle Kiska. Je préférerais être morte.

– Moi, j'ai déjà épuisé mon quota de peur dans cette vie, dit Paul.

– C'est possible, observe Kiska, et, avec un doux sourire, elle examine Paul de haut en bas, puis de bas en haut, jusqu'à ce que son regard s'arrête à son entrejambe : Au moins, cette fois, tu n'as pas eu de fuite, dit-elle. Bravo !

13

L'équipe de télévision présente dans le bureau de Kiska est composée d'un cameraman obèse, d'un ingénieur du son à l'air mielleux et d'une très jeune journaliste coiffée comme la statue de la Liberté, qui a envie d'être particulièrement cool et punk, mais a un côté plutôt attendrissant. L'équipe a apporté caméras, trépieds et microphones. L'enregistrement doit être de bonne qualité, car il doit non seulement être mis en ligne, mais aussi diffusé le lendemain à la télévision.

Alors que Kiska prononce quelques mots de bienvenue, Paul revoit, au bout d'un long moment, des tableaux de Goya. Ce sont des têtes de sorcière et de monstre, des ânes aux yeux grands comme des roues de charrette en train de feuilleter des textes sacrés, et des boucs avec des cornes qui pointent vers le ciel, des curés qui lorgnent avec concupiscence des seins de jeunes filles, la raison endormie qui engendre des horreurs, des images à la fois belles et effrayantes de la guerre d'indépendance d'Espagne. Mais ce sont les visages des gens que Paul a rencontrés ce jour-là qui lui rappellent le plus les gens de la cour d'Espagne que Goya a immortalisés pour la postérité, dans toute leur prétentieuse naïveté, leur arriération incontestée et leur somptueuse médiocrité.

Pendant ce temps, Kiska le présente devant la caméra comme "l'homme que tout le monde connaissait jusqu'à présent surtout comme le pisseur, mais qui, au cours des dernières semaines, est passé de Saül à Paul, c'est-à-dire de triste sire à homme d'honneur". Initialement hostile à la révolution, "notre Paul Sarianidis" est devenu l'un des plus fervents défenseurs de celle-ci, et elle, Féline Kiska, a pris en affection cet homme pour lequel, il n'y a pas encore si longtemps, elle n'éprouvait que mépris. "Voici ce qui nous différencie de nos ennemis, explique-t-elle. Eux sèment la discorde, nous, nous prêchons l'amour et la réconciliation, eux, ils perpétuent la tradition de l'exploitation et du népotisme, nous, nous faisons appel à la sagesse populaire, vieille de plusieurs siècles. Nos ennemis adorent le président de la République, nous, nous croyons en Dieu et en la raison, nos ennemis haïssent, nous, nous aimons, nos ennemis détruisent, nous, nous construisons, nos ennemis sont rancuniers, ils cherchent à se venger, nous, nous pardonnons, comme Jésus a pardonné." Kiska est tellement imprégnée de son rôle qu'elle est émue par ses propres mots. Au début, sa voix est calme, à la fin elle tremble : un vibrato d'émotions débordantes. Si cela est un mensonge, songe Paul, c'est sans nul doute une grande performance d'acteur.

Féline Kiska se tourne vers Paul, le serre violemment dans ses bras et lui dit : "Boris Loupovitch t'a pardonné ! Nous t'avons tous pardonné depuis longtemps !" Kiska embrasse Paul sur la joue droite, puis sur la gauche, puis encore sur la droite.

Les caméras sont braquées sur lui. La jeune présentatrice sourit, l'ingénieur du son sourit, le cameraman ricane. Qu'est-ce qu'on ne ferait pas pour faire sortir deux vieux de prison ! se dit Paul. Mais c'est le deal. En échange de ce show et de l'argent qui appartient à la fille Katz, ils seront libérés : Kiska lui a en fait la promesse. Paul espère que, cette fois-ci, elle ne lui a pas menti.

Selon Kiska, Paul est un ingénieur doué qui a obtenu son diplôme avec mention *très bien*, un bon mari, un père dévoué et intransigeant qui ferait tout pour sa fille, mais au fond de lui, dans son âme, il restera toujours un artiste. Enfant, son souhait le plus cher était de monter sur une grande scène et de chanter. Hélas, celui-ci n'a pas pu se réaliser : “La mue a mis fin à la carrière d’un chanteur talentueux avant même qu’elle n’ait pu réellement commencer.”

– Eh bien, vous avez fait des recherches approfondies sur ma vie, chuchote Paul. Je me demande cependant si je justifie vraiment un tel effort.

Puis il prononce – cette fois à voix haute pour que tout le monde l’entende – quelques phrases bien étudiées sur “la révolution et les temps nouveaux”, sourit, remercie, espérant avoir déjà surmonté le pire, mais Kiska lui réserve encore une surprise.

– Paul Sarianidis a gentiment accepté de nous chanter quelque chose ! annonce-t-elle. Notre révolution s’est fixé pour objectif de réaliser les souhaits les plus chers des gens. Si nous ne pouvons offrir à Paul une carrière de chanteur, nous pouvons toutefois lui offrir la possibilité de chanter une fois dans sa vie pour un large auditoire : une chanson de son choix, puis, pour finir, l’hymne national.

– Pardon ? marmonne Paul, effrayé. Non, pas question. Je ne chante plus. Je ne peux plus chanter. Je ne veux plus chanter ! J’ai perdu ma voix à l’âge de treize ans. Aujourd’hui, elle est horrible ! La caricature de ce qu’elle était autrefois. Et en plus, sans aucun accompagnement instrumental ? Ne me demande pas ça, s’il te plaît.

– Mais si ! Tu vas y arriver. Nous ne sommes pas à l’opéra. Personne n’attend de toi une performance digne de Plácido Domingo. Fais-nous ce plaisir, vois ça tout simplement comme un coup de pub : chante !

– Ça me met mal à l’aise ! proteste Paul. Pourquoi me demandes-tu ça ?

– Parce que le généralissime Loupovitch en a fait une condition de notre accord, explique Kiska. Comme tu le sais, il a un certain penchant pour les mises en scène percutantes. Si cela ne tenait qu’à moi, il suffirait que tu récites un poème.

– Vous allez faire de moi la plus grande risée de toute la guerre civile, se lamente Paul.

– Et alors ? fait Kiska à voix basse, de sorte que personne ne puisse l'entendre. De toute façon, tu es déjà la risée de tout le monde : fais-toi une raison. Non, mais quelle *drama queen* ! Ne fais pas d'histoires ! Si tu veux que les Katz puissent rentrer chez eux, si, une fois dans ta vie, tu veux vraiment faire ce qui est juste, chante-nous quelque chose. Point barre.

– Mais que veux-tu que je chante ? gémit Paul.

– Mon Dieu, ce que tu es compliqué. Quelque chose de léger, d'accessible, de drôle, quelque chose qui accroche les masses, tout en étant profond et mélancolique. Quelque chose qui, bien sûr, doit aussi te plaire à toi. *Dance Monkey* peut-être ? – Elle rit. – Arrête de prendre tout au sérieux. La vie est courte, mais la joie est partout.

Paul réfléchit un instant et dit :

– Je vais chanter la chanson *Sorcery* de la chanteuse britannique Emily.

Il prend plusieurs inspirations profondes, ferme les yeux, s'insurge mentalement : *Fuck, Fuck, Fuck you all!*, lance en esprit quelques autres jurons encore plus salés et commence à chanter : "*The going from a world we know to one a wonder still, is like the child's adversity whose vista is a hill.*"

En réalité, Emily n'est pas britannique, c'est une chanteuse maltaise née à Gibraltar peu après le début du millénaire, qui a grandi à Toronto et vit à Londres*.

"*Behind the hill is sorcery, and everything unknown, but will the secret compensate for climbing it alone?*"

* Il s'agit en fait d'une chanteuse fictive dont les textes sont inspirés de poèmes d'Emily Dickinson ("*The Going From a World We Know*", "*I stepped from Plank to Plank*", "*There's a certain Slant of Light*" et "*I felt a Funeral, in my Brain*").

La mélodie est tirée d'une pièce de Rachmaninov: *Prélude en sol mineur.* Emily en a fait une chanson pop agréable. Celle-ci est à la fois mélancolique et enjouée, mais Paul a l'impression d'avoir la voix d'un poulet qu'on plume vivant. "*I know not but the next would be my final inch, this gave me this precarious gait some call experience.*"

Féline Kiska, la présentatrice, le cameraman et le preneur de son lui sourient avec bienveillance. Sont-ils sourds, stupides ou tout simplement complètement ignorants? se demande Paul. En fait, cela fait un bon moment que leurs oreilles auraient dû tomber.

Vient ensuite le refrain: "*When it comes, the landscape listens, shadows – hold their breath. When it goes, it is like the distance on the look of death.*"

Comme dans certains moments particulièrement pénibles de sa vie, Paul voit sa mère assise dans le couloir de la clinique en train d'attendre pour avorter, et il se dit qu'il aurait peut-être mieux valu qu'elle accepte l'intervention, à l'époque, qu'elle avorte au lieu de prendre la fuite au dernier moment.

"*As all the heavens were a bell, and beating full of fear, and I, in silence, some strange race, wrecked, solitary, here...*"

Non, il est quand même content que sa mère n'ait pas avorté! Avec la rage du désespoir et à son corps défendant, il tente de dépasser les limites étroites de sa voix et de surmonter les fausses notes. Eh bien, raison de plus! pense-t-il: il veut vivre, il le veut, il le veut, et il va le faire, pour sa fille, pour sa femme, pour lui-même, pour les autres, il va tout changer, il va lui-même changer, tout recommencer à zéro, et tout sera différent! Il répète le couplet: "*I know not but the next would be my final inch, this gave me this precarious gait some call experience.*"

Sa voix vrille dans les aigus puis retombe net, tel un avion qui a subi un décrochage, se rattrape, puis s'élance de nouveau dans les airs. Cocoricooo ! On a l'habitude de dire que c'est la mort qui donne un sens à la vie. Si nous étions immortels, nous n'aurions aucune conscience de la valeur des choses, nous ne ressentirions ni joie ni souffrance. Il n'y aurait aucune différence entre l'ici-bas et l'au-delà. Peut-être, se dit Paul, est-ce le sens que nous donnons à notre vie qui nous rend mortels dans le bon sens du terme. Sinon, la mort serait la même chose qu'une chanson minable tout droit sortie du poste de radio d'un bar miteux : tout le monde l'entend, mais personne ne l'écoute ou n'y prête attention… *"When it comes, the landscape listens, shadows – hold their breath. When it goes, it's like the distance on the look of…"*

Une détonation assourdissante couvre le chant de Paul et le fait taire. Le bâtiment tremble comme lors d'un séisme, les vitres se mettent à vibrer, la lumière s'éteint puis se rallume. On entend des cris, des aboiements et, quelques instants plus tard, le hurlement presque insupportable des sirènes.

– C'est à au moins cinq cents mètres, explique le cameraman sur un ton d'expert. Pas de quoi s'inquiéter.

– Quelle poisse ! s'écrie Kiska. Il faut que ça nous tombe dessus maintenant !

– Pas de panique ! Nous avons suffisamment de matière dans la boîte, la rassure la présentatrice. Nous pouvons très bien faire un montage. Mais il vaut mieux laisser tomber l'hymne. De toute façon, ça ferait trop.

– Bon, d'accord, répond Kiska. Déjà que ça fait plusieurs jours que nous nous disputons pour savoir si nous devons garder l'hymne actuel ou réintroduire l'ancien, celui des années 1990.

– Si c'est ça le seul problème… marmonne Paul.

– Ce n'était pas un missile, c'était une bombe, affirme l'ingénieur du son. Terreur ! Cinquième colonne. Ça change de l'ordinaire !

– Comment le sais-tu ? demande la présentatrice.

– Grâce à mes années de service militaire: j'étais dans l'équipe de déminage. Je sais exactement quel son ça produit quand ça explose.

– Une feignasse comme toi dans une unité d'élite de l'armée? s'étonne le cameraman. Qu'est-ce que tu y faisais? Tu cirais les bottes, épluchais les patates ou nettoyais le sang quand les choses avaient mal tourné?

Tout le monde rit, sauf Paul, qui demande s'il peut enfin partir.

– Au fait, elle était cool, ta chanson, dit le cameraman.

– Moi, je n'ai pas compris un mot, mais la mélodie est super! dit le technicien du son. On la trouve aussi sur YouTube?

– Moi, j'ai tout compris, et ça me plaît quand même, répond la présentatrice.

Féline Kiska ne fait aucun commentaire sur la chanson, mais elle remercie Paul de sa "coopération", lui offre un paquet d'*Ours des bois* comme cadeau d'adieu, afin qu'il garde "un bon souvenir de cette agréable matinée", et déclare: "Au fait, il y a encore une chose que je tenais absolument à te dire: je n'ai jamais mis les pieds dans ce collège-lycée. C'est ma cousine qui y est allée et m'a raconté des choses. Mais tu as fait semblant de te souvenir de moi. Tu vois, tu es aussi menteur que les autres. Mais comment ne pas l'être: nous vivons à l'ère du mensonge!"

Paul ne sait pas quoi répondre. Il traverse aussi vite que possible l'antichambre, passe devant Manuel, stupéfait, et s'engouffre dans le couloir. Un chien mort gît sur le palier mais, à ce moment-là, Paul se fiche de rencontrer *El Cadáver* ou non. Qu'il soit frappé par une balle perdue! songe-t-il. N'a-t-il pas fait ce qu'il pouvait, à la hauteur de ses modestes capacités?

Il enjambe le cadavre, descend les escaliers à toute vitesse, traverse le hall et sort. La rue est étonnamment calme. Il ne voit pas âme qui vive, seulement des flammes et une épaisse fumée au-dessus de la vieille ville. Visiblement, la bombe a explosé quelque part à proximité de l'ancienne mosquée. Il s'appuie contre le mur, allume une *Ours des bois*, ferme les yeux, aspire la fumée dans ses poumons. Cela lui donne le vertige et la nausée ; il a l'impression qu'il va vomir d'un instant à l'autre, rouvre les yeux, tire une autre bouffée, tousse, balance la cigarette sur la chaussée, regarde autour de lui et, soudain, il le revoit : le zèbre ! Cette fois, il est attelé à une voiture ouverte à essieu unique dans laquelle est assis le saxophoniste que Paul a déjà vu ; dans son costume de baladin du XVIIIe siècle, un tricorne noir et une perruque blanche poudrée sur la tête, il est en train de jouer. Il joue, mais Paul n'entend pas une seule note, il voit seulement le zèbre qui passe tranquillement à côté de lui en lui jetant un regard indifférent, il voit les vieilles roues en bois ferrées de la voiture cahoter sur les pavés et le visage pâle et concentré du musicien déguisé, qui, tout en se balançant d'avant en arrière dans un abandon total, souffle dans son saxophone, ses joues, gonflées à bloc, à deux doigts d'éclater. Mais le silence règne : un silence absolu, menaçant, angoissant, qui vous met en contact direct avec le monde et, en même temps, vous le rend insupportable.

– Paradis, enfer, cureton dodu et mille diablesses hirsutes ! murmure Paul en plissant les yeux, puis il retient sa respiration, compte jusqu'à trois, et lorsqu'il rouvre les yeux et prend une inspiration, le zèbre et la voiture ont disparu, tandis que le bruit et les gens autour de lui sont revenus, s'abattent sur lui telle une gigantesque vague de son, de crasse et de médiocrité. Tout le monde crie, gesticule, se lamente, s'interpelle et court, court, les uns en direction de l'explosion, les autres s'écartant du lieu du drame, dans la direction opposée, pour être loin de ce funeste accident et se croire en sécurité, même si, ici comme ailleurs, la sécurité est inexistante.

14

Un bon moment après la tombée de la nuit, on entend de nouveau des détonations. Cela faisait des heures que le calme régnait. On dirait que des combats se déroulent dans les montagnes, loin de la ville, mais ils n'ont pas l'air particulièrement violents. Le boulevard Aristote reste paisible, et on n'entend pas non plus de coups de feu venant de la direction du jardin zoologique ou de l'aéroport. Seules quelques fusées éclairantes laissent apparaître la silhouette de la ville pendant quelques instants. C'est seulement alors que Paul se rend compte qu'il a oublié de tirer les rideaux.

Le grondement lointain, qui semble inoffensif, fait sursauter Lena. Elle est assise sur son lit, entourée de peluches auxquelles elle n'a pas touché depuis au moins deux ans, comme si elle était redevenue la petite fille pleine d'imagination qu'elle était à l'école primaire, qui prenait sa voisine désagréable pour une sorcière et se voyait, elle, comme un elfe. Son éléphant violet serré dans ses bras, elle pose son menton sur ses genoux et se fait toute fine, petite et ronde, comme si elle cherchait à se terrer à l'intérieur de son corps.

Lorsqu'elle est rentrée à la maison cet après-midi, elle a déjeuné, s'est douchée, changée, mais ensuite elle est devenue de plus en plus lente et silencieuse, de plus en plus difficile à approcher. Puis elle a cessé de parler, n'a voulu ni manger ni boire et s'est recroquevillée sur son lit avec ses peluches, tout en refusant de s'allonger. Ce jour-là, à l'école, on s'est probablement beaucoup moqué d'elle, on a dû la rabaisser, suppose Eva, et il est bien connu que les enseignantes, ces "girouettes grotesques", ne sont jamais du côté de Lena, puisqu'elles sont toujours de leur côté à elles, c'est-à-dire du côté de la lâcheté et de l'opportunisme.

– Tu n'as vraiment pas soif? lui demande Paul.

Sa fille secoue la tête.

– Tu veux que j'appelle Tania pour toi ? Tu veux prendre mon portable et l'appeler toi-même ?

Elle secoue la tête encore plus violemment.

– Laisse-la tranquille ! lui ordonne Eva.

Flora tend les bras vers sa fille, mais celle-ci a un mouvement de recul.

– Ce n'est pas grave, ma chérie, murmure-t-elle en jetant à Paul un regard plein de reproches, de tristesse et de douleur. Elle a les larmes aux yeux.

– Oui, je sais, dit Paul. C'est moi.

– Laissez-la tranquille ! répète Eva. Soyez là, tout simplement. C'est le plus important : être auprès d'elle, être là pour elle. Prenez-la avec vous dans votre lit aujourd'hui. Restez avec elle.

Le temps passe. Eva va se coucher, tandis que Flora et Paul veillent à côté de Lena. Veut-elle dormir avec eux ? Elle secoue la tête. Veut-elle qu'ils éteignent la lumière ? Elle secoue la tête. Veut-elle poser sa peluche, se déshabiller et se glisser sous les couvertures ? Elle secoue la tête. Elle secoue la tête avant même que Flora n'ait le temps de faire une autre proposition.

Paul est désespéré. Il est tellement préoccupé par Lena qu'il en oublie complètement que les Katz l'ont invité à dîner. Lorsque cela lui revient à l'esprit, il est trop tard. Ils comprendront pourquoi il n'a pas pu venir, se dit-il. Ils comprendront quand il leur racontera tout le lendemain. De toute façon, ils ont d'autres soucis en tête que les gestes symboliques de gratitude. Et puis il peut bien s'en passer, des airs de violon de Kotik et des formules dévotes de Mychka.

L'arrestation de Mychka et de Kotik Katz : une histoire qui s'est bien terminée. C'est du moins ce qu'il affirmera désormais en toute bonne conscience et il l'inscrira à l'actif du bilan de sa vie. À peine s'était-il engagé dans sa rue vers midi que son téléphone avait sonné. Le réseau mobile, comme il l'apprendrait plus tard, venait d'être rétabli, même si Internet ne l'était pas encore. C'était Flora qui était au bout du fil, elle lui avait demandé où il était, l'avait exhorté à rentrer au plus vite car elle était très inquiète, puis, manifestement déconcertée, elle lui avait raconté que Mychka et Kotik étaient apparus dans l'immeuble le matin même, peu après son départ : épuisés, malmenés, choqués, mais sains et saufs. Dès qu'un voisin les avait vus, la nouvelle s'était répandue comme une traînée de poudre, et bientôt tout le monde était au courant, à peine était-on sorti de chez soi qu'on savait déjà tout ce qui s'était passé : que les Katz avaient été arrêtés, interrogés, humiliés, emprisonnés, puis soudain réhabilités, examinés par un médecin, vaccinés et libérés. Ils avaient raconté que leur incroyable et surprenante libération, ils la devaient en premier lieu à Paul, qui était intervenu en leur faveur auprès des autorités ! C'est, en tout cas, ce qu'on leur avait dit en prison avant de les relâcher.

Dès que Paul était arrivé à la maison, Flora et Eva l'avaient bombardé de questions. Elles lui avaient demandé ce qu'il avait fait pour Mychka et Kotik et pourquoi, pourquoi il ne leur avait rien dit, à elles, sa femme et sa mère, s'il ne se rendait pas compte qu'il avait mis sa famille en danger par ses actions stupides (elles estimaient que ses actions étaient stupides).

– Ils sont rentrés quand, déjà ? avait demandé Paul.

– Ce matin, peu après 9 heures. Pourquoi ?

– Oh ! avait marmonné Paul, qui venait de s'apercevoir que les Katz avaient manifestement été libérés avant sa rencontre avec Féline Kiska.

– Qu'est-ce que tu as fait pour eux ? avait demandé Flora.

– Et surtout, qu'est-ce que tu as dû payer ou donner en échange ? avait demandé Eva.

Paul avait parlé – de manière brève et édulcorée – du mail qu'il avait envoyé et de sa visite au palais du gouverneur.

– Mais pourquoi tu as fait ça ? avait voulu savoir Eva. Qu'est-ce que ça t'a apporté ? Tu n'as jamais été ami avec ces deux Juifs.

– Je voulais, une fois dans ma vie, faire ce qui est juste, avait expliqué Paul.

Les deux femmes l'avaient regardé avec stupéfaction.

– Comment ça ? avait demandé Flora.

– Il n'y a pas d'actions justes ou fausses, avait répondu Eva en riant, il n'y a que des actions utiles ou nuisibles.

– Si c'est comme ça que tu vois les choses, tu aurais dû avorter, avait fait remarquer Paul, sur quoi Flora s'était mise en colère et, comme toujours dans ces cas-là, elle avait exigé que Paul cesse "ses propos débiles" et Eva son "cynisme débile". Eva avait pincé les lèvres, vexée, tandis que Paul avait regretté d'avoir ouvert la bouche. Mais, ensuite, Flora l'avait enlacé et lui avait donné ce baiser extraordinaire et délicat qu'il aimait particulièrement, et si sa mère n'avait pas été à côté de lui, Paul aurait passé sa main dans les cheveux de sa femme, posé sa main gauche sur sa nuque et lui aurait rendu son baiser avec fougue, tandis que de la main droite il aurait déboutonné son chemisier et caressé sa poitrine. Mais sa mère se tenait près de lui et, en plus, on avait sonné à la porte.

– C'est sûrement les Katz, avait dit Eva. Ils sonnent rarement chez nous, mais quand ils le font, ce n'est jamais au bon moment.

Paul s'était dégagé de l'étreinte de Flora, dirigé vers l'entrée pour ouvrir la porte et, effectivement, Kotik et

Mychka se tenaient dans le vestibule, souriants, bien qu'un peu hagards – ils étaient amaigris, avaient les lèvres sèches et gercées, et la peau du visage, des jambes et des bras toute rouge, brûlée. Visiblement, on les avait laissés trop longtemps en plein soleil.

Kotik tenait un violon dans ses mains.

– Et moi qui pensais qu'ils avaient mis votre violon en pièces, s'était étonné Paul.

– C'est mon violon de rechange, il était bien caché et ces brutes ne l'ont pas trouvé.

– À moins qu'ils l'aient trouvé mais n'en avaient rien à faire, avait dit Mychka.

Flora les avait invités à entrer, mais ils avaient refusé. On avait tout démoli chez eux, et tout volé, ils n'avaient même plus un seul vêtement décent à se mettre et devaient encore se procurer le minimum nécessaire avant la soirée.

– Venez donc dîner à la maison ce soir, avait dit Mychka. Nous dénicherons bien quelque chose à manger et à boire. Nous tenons à vous témoigner notre reconnaissance.

Paul ne savait pas ce que les Katz allaient bien pouvoir dénicher, après avoir été dépouillés de tous leurs biens et avoir perdu l'argent de leur fille, qu'il avait été obligé de remettre à Féline Kiska. Il ne savait pas comment ils survivraient jusqu'au prochain virement de leur retraite, ni même si celle-ci serait versée et si cet argent aurait une quelconque valeur. Il allait devoir les aider, s'était-il dit, mais à ce moment-là il n'avait pas mentionné ce sujet ni évoqué l'argent perdu.

– Nous vous serons redevables jusqu'à la fin de nos jours, avait fait remarquer Kotik, mais nous ne savons même pas comment nous pourrons un jour régler cette dette. Nous allons écrire à notre fille à Milwaukee pour lui demander…

– Il n'y a rien à régler, avait aussitôt coupé Paul. Tout est payé depuis longtemps.

Mychka et Kotik avaient protesté. Leurs remerciements, très chaleureux, avaient mis Paul mal à l'aise, mais il avait vite compris qu'il ne pouvait pas simplement dire au revoir et leur claquer la porte au nez. Flora et Eva ne lui avaient été d'aucune aide. Elles se tenaient derrière lui et n'avaient pas dit un mot.

– Vous pourriez me jouer quelque chose, avait fini par suggérer Paul. C'est sans doute pour ça que vous êtes venu avec votre violon. N'est-ce pas ?

– Bien sûr, avait dit Kotik avec un sourire, et ses yeux s'étaient illuminés.

– Mais, dans ce cas, dans l'appartement ! avait dit Eva.

– Non, plutôt ici, sur le palier.

– Comme ça, tous les voisins vont rappliquer, avait marmonné Eva.

– Et alors ? avait rétorqué Flora. Qu'ils viennent ! On se fiche de ce que pense cette bande d'ordures.

– Je suis d'accord, avait répondu Paul.

D'un geste habile, Kotik avait calé le violon dans le creux entre son menton et son épaule, puis, avec tout autant d'habileté, avait fait quelques mouvements circulaires avec la mâchoire inférieure, l'épaule et la tête, et avait levé l'autre main, celle dans laquelle il tenait l'archet.

– Mais, s'il vous plaît, quelque chose de joyeux et d'entraînant, pas de marche militaire ni d'hymne, avait plaisanté Paul.

– Non, non, avait assuré Kotik. Tout à coup, sa voix était devenue nasillarde, lointaine et tournée vers l'intérieur.

– Moi aussi, je suis curieuse d'entendre ça, avait dit Mychka. Qu'est-ce que ça va être ? Beethoven, Mozart, Rachmaninov ? – Elle avait eu un sourire amical et hoché plusieurs fois la tête.

Mais il n'y avait rien eu de tout cela. Les bras de Kotik s'étaient soudain mis à trembler, le souffle à lui manquer, il avait laissé retomber son bras qui tenait le violon et s'était appuyé contre le mur à côté de la porte.

– Pas de problème, ce sera pour une prochaine fois, avait dit Paul, et les deux femmes derrière lui l'avaient approuvé. Il n'y avait aucune urgence, avait-on dit, le soir, ou le lendemain ou bien le surlendemain, Kotik donnerait un concert, rien que pour elles. Elles s'en faisaient déjà une joie, avaient-elles assuré.

– Reposez-vous ! avait dit Flora. Rentrez chez vous, allongez-vous et dormez quelques heures. C'est le médecin qui parle.

– Moi, je ne suis pas médecin, mais je vous dis la même chose, avait ajouté Eva.

Mais Kotik ne s'était pas avoué vaincu.

– C'est juste un petit coup de mou dû à la fatigue, rien de plus, avait-il expliqué, puis il avait repris son violon, mais cette fois encore il avait été obligé de renoncer, après en avoir sorti un son pathétique. Il avait retenté une troisième et même une quatrième fois. En vain. Au bout d'un moment, Mychka l'avait tiré vers l'arrière.

– Laisse tomber, mon chéri, avait-elle murmuré en lui caressant tendrement la tête. Laisse tomber. Tu n'as plus rien à nous prouver. C'est bien comme ça ; c'est bien comme ça depuis longtemps !

Plié en deux, il s'était laissé emmener. Paul avait entendu leurs pas se perdre dans les escaliers.

– Bon, je lui donne encore un an à tout casser, avait dit Eva.

– Maman !!! avait grogné Paul.

– Quoi ?

– Tu sais ce que tu dois faire, hein ?

– La boucler ?

– Exactement, avait dit Paul en refermant la porte et en retournant rapidement dans sa chambre.

Peu après minuit, Paul chuchote à l'oreille de Flora qu'elle devrait le laisser seul avec Lena. Elle acquiesce.

– Je vais dans le salon, dit-elle tout bas, puis elle se lève et part.

Paul attend une minute, puis s'écarte du bord du lit pour se rapprocher de Lena. Tandis qu'il hésite, se demandant s'il peut oser la prendre dans ses bras ou si ce serait trop tôt, si ce serait trop, si cela détruirait tout, il sent soudain un contact doux et timide. Il éprouve quelque difficulté à ne pas laisser éclater sa joie. Lena a posé sa main gauche sur le dos de sa main droite. Elle le regarde avec un sourire, tandis que lui sourit probablement comme un singe et que des larmes coulent sur ses joues, jusqu'à ce que le monde se brise et éclate sous ses yeux.

Lena laisse tomber sa peluche et enroule ses bras autour de son cou.

– Tu vas me raconter la fin de l'histoire ? lui murmure-t-elle à l'oreille.

– Quoi ? Quelle histoire ? demande-t-il bien qu'il sache exactement de quoi elle parle.

– L'histoire de la femme de Loth.

– Quoi, maintenant ?! s'exclame-t-il, suffisamment bas pour que Flora ne l'entende pas depuis le salon.

– Oui.

– Très bien. Où nous étions-nous arrêtés ?

– Au moment où Dieu s'adresse à la femme de Loth depuis un aspirateur en feu. Tu peux éteindre la lumière ?

Paul éteint la lumière de la chambre et commence à raconter :

– Dieu se tourna donc vers la femme de Loth et déclara d'un ton solennel : *Je suis Dieu ! Dieu, le Tout-Puissant, l'alpha et l'oméga et, bien sûr, toutes les lettres, tous les caractères spéciaux et les espaces qu'il y a entre les deux, Créateur du ciel et de la terre, des animaux et des hommes, de la vie et de la mort, et de tous les autres bidules et bricolages* !

– Bricoles, corrige Lena.

– *Bricoles! Je te parle depuis un aspirateur en feu,* dit Dieu, *pour t'annoncer ton destin!* Mais la femme de Loth, loin d'être impressionnée, se met à hurler: *Bon sang, tu vas mettre le feu à tout mon appartement, espèce de crétin! Tu ne peux pas te tenir tranquille et te contenter de briller au lieu de brûler?* dit-elle, revenant aussitôt armée d'un extincteur.

Lena se déshabille et se glisse sous la couverture.

– Continue! demande-t-elle.

– *Ne t'avise pas de…*

Quelque part dans la ville, une violente explosion se produit. Elle est tellement assourdissante que les vitres se mettent à trembler, et si éblouissante que l'espace d'un instant, la chambre s'illumine bien que les rideaux soient tirés.

– Continue! insiste Lena. – Son visage est étroit et livide, ses joues creusées, ses yeux étrangement grands. Pendant une seconde, ils fixent Paul d'un regard de hibou effrayant puis disparaissent de nouveau dans l'obscurité. – Continue!

Elle s'agrippe à son bras.

– *Ne t'avise pas de m'éteindre, femme effrontée!* crie Dieu. *De plus, cela ne te servira à rien.* Mais la femme de Loth marmonne: *C'est ce que nous allons voir!*, puis elle ouvre l'extincteur. Le feu de Dieu s'éteint et IL se transforme en un nuage de fumée avec une odeur suspecte de soufre.

La porte de la chambre s'ouvre. Paul reconnaît la silhouette de Flora et lui fait signe de repartir. Aussi silencieusement qu'elle l'a ouverte, Flora referme la porte derrière elle.

– *Arrête tes bêtises, écoute-moi plutôt que de faire ta mégère*, dit la fumée de Dieu à la femme de Loth. *Je vais détruire Sodome et Gomorrhe. Seuls Loth, tes enfants et toi seront épargnés, car dans ces deux villes Loth est le seul juste parmi toute cette bande de pécheurs – hypocrites, grands criminels, pervers et cyniques sadiques. Bientôt, au petit matin, Loth partira avec toi et tes enfants, mais aucun d'entre vous n'aura le droit de se retourner pour regarder en arrière. Celui qui est en fuite ne doit pas regarder en arrière, sinon il se figera à tout jamais sur le bord du chemin.*

Le boulevard Aristote est lui aussi devenu le théâtre de combats, et les bateaux amarrés dans le port tirent sur la ville.

– Continue, murmure Lena en prenant de nouveau l'une de ses peluches. Dans l'obscurité, Paul ne parvient pas à savoir laquelle.

– *Je ne peux pas m'enfuir*, explique la femme de Loth. *Des juges nocturnes m'attendent sur le pont. Ils montent la garde. Tu dois porter nos rêves en toi et les transmettre aux hommes, disent-ils. Tu as une mission à accomplir. Où que tu ailles, tu porteras Sodome dans ton cœur.*

Au bout d'une minute seulement, le bombardement prend fin, les canons des navires se taisent et, une autre minute plus tard, on n'entend même plus de coups de feu.

– *Nous sommes ici chez nous, nous resterons ici!* déclare la femme de Loth. *Vous allez mourir!* lui annonce alors la fumée de Dieu, exaspérée, s'insinuant dans son nez et sa bouche en lui procurant une sensation de brûlure. *Ma colère va s'abattre sur vous! Vous mourrez et on vous oubliera pour toujours. Même la Bible ne mentionnera pas un seul mot à votre sujet.* Mais la femme de Loth éclate de rire et dit: *Arrête de raconter n'importe quoi! Pour les temps à venir, pour les livres saints et autres éternités, tu as de toute façon prévu suffisamment de croyants qui te loueront comme si tu étais pour eux à la fois un père, une mère, un coach, un amant, un animal domestique et un psy. Pourquoi as-tu besoin de moi? Tes statues de sel, tu peux te les mettre là où je pense.*

– Papa!

– *Ce n'est pas toi qui vas nous détruire!* crie la femme de Loth en ouvrant la fenêtre, et une brise fraîche chasse la fumée de Dieu. *La destruction de Sodome et Gomorrhe est annulée!* annonce-t-elle solennellement. *Nous vivrons et ferons de nos villes des lieux d'amour et de paix.*

– Papa! dit Lena sur un ton de reproche, mais sa voix devient soudain claire, presque joyeuse. Mais qu'est-ce que tu racontes?

– Ben quoi? fait Paul, en essayant de paraître aussi naïf que possible.

– Je ne suis plus un bébé, répond Lena. Il y a longtemps que je ne crois plus au père Noël.

– Mais moi si! dit Paul en serrant Lena contre sa poitrine et en se mettant à pleurer.

15

– Papa, c'est la paix !

– Pourquoi ce serait tout d'un coup la paix, ma chérie ? Ça ne peut pas se faire en aussi peu de temps.

– Parce que nous avons été reconquis dans la nuit. Les troupes gouvernementales sont revenues ! Les combats sont terminés.

– Quoi ?

Paul ouvre les yeux et sursaute. Où est-il ? Il s'est endormi dans le lit de sa fille, au milieu de toutes ses peluches ! Lena était dans ses bras. Maintenant, elle est habillée et se tient au pied du lit avec Flora et Eva. Toutes trois affichent des mines graves et le regardent comme un défunt que l'on pleure.

– Quelle heure est-il ? demande Paul en bâillant.

– 9 h 30, répond Flora.

– Déjà ?

– 8 h 30, corrige Lena. L'heure d'été a été de nouveau abolie.

Paul sort du lit et se dirige vers la fenêtre. Ses membres sont endoloris, son dos lui fait mal, et il porte encore le pantalon et la chemise qu'il avait hier. L'odeur de ses chaussettes sales l'incommode. Dehors, il fait beau : une belle matinée de printemps, et les navires de guerre ne bloquent plus la baie, ils sont venus mouiller dans le port.

– Pourquoi vous faites cette tête ? demande Paul, étonné. Ce n'est pas une bonne chose que ce cauchemar soit terminé ?

Les deux femmes et la jeune fille se taisent et baissent les yeux.

– Bon allez, racontez-moi : comment, comment cela a-t-il pu arriver si vite, et pourquoi ? Pourquoi vous ne m'avez pas réveillé plus tôt ?

Au petit-déjeuner – il n'y a que quelques tranches de pain avec de la margarine et de l'ersatz de café, mais au moins l'alimentation en eau a été rétablie – Paul apprend que l'offensive Ka-Pets a été un tel désastre que toute l'armée rebelle s'est effondrée en quelques heures. On prétend toutefois que la riposte des troupes gouvernementales avait été préparée pendant des semaines et menée avec l'aide de conseillers militaires internationaux, de la logistique des services secrets étrangers et de quelques super-armes dont personne n'avait connaissance. Les spéculations vont bon train sur les réseaux sociaux. Les théories du complot et les affirmations, même les plus farfelues, font le tour de la toile. Certains vont jusqu'à raconter que des reptiles humanoïdes, des sionistes et des islamistes auraient été de la partie cette nuit.

Lena allume la télévision. On y parle avec beaucoup de pathos de la "libération de la ville" et du fait que "Son Excellence le président de la République est attendue demain dans la ville". La bataille a été courte et sans effusion de sang. Toujours est-il que l'ancien palais du gouverneur est entièrement détruit et l'opéra réduit en cendres. Tout s'est passé extrêmement vite. Le bandit, chef terroriste et ancien "généralissime" Loupovitch a néanmoins réussi à s'enfuir *in extremis* dans les montagnes avec quelques-uns de ses fidèles. Une récompense de 250 000 euros sera offerte pour toute aide à sa capture. Ka, le chef de la bande, communément nommé "Maréchal", a été exécuté par ses propres soldats. Le grand criminel et auteur de massacres Pets, lui aussi stupidement appelé "Maréchal" par la clique des terroristes, s'est donné la mort. Les partisans des terroristes sont maintenant en train de régler leurs comptes. Malheureusement, cela a déjà débouché sur quelques excès et quelques meurtres. Pendant deux secondes, une affiche apparaît, sur laquelle on peut lire : *Abattez-les comme des chiens enragés !* Mais il faut à tout prix éviter de se faire justice soi-même. Les "déchets humains", lit-on, ont droit eux aussi à une "élimination dans les règles de l'art", c'est-à-dire à un "procès en bonne et due forme". On ne tolérera pas non plus les actes de vandalisme et de pillage. Bientôt, en tout cas, très vite même, on pourra annoncer la fin de "l'opération de police élargie".

Ensuite, on montre les restes du jardin zoologique : c'est ici qu'ont eu lieu les combats les plus acharnés. On voit des tranchées, des sacs de sable, des chars endommagés, du métal tordu, des cratères de bombes, des ruines de bâtiments, un véhicule calciné d'où s'échappe une fumée sombre, une botte avec une jambe ensanglantée qui sort de terre et quelques cages encore intactes. Des personnes sont assises à l'intérieur. "Les bêtes sauvages doivent être traitées comme des bêtes", dit-on. Les "terroristes" sur lesquels on a pu mettre la main, ainsi que leurs "complices et les complices des complices", resteront enfermés dans le chenil jusqu'à leur procès, prévu pour l'automne. La caméra pivote vers les cages, zoome sur les personnes qui y sont enfermées, et Paul reconnaît parmi elles Féline Kiska et Rosmarie Trussik, assises dans la même cage. Féline Kiska est visiblement en état de choc, elle est recroquevillée dans un coin, en pleurs, tandis que Rosmarie Trussik ne cesse de secouer les barreaux, de taper du pied et de lancer à ses gardiens une bordée de jurons tous plus grossiers les uns que les autres.

– Je me demande combien de temps ça va prendre avant qu'elles ne se jettent l'une sur l'autre, dit Eva. On sait ce qui se passe quand on enferme deux chats dans une boîte.

– C'est dingue ! s'exclame Paul en avalant sa salive, et il commence peu à peu à comprendre pourquoi Flora,

Eva et Lena sont si abattues. – Ses jambes menacent de flancher, quelque chose se crispe dans son ventre. – Merde ! chuchote-t-il. Que le diable m'emporte !

Dans toute la ville, paraît-il, on peut voir des gens qui ont été libérés des prisons, des camps et des cachots. La télévision diffuse des images de la ville. Sur l'une d'entre elles, on distingue un zèbre qui déambule nonchalamment, nullement impressionné par l'agitation générale. Un soldat alcoolisé pointe un revolver sur l'animal, se met à rire et appuie sur la gâchette. La caméra se détourne. On ne voit pas s'il a atteint sa cible ou non.

Il est rapporté que les migrants clandestins et les réfugiés sont toujours détenus dans les camps et les prisons que les terroristes ont mis en place et que l'on a ensuite "libérés". Ces détenus sont néanmoins passés du statut de "prisonniers" à celui d'"internés". Les gardiens sont tenus de les traiter avec dignité et respect. Les demandeurs d'asile et les migrants clandestins resteront internés jusqu'à ce que leur statut soit clarifié et qu'ils puissent être reconduits dans leur pays d'origine.

Une jeune journaliste allemande a été libérée de la salle de torture du quartier de haute sécurité des rebelles, mais elle a été expulsée, en tant qu'étrangère manifestement hostile au gouvernement légitime. Elle et son assistant, qui avait également été enfermé, sont déjà dans un avion à destination de Francfort-sur-le-Main.

– C'est allé très vite, murmure Paul en éprouvant un sentiment de regret à l'idée qu'il ne fera probablement jamais la connaissance de Wiebke Schlager.

– Oui, très vite, confirme Flora. Les troupes gouvernementales sont entrées dans la ville vers 1 heure du matin et, dès 1 h 30, elles auraient été rejointes par trois divisions du service de la sécurité nationale.

– Trois divisions ? Cela me paraît bien exagéré, dit Eva.

– Des rumeurs.

– Sur Instagram, Twitter, Facebook, Snapchat…
– Internet est donc revenu !?
– Depuis 7 heures du matin.
– 6 heures, maman. 6 heures !
– Au moins, il n'y a plus de peine de mort.
– Et les femmes peuvent de nouveau avorter.
– Oui, ça vaut la peine d'avoir fait la guerre pour ça, conclut Paul d'un ton amer.

– Mais tu ne sais pas encore le pire, dit Flora en soupirant, puis elle ouvre son ordinateur portable, va sur YouTube, tape quelque chose. Au début, Paul refuse de regarder, mais il finit par céder et il voit sa propre image, il voit Féline Kiska qui l'étreint, l'embrasse sur les deux joues et le qualifie de fervent partisan de la Révolution, puis il s'entend chanter. Le son est encore plus horrible qu'il ne le craignait. Malgré cela, ou justement pour cette raison, la vidéo a déjà été visionnée plus de deux cent mille fois, moins de treize heures après sa mise en ligne. Dessous, il y a 1729 commentaires. Paul lit les trois premiers et, soudain, il a envie de vomir, aussi s'empresse-t-il de détourner le regard.

– C'est bizarre. Pourquoi ne sont-ils pas encore venus me chercher ? demande-t-il.

Lena fond en larmes.

– Non, non, non, l'apaise Paul en la serrant dans ses bras. Pardonne-moi ! S'il te plaît, pardonne-moi. Je suis un imbécile. Tout va s'arranger, tout va s'arranger.

Aussitôt, il s'en veut d'avoir prononcé ces phrases, mais sa femme et sa mère parlent à Lena, affirmant exactement la même chose : que tout va s'arranger, que plus rien de grave ne peut arriver à Paul, qu'après tout, c'est lui, *le pisseur* qui s'est fait humilier par Loupovitch… cela le protège des persécutions. Il est une victime. Une victime, c'est faible, mais, souvent, la faiblesse offre une protection.

– Tu as libéré Kotik et Mychka, papa, dit Lena. Tu n'es pas faible.

– Allons donc, chuchote Paul. C'était juste un coup de chance. – Il hésite quelques instants et dit : – Mais j'aimerais bien que tu sois quand même fière de moi, Lena.

– Mais je le suis, papa ! Je trouve ça cool que tu aies aidé ces personnes âgées, assure-t-elle d'un ton calme, presque désinvolte, comme si c'était la chose la plus naturelle au monde. Quant à Paul, il aimerait prendre sa fille dans ses bras, la serrer si fort qu'elle deviendrait une partie de lui-même et lui, une partie d'elle. Peu importe ce qui m'arrive à présent, songe-t-il. Ils n'ont qu'à m'enfermer dans une cage et me conduire à l'abattoir. Ils ne pourront pas m'enlever cet instant, ici et maintenant.

– Je ne veux pas qu'ils t'emmènent, dit Lena et, cette fois, sa voix est remplie de peur. Je veux qu'on reste toujours ensemble !

– Mais moi aussi, ma chérie, chuchote Paul.

– Ah, que c'est beau ! observe Eva. Un père et sa fille ! Ça fait rêver et pleurer à la fois ! – Silence. – Quelqu'un a besoin d'un mouchoir ? demande-t-elle, mais personne ne relève sa question.

– J'ai l'impression d'entendre des pas, murmure Lena en interrogeant tour à tour le visage des adultes d'un regard inquiet.

– N'importe quoi !

– Moi, je n'entends rien.

– Ce ne sont que les voisins, ma puce !

– Ils l'ont peut-être tout simplement oublié, explique Flora à sa fille avec une gaieté exagérée. Il n'est pas important. Crois-moi, même Internet l'aura bientôt oublié !

– Je ne suis pas important, confirme Paul.

– Complètement insignifiant ! enchérit Flora et, s'efforçant de jouer l'indifférence, elle ajoute : S'ils viennent le chercher, c'est certainement pour découvrir ce qu'il sait sur Loupovitch et les terroristes. C'est un témoin. Seulement un témoin !

Lena se laisse convaincre, ou fait semblant, et abonde dans le même sens :

– Ils ne viendront pas ! Non ! – Cela sonne comme une incantation. Et c'est justement à cet instant que l'on sonne à la porte.

Flora et Eva se figent.

Paul embrasse sa fille sur le front.

– N'aie pas peur, dit-il. Peu importe qui c'est, je ne me laisserai plus faire. Plus jamais ! Et devine quoi : je n'ai plus du tout envie de me disputer avec qui que ce soit à propos de quoi que ce soit sur Internet. Crois-moi, tout va changer ! Pour nous tous, tout va changer.

La sonnette retentit : un coup prolongé, insistant, suivi d'autres coups, à intervalles de plus en plus rapprochés. On dirait un couteau qui découpe l'âme en tranches.

– Papa ?!

Quelqu'un sonne puis tambourine contre la porte en criant quelque chose d'inaudible depuis le salon. Le bruit s'intensifie au fil des secondes. On entend maintenant plusieurs voix. Elles ne semblent pas du tout amicales.

– L'histoire que tu me racontes est loin d'être terminée, pas vrai ? demande Lena.

– L'histoire de la femme de Loth ? dit Paul.

– Celle-là et les nombreuses autres que tu vas me raconter.

– Celles que nous allons nous raconter, dit Paul.

– Des histoires de Sodome et Gomorrhe ? s'enquiert Lena.

– Sodome et Gomorrhe ne disparaîtront pas, dit-il. Nous ne laisserons personne nous les enlever, ni Dieu ni les hommes !

Il essuie ses larmes, lâche sa fille, embrasse Flora et sa mère, se dirige d'un pas rapide vers l'entrée et ouvre la porte.

CITATIONS

p. 11 : Extrait du poème de Tamar Radzyner, "*Nichts will ich dir sagen*" (Je ne veux rien te dire), extrait du recueil *Nichts will ich dir sagen. Gedichte und Chansons*, Verlag der Theodor Kramer Gesellschaft, Wien, 2017. (Non traduit en français.)

p. 43 : D'après Ossip Mandelstam, "On m'a donné un corps". Dans : *Tristia*, traduction de Michel Aucouturier, Imprimerie Nationale Éditions, Paris, 1994.

p. 117 : D'après le roman de Nadine Gordimer, *Personne pour m'accompagner*, Paris, Plon, 1996.

p. 172 : D'après Trude Krakauer, "*Loths Weib*" (La femme de Loth). Dans : *Niewiederland. Gedichte*, Verlag der Theodor Kramer Gesellschaft, Wien, 2013. (Non traduit en français.)

p. 188 : D'après Selma Meerbaum-Eisinger, "*Schlaflied für dich*" (Berceuse pour toi). Poétesse germanophone (cousine germaine de Paul Celan), née en 1924 à Cernăuți en Bucovine, en Roumanie (aujourd'hui Tchernivtsi en Ukraine) et morte du typhus en décembre 1942 dans le camp de travaux forcés de Michailowka en Ukraine.

p. 188 : Anna Krommer (poétesse germanophone née en Slovaquie en 1924) : "Einsamkeit" (Solitude). Dans : *Staub von Städten. Ausgewählte Gedichte*, Verlag der Theodor Kramer Gesellschaft, Wien, 1995.

p. 189 : Selma Meerbaum-Eisinger : "*Tragik.*"

p. 190 : Anna Krommer : "*Wenn du nachts…*"

p. 244 : Poème "*Die Anklage*" (litt : "La plainte", non traduit en français) de Tamar Radzyner, extrait du même recueil que les autres textes cités de cette poétesse.

Cet ouvrage a été imprimé par CPI France
en janvier 2024

Cet ouvrage a été composé par
Atlant'Communication au Bernard (Vendée)

N° d'édition : 2053001 – N° d'impression : 177245
Dépôt légal : février 2024

Imprimé en France